Andrea Eichhorn

Traum einer Sommernacht

Andrea Eichhorn

Traum einer Sommernacht

Roman

rosenheimer

Die nachfolgende Geschichte spielt größtenteils in Kitzbühel, einem realen Ort in Tirol, und der umliegenden Gegend. Die Personen und Handlungen sind jedoch rein fiktiv. Übereinstimmungen mit lebenden oder toten Personen wären rein zufällig und sind nicht beabsichtigt.

2. Auflage

www.rosenheimer.com

Titelfoto: © SeanPavonePhoto – Fotolia.com (oben) und
4FR – iStockphoto.com (unten)
Lektorat: Beate Decker, München
Satz: SATZstudio Josef Pieper, Bedburg-Hau
Druck und Bindung: CPI books GmbH, Leck
Printed in Germany

ISBN 978-3-475-54520-7

1

»Vergisst du mir auch ja ned die Spinatknödel und die Erbsensuppe, Hanna?«, rief Isolde Wagner mit unverkennbar gereizter Stimme in die winzige Küche der »Alpenrose« hinein.

»Nein, Mama!«, gab die Angesprochene mit gerunzelter Stirn zurück.

Dabei goss sie zerlassene Butter über die bereits auf dem Teller platzierten Spinatknödel, streute danach geriebenen Bergkäse darüber. So ganz kapierte sie selbst nicht, warum es auf einmal nicht nur auf dem Herd – natürlich, die Erbsensuppe! –, sondern auch in ihr drin immer heftiger zu brodeln begann. Noch mehr, als ihr Blick zu der großen Küchenuhr gewandert war. Kurz nach neun Uhr abends war es bereits, obwohl es eigentlich in dem kleinen Almgasthaus nur bis acht Uhr warmes Essen gab. Was Isolde aber gerne mal ignorierte, wenn bei schönem Wetter auch noch später Wanderer vom Wilden Kaiser mit knurrenden Mägen in der »Alpenrose« einkehrten. Hanna seufzte müde auf, stopfte sich zum wohl hundertsten Mal an diesem Tag eine lange widerspenstige Strähne zurück unter ihre Kochmütze. Seit geschlagenen zehn Stunden stand die gelernte Köchin bereits in der Küche, produzierte

Spinatknödel, Kaiserschmarrn und Tiroler Gröstl am laufenden Band. Praktisch ohne Pause, wenn man von zwei kurzen Gängen auf die Toilette und einem Hüpfer hinaus ins Freie, um sich zumindest ein paar Minuten lang die Sonne ins Gesicht scheinen zu lassen, absah. Dennoch bedachte ihre Mutter sie mit einem Ton, als ob sie ein selten faules Stück wäre. Fast unmerklich schüttelte die Fünfundzwanzigjährige den Kopf. Sie verstand sich selbst nicht so recht. Bis jetzt hatte sie doch Isoldes herbe Art einfach hingenommen, meistens auf Durchzug geschaltet. Doch seit Kurzem fühlte es sich so an, als ob sie jeden Moment explodieren könnte. Offenbar war sie extrem dünnhäutig geworden …

»Ich richte den Salat an«, wurde sie da von der Resi, die ihr in den letzten beiden Stunden geschickt zur Hand gegangen war, aus ihren trüben Gedanken gerissen.

»Danke, du bist ein Schatz!«, lächelte sie in Richtung der alten Dame mit dem hochgesteckten grauen Zopf.

Weit über siebzig war die ehemalige Bergbäuerin, die ihren Hof längst verkauft hatte und nun in einer kleinen Wohnung in Kirchberg, dem Nachbarort von Kitzbühel, wohnte. Mit den Worten »Fürs Stricken allein bin ich halt noch viel zu quirlig«, hatte sie sich einige Monate zuvor bei Hannas Mutter mit einem ganz und gar nicht greisenhaften Augenzwinkern als Küchenhilfe vorgestellt.

»Und eine recht passable Köchin bin ich auch. Fragen S' einmal meine Enkelkinder!«

Seitdem arbeitete sie mehrmals die Woche für ein paar Stunden in der Küche der »Alpenrose«, besserte sich damit ihre kleine Rente auf. Für Hanna ein wahrer Segen, denn allein war vor allem jetzt im Sommer der Ansturm der hungrigen Einkehrer kaum zu bewältigen. Außerdem verkörperte Resi mit ihrer herzlichen Art genau den Typ fürsorgliche Mutter, den sie sich insgeheim wünschte. Auch wenn sie vom Alter her eher ihre Oma hätte sein können. Wieder seufzte sie auf. Bestimmt war Isolde früher anders gewesen. Sie konnte sich noch gut erinnern, wie sie sie als kleines Mädchen in den Arm genommen oder ihr zwischendurch immer wieder lächelnd über die dunklen Locken gestrichen hatte. Lang, lang war's her …

»Jetzt reicht's aber!«, wies sich Hanna nun in Gedanken scharf zurecht, während sie nicht mehr ganz so beschwingt wie noch am Vormittag Würstel für die Erbsensuppe klein schnitt. Schließlich war sie kein kleines Kind mehr, das andauernd Streicheleinheiten brauchte! Außerdem hatte ihre Mutter es eben nicht einfach gehabt im Leben. Aus einer armen Familie stammend, hatte sie sich als junge Frau in den feschen Peter mit den geheimnisvollen grünbraunen Augen verliebt. Die gleiche Augenfarbe, die neben Peters dunkelbraunen kräftigen Haaren auch Hanna geerbt hatte, während ihre vier Jahre ältere Schwester Marie genauso blond und blauäugig wie Isolde war. Strahlend blaue Augen hatte Isolde auch heute noch mit ihren sechsundfünfzig Jahren, und das sonnenhelle Blond zauberte jetzt ein exquisiter Friseur in Kitzbühel in ihr Haar. »Eine fesche Hüttenwirtin«, hörte Hanna die Gäste zuweilen anerkennend über ihre Mutter sagen. Allerdings auch den meist nur getuschelten Nachsatz: »Wenn sie nicht immer so verhärmt dreinschauen würd ...«

Damit hatten sie wohl nicht ganz unrecht. Denn seitdem Peter sie und die zwei Töchter vor fünfzehn Jahren wegen einer anderen Frau, einer Urlauberin aus Salzburg, verlassen oder besser gesagt auf einem Berg Schulden hatte sitzen lassen, war ihre ohnehin nicht ganz heile Welt völlig ins Wanken geraten. So charmant der Peter auch war, er trank zu viel, trug, wenn man nicht aufpasste, jegliches ersparte Geld ins nächste Spielcasino. »Eigentlich kannst froh sein, dass du ihn los bist«, hatte Hanna damals eine Nachbarin nicht nur einmal zu ihrer weinenden Mutter sagen gehört.

Es war bestimmt als Trost gemeint gewesen, hatte aber nur noch heftigeres Schluchzen provoziert. »Krepieren soll er, der gemeine Teufel! Das wäre mein einziger Wunsch! Dann könnte ich wenigstens wieder glücklich werden«, hatte Isolde völlig außer sich zwischen zusammengepressten Lippen hervorgestoßen.

Keine sechs Monate danach war der abtrünnige Peter dann tatsächlich mit nur neunundvierzig Jahren an einer Leberzirrhose gestorben.

Für die, die seine täglichen Alkoholrationen kannten, wenig überraschend. Doch Isolde war trotzdem kein bisschen glücklicher geworden.

»So, für heute hätten wir's!«, sagte jetzt die Resi zufrieden lächelnd zu Hanna, während sie einen Kochtopf in ein schiefes Regal, von dem seit Langem der Lack abbröckelte, stellte. »Jetzt kannst endlich zu deinem Emil fahren und den Abend genießen.« Mit einem Achselzucken fügte sie fast wie zu sich selbst hinzu: »Obwohl ich mir manchmal nicht so sicher bin, ob du ohne ihn nicht besser dran wärst!«

Offensichtlich erschrocken über ihre eigenen Worte schlug sie sich mit der Hand gegen den Mund, und Hanna tat so, als ob sie nichts gehört hätte. Sie war ohnehin vielmehr über sich selbst entsetzt: So viele Gedanken über ihre Mutter gingen ihr heute durch den Kopf. Aber an ihren Freund, mit dem sie schließlich seit über sechs Jahren zusammen war, hatte sie bestimmt seit Stunden nicht mehr gedacht. Nun ja, im Grunde genommen war diese Beziehung eine weitere Baustelle in ihrem Leben. Erst vor Kurzem hatte sie versucht, mit ihm zu reden, weil sich mit der Zeit alles so anders anfühlte mit ihm. Aber natürlich war sie nicht völlig naiv: Frisch verliebt wie damals, als sie sich in einer Disco kennengelernt hatten, konnte man nach über sechs Jahren nicht mehr sein. Oder vielleicht doch? Die Marie war schließlich schon fast zehn Jahre mit ihrem Robert zusammen, seit vier Jahren gab es auch die kleine Emma – und dennoch hielten die beiden immer noch so oft wie möglich Händchen miteinander, himmelten sich gegenseitig an wie Teenager beim ersten Schulball ... Eigentlich hatte sich Hanna das auch so vorgestellt: Dass sich nach dem ersten Feuerwerk eine vertraute Liebe zwischen ihnen entwickeln würde. Aber nun musste sie sich eingestehen, dass ihr der zugegeben sehr attraktive Mann von Tag zu Tag fremder wurde. Statt sich mit ihr zu unterhalten, hockte er lieber stundenlang vor seinem Computer. Und wann hatte sie eigentlich das letzte Mal in seinen Armen gelegen, wurde von ihm geküsst, ohne dass sie miteinander schliefen? Es musste eine kleine Ewigkeit her sein. Hätte hingegen eine Freundin Hanna diese Situationen geschildert, wäre ihr Urteil eindeutig gewesen: Der Mann wollte nicht mehr so richtig, wusste nur nicht, wie er es seiner ehemals Liebsten am schonendsten beibringen sollte. Na ja, im Grunde hoffte er wohl, dass sie es anhand seines Verhaltens möglichst bald selbst kapierte und sich verabschiedete. Aber bei Emil lagen die Dinge sicher anders: Er schien wirklich an ihr zu hängen, drängte ja darauf, dass sie nicht nur hin und wieder bei ihm übernachtete, sondern endlich richtig mit ihm zusammenzog. Schon lange war es ihm ein Dorn im Auge, dass sie noch in der Wohnung ihrer Mutter in Kitzbühel lebte, um noch eine Weile Geld für eine Eigentumswohnung oder ein eigenes kleines Häuschen anzusparen. Bestimmt wollte sie sich nicht sagen lassen, dass sie sich auf dem Vermögen ihres wohlhabenden Freundes ausruhte. Aber sie konnte natürlich nachvollziehen, dass der Emil mit ihr zusammenleben wollte. Nach sechs Jahren war das ja wohl völlig normal. Vielmehr verstand sie selbst nicht, warum sich alles in ihr dagegen sträubte … »Ja, die Mama lässt mich bei ihm aussteigen, dann machen wir uns einen gemütlichen Abend«, sagte sie jetzt mit einem etwas steifen Lächeln zur Resi. »Mein alter Käfer steht ja leider in der Werkstatt.«

In dem Moment steckte Isolde ihren Kopf zur Tür herein. Hanna musste kurz schlucken, hoffentlich nicht noch weitere späte Gäste, die man unmöglich wieder mit knurrendem Magen wegschicken konnte. Nein, das hatte sie ja auch gar nicht vor. Aber irgendwann, sie war doch auch nur ein Mensch und kein Roboter, musste ihrer Meinung nach auch ein zünftiges Schmalzbrot reichen. Aber Isolde hatte andere Neuigkeiten zu verkünden: »Der Emil hat gerade angerufen, er holt dich in einer Viertelstunde ab.« Mit einem beinahe schon hingebungsvollen Lächeln fügte sie hinzu: »Ein Traum, dieser Mann, nicht wahr? Kannst echt froh sein, dass du so einen gefunden hast.«

Aber danke auch! Das klang ja so, als ob sie nicht gut genug für ihn wäre … Und da war noch etwas: Insgeheim ahnte Hanna, dass Isoldes Begeisterung für Emil nicht ganz uneigennützig war. Hatten sich doch Emils Eltern, erfolgreiche Bauunternehmer, bereit erklärt, die schrecklich heruntergekommene »Alpenrose« für wenig Geld zu sanieren. »Das wird unser Prestigeobjekt, kommt ganz groß auf unsere Website. Quasi als Verschönerung unserer Region«, hatte Emil letztens stolz erklärt. »Schließlich darf man ein so schönes altes Almgasthaus nicht vor die Hunde gehen lassen.«

Aber Hanna sagte nichts zu Isoldes ein wenig gehässiger Bemerkung. Sie schlug auch nicht vor, obwohl es ihr auf der Zunge lag, dass ihre Mutter gerne einen Emil-Fanclub gründen könnte. Stattdessen murmelte sie bloß: »Sicher, er ist wirklich nett«, gleichzeitig zog sie ihr Handy aus ihrer Jeanstasche.

Bei ihr hatte er sich nicht gemeldet, hatte es vorgezogen, direkt ihre Mutter anzurufen. Die schien ihre Gedanken lesen zu können. »Er wollte dich nicht beim Kochen stören, deswegen hat er bei mir angerufen«, sagte sie scharf. »Das ist doch kein Verbrechen!«

»Nein, nein«, sagte Hanna hastig, die allmählich selbst fürchtete, langsam aber sicher ein wenig wunderlich zu werden. Warum fühlte sie sich auf einmal so fehl am Platz? Sowohl in der Küche der »Alpenrose« wie auch an der Seite von Emil? »Du bist einfach überspannt!«, gab sie sich in Gedanken selbst die Antwort und hängte ihre rot-weiß karierte Küchenschürze mit einer energischen Handbewegung an einen Haken.

In der nächsten Sekunde tippte ihre Mutter ihr von hinten auf die Schulter. »Besuch für dich!«

»Der Emil?«, fragte sie nach, doch da war ihre Mutter bereits mit grimmigem Gesichtsausdruck aus der Küche geeilt. Neugierig duckte sich Hanna, so, dass sie durch die Durchreiche in den zwar mit Alpenveilchen und weißen Tischdecken hübsch dekorierten, aber dennoch ziemlich heruntergekommenen Gastraum sehen konnte. Allein die baufällige Schank! Bei der hatte man ja das Gefühl, dass man sie allein mit einem scharfen Blick zum Einsturz bringen konnte … Im nächsten Moment beschleunigte sich Hannas Puls. Oh, da hinten, an einem kleinen Tisch am Fenster saß er. Und sie konnte sich nicht so recht entscheiden, ob sie entsetzt sein oder sich freuen sollte.

»Servus Hanna!«, grüßte Tobias Oberreiter, der Besitzer der »Goldenen Harfe« sie gleich darauf mit einem angenehm festen Händedruck.

In dem weit über die Tiroler Grenzen berühmten Edelrestaurant hatte Hanna ihre Kochlehre absolviert. Mit großer Leidenschaft … »und außergewöhnlicher Bravour«, wie Tobias Oberreiter ihr nicht nur einmal versichert hatte. Umso enttäuschter reagierte er, als sie kurz nach ihrem Abschluss gekündigt hatte, um wie noch zu Schulzeiten in der »Alpenrose« zu arbeiten. Ehrlich gesagt war er völlig fassungslos gewesen. »Nichts gegen Tiroler Hausmannskost, aber in dir steckt einfach mehr. Kochen ist dein Leben, bei uns kannst du dich da verwirklichen! Wenn ich nur an die super Gerichte denke, die du kreiert hast. Dein Lachs mit Orangenhonigkruste steht heute noch auf unserer Speisekarte.«

Hanna hatte damals die Tränen, die in ihren Augen brannten, verzweifelt wegzublinzeln versucht und es schließlich mit großer Anstrengung geschafft, auch wenn ihre Stimme danach ziemlich brüchig klang: »Meine Mutter braucht mich und findet auch niemanden, der ordentlich in der ›Alpenrose‹ kocht.«

Dass die Gründe womöglich auch die waren, dass Isolde nicht viel bezahlte und nicht allzu intensiv nach Köchen gesucht hatte, behielt sie lieber für sich. Und dann appellierte sie noch an das Gewissen ihrer Tochter: »Du wirst mich doch nicht im Stich lassen wie …«

Den Satz musste Isolde gar nicht vollenden, Hanna verstand auch so. Oft genug erzählten ihr die Leute, dass sie ihrem Vater nicht nur verblüffend ähnlich sehe, sondern dass sie auch sein heiteres und freundliches Wesen geerbt habe. Hanna konnte nur hoffen, dass sich eines Tages nicht auch die dunklen Seiten ihres Vaters bei ihr bemerkbar machen würden: seine Süchte, die er nicht im Griff hatte – nicht zufällig trank Hanna so gut wie nie Alkohol, aber auch seine Verantwortungslosigkeit, als er seine Frau verließ. Danach bekamen ihn auch seine damals erst zehn und vierzehn Jahre alten Töchter kaum mehr zu Gesicht. Der vorher so liebevolle Papa, der seine Töchter als wahre Goldschätze bezeichnet hatte, schien auf einmal wie vom

Erdboden verschwunden. Bis er dann endgültig weg gewesen war … Hanna schluckte einige Male, dann war sie wieder in der Gegenwart angelangt. Wenn sie ihren ehemaligen Chef hier so sitzen sah, spürte sie unwillkürlich einen dumpfen Druck in der Brust. So richtig wollte sie gar nicht mehr an die schöne Zeit in der »Goldenen Harfe« erinnert werden. Das zog ihre im Moment ohnehin so düstere Stimmung noch mehr in den Keller. »Servus, Tobias!«, sagte sie dennoch freundlich lächelnd zu dem schlanken Mitvierziger. »Schön, dass du zu uns gekommen bist! Darf ich dir noch was zu essen bringen?«

»Nein, danke. Ganz lieb, aber ich hab keinen Hunger.«

Jetzt erst sah sie, dass er nicht mal ein Getränk vor sich stehen hatte. Ach, Mama … »Was darf's denn zu trinken sein? Ein Glas Wein vielleicht?«, fragte sie hastig, dabei spürte sie, wie sich ihre Wangen röteten.

»Keinen Wein, danke. Da halte ich es so wie du. Nur ein Mineralwasser.« Er grinste jungenhaft. »Ist doch ein ganz schönes Stückerl zu euch herauf.«

Hanna nickte, hielt dann nach ihrer Mutter Ausschau, die an der Schank stand und mit verbissenem Blick Gläser polierte. Man konnte darauf gespannt sein, wann das erste unter dem Druck in tausend Teile zersplitterte … »Mama, kannst dem Herrn Oberreiter bitte ein Mineralwasser bringen?«, rief sie.

»Wenn's sein muss …«, hörte man Isolde bis zu ihnen her aufstöhnen.

Am liebsten hätte sich Hanna in Luft aufgelöst. Noch mehr, als Isolde gleich darauf das volle Glas vor Tobias Oberreiter mit Schmackes auf den Tisch pfefferte. Der Mann zuckte nicht mal mit der Wimper, doch Hanna schnappte empört nach Luft. Gut, ihre Mutter war als resche Wirtin bekannt, aber zu den Gästen normalerweise auch herzlich und auf ihre etwas resolute Art zuvorkommend. Aber jetzt? Sie behandelte Hannas ehemaligen Chef dermaßen unfreundlich, dass man sich dafür zu Tode schämen konnte.

So, als ob er wüsste, was in ihr vorging, legte Tobias seine Hand begütigend auf ihren Unterarm. »Ist schon gut, ich nehm' das nicht persönlich.«

»Es ist aber persönlich gemeint«, hätte sie wahrheitsgetreu erwidern können, stattdessen grinste sie schief. »Tut mir trotzdem leid.« Sie räusperte sich. »Ich freu mich aber wirklich, dich zu sehen.«

»Ich freu mich auch«, sagte Tobias, dann neigte er den Kopf näher in ihre Richtung.

Vielleicht auch deswegen, weil Isolde jetzt den Tisch neben ihnen mit Hingabe polierte. »Noch ein bisschen mehr und die oberste Holzschicht ist ab«, schoss es Hanna durch den Kopf, wäre sie nicht so verärgert gewesen, hätte sie sogar laut aufgelacht. Tatsächlich bot sich dem Betrachter ein spaßiger Anblick, wie die Mutter ewig herumputzte, vermutlich um nur ja kein Wort zu versäumen. Doch von Spaß konnte keine Rede mehr sein, wenn man den verkniffenen Gesichtsausdruck bemerkte.

»Du, ich hab ein Angebot für dich«, lenkte Tobias Hannas Aufmerksamkeit wieder auf sich.

Er schaute sie dabei so bedeutungsvoll an, dass sie nun doch lachen musste. »Ein Angebot, das ich nicht ablehnen kann?«, fragte sie schließlich mit tiefer Stimme, so als ob sie höchstpersönlich Marlon Brando als »Pate« wäre.

Tobias grinste breit, und Hanna wusste wieder, warum sie so gerne in der »Goldenen Harfe« gearbeitet hatte: Es war nicht nur das hohe Niveau, auf dem gekocht wurde. Mit dem Tobias hatte sie einen Chef gehabt, der auch in Stresszeiten gute Stimmung verbreitete. »So ähnlich«, sagte er schließlich. »Ich mache es kurz: Unser Jungkoch Lukas hat eine Stelle in San Francisco angenommen. Mindestens für ein Jahr, aber vielleicht bleibt er auch ganz in den USA.«

Hanna nickte. Sie konnte sich gut daran erinnern, wie der schlaksige Mann schon zu Zeiten ihrer Lehre von Amerika geschwärmt hatte. Die Route 66, die Nationalparks, der Atlantik, Los Angeles, New York und natürlich San Francisco, seine absolute Traumstadt ... Nach jedem Urlaub war seine Begeisterung noch größer geworden.

»Hast du Lust, wieder bei uns einzusteigen? Von mir aus kann es auch schon morgen losgehen. Du weißt ja, wie viel ich von dir halte.«

»Ich stelle es mir wirklich schön vor ...«, sagte Hanna leise.

»Es wird fantastisch werden!«, bekräftigte Tobias. »Vor allem kann ich mir bei dir sehr gut vorstellen, dass du bald stellvertretende Küchenchefin wirst und dann ...«

Plötzlich baute sich Isolde vor ihnen auf, ihre Wangen glühten vor Zorn. »Jetzt lass doch einfach mein Mädel in Ruhe! Die kocht hier gut und gern und hat wirklich keine Lust, sich in einem fremden Restaurant herumkommandieren zu lassen!«

»Dann wohl schon lieber von dir ...«, musste Hanna denken, als sie in das wutverzerrte Gesicht ihrer Mutter schaute. Die ganze Situation war so peinlich, dass man nur noch den Kopf schütteln konnte. Das tat Hanna auch in Richtung von Tobias, der eben im Begriff war, aufzustehen. »Tut mir wahnsinnig leid. Vielleicht können wir das ja ein anderes Mal besprechen.«

»Machen wir. Komm einfach in den nächsten Tagen im Restaurant vorbei ...« Er nickte Hanna kurz zu, dann legte er, ihre abwehrende Geste ignorierend, drei Euro für das Mineralwasser auf den Tisch.

»Du bist natürlich eingelad ...«, begann sie mit betretener Stimme, doch da hatte sich ihre Mutter die Münzen bereits geschnappt und stapfte mit einem triumphierenden Gesichtsausdruck zur Schank.

»Na endlich!«, bekam Hanna anstatt einer Begrüßung zu hören, als sie kurz darauf aus der »Alpenrose« in die sternenklare Nacht hinaustrat.

Millionen von Diamanten auf schwarzem Samt, wie Hanna wieder einmal überwältigt feststellte, als sie zum Himmel hochsah. Zu gerne hätte sie Emil dazu ermuntert, mit ihr »Sternderln zu schauen«. Aber so wie er mit offenkundig gereizter Miene neben seinem Auto stand, hatte er wohl keinen Sinn für den imposanten Nachthimmel. Im Übrigen ein auffallender neuer schwarzer Sportwagen, den er sich erst vor Kurzem zugelegt hatte – genau genommen ein Präsent von seinen Eltern. »Der Bua muss schließlich was darstellen, wenn er zu Kunden fährt. Da kann er doch nicht mit seinem *alten* Vehikel daherkommen«, begründete dies sein Vater Josef Hanna gegenüber mit demonstrativ hochgezogener Augenbraue.

Auch so hätte Hanna die Anspielung auf ihren alten hellblauen VW-Käfer verstanden, ignorierte sie jedoch. Genau, wie sie die Bemerkung, dass sie Emils Golf bei Weitem sympathischer fand als dieses Protzgefährt, runtergeschluckt hatte. Natürlich wollte sie ihrem Freund, der nun einmal in eine wohlhabende Familie hineingeboren worden war, die Freude nicht verderben. Auch jetzt versuchte sie, als sie in ihren Turnschuhen auf dem knirschenden Kiesweg auf Emil zukam, einen anerkennenden Blick in Richtung des Flitzers zu werfen. Was

Emil jedoch nicht einmal wahrzunehmen schien. Okay, dann eben nicht ... Mit einem leisen »Hallo« stellte sie sich auf die Zehenspitzen, um dem großen blonden Mann einen Begrüßungskuss zu geben. Nur flüchtig erwiderte er ihn, was eigentlich keine große Überraschung war – gerne geküsst hatte Emil schließlich noch nie ... »Aber warum stört mich das auf einmal so sehr?«, fragte sich Hanna ausgerechnet jetzt, während sie ihrem Freund einen eher verwunderten als enttäuschten Blick zuwarf.

»Was schaust denn so komisch?«, herrschte er sie an. Im nächsten Moment zog er sie mit reumütiger Miene an sich ran. »Tut mir leid. Ich hab heute einen echt anstrengenden Tag gehabt.«

»Ist schon gut«, murmelte sie, machte sich los und ging zur Beifahrerseite, um einzusteigen. Sie hatten beide lange gearbeitet, da sollte sie nun wirklich nicht jedes Wort auf die Goldwaage legen. Trotzdem, wenn sie genauer nachdachte, herrschte diese genervte Stimmung zwischen ihnen bereits eine ganze Weile. Es schien geradezu wie verhext: Statt sich gegenseitig zu stärken, schienen sie sich ihre Energie zu rauben. Als sie neben Emil saß, wandte sie den Kopf in seine Richtung. »Danke, dass du mich abgeholt hast. War ziemlich viel los heute, und dann ist auch noch was passiert ...«

Sie brannte geradezu darauf, ihm von dem Gespräch mit ihrem ehemaligen Chef zu erzählen, der fantastischen Chance, wieder in der »Goldenen Harfe« zu arbeiten. Allein der Gedanke daran, in der hochmodernen Küche zu stehen, anstatt am Herd der »Alpenrose«, der demnächst den Geist aufgeben würde, ließ ihre Haut am ganzen Körper kribbeln. Doch so wie sie Emils Gesichtsausdruck einschätzte, hatte er im Moment kein großes Interesse daran, ihr zuzuhören. Wie so oft. Wenn sie in der Vergangenheit von Problemen – meist mit ihrer Mutter – berichtet hatte, war sofort ein entnervtes »Du und deine verkorkste Familie!« von ihm gekommen. Natürlich hatte Hanna dann keine große Lust gehabt, weiterzureden.

»Hm«, gab er auch jetzt geistesabwesend von sich, während er mit verzücktem Gesichtsausdruck wie ein kleiner Bub den Motor startete. So laut, als ob er nicht mitten in der Natur stehen würde, sondern in der Poleposition bei einem Formel-1-Rennen.

»Geht's ein bisschen leiser?«, raunte sie ihm wütend zu, konnte nicht verhindern, dass sie dabei die Augen verdrehte.

»Kannst vielleicht einmal den Mund halten?«, gab er nicht minder sauer zurück, dabei warf er ihr einen dermaßen vernichtenden Blick zu, dass Hanna der für sie einzige logische Gedanke durch den Kopf schoss: »Jetzt macht er Schluss mit dir.«

Fast schon neugierig hörte sie in sich hinein, ob Entsetzen oder Panik in ihr hochkroch. Ob eine Trennung von Emil ihr unsagbar wehtun würde. Nicht wirklich … Beinahe spürte sie so etwas wie Erleichterung, dass nicht sie diesen

Schritt machen musste. Keine Frage, sie war fürchterlich feige. Und bestimmt kein bisschen stolz darauf.

»Hanna, so geht das nicht weiter«, sagte Emil tatsächlich.

Sie nickte, spürte plötzlich doch einen dicken Knödel im Hals. Und irgendein unsichtbares Wesen stemmte seine Faust fest gegen ihre Brust. Ja, auch wenn es so besser schien – Emil und sie waren dennoch sechs lange Jahre zusammen gewesen. Und am Anfang hatten sie, so unterschiedlich sie auch sein mochten, eine sehr schöne Zeit miteinander verbracht. »Ich sehe das genauso«, gab sie zurück. »Jetzt sind wir noch jung, können unser Leben so gestalten, dass wir glücklich werden.« Mit einem tiefen Seufzer fügte sie hinzu: »Zusammen sind wir es ja leider nicht!«

Emils Augen verengten sich auf einmal zu Schlitzen. »Was redest denn da für einen Blödsinn? Ich versteh rein gar nix!« Dann gab er wütend Gas, so heftig, dass der Sportwagen auf der schmalen Bergstraße, auf der sie Richtung Tal unterwegs waren, in einer Kurve ins Schlingern geriet. Gerade noch im letzten Moment, wie es aussah, bekam er das Auto wieder unter Kontrolle. »Ich wollte dir vorschlagen, dass du endlich aufhörst, in der ›Alpenrose‹ zu arbeiten. So viele Stunden stehst du in der winzigen Küche, der Herd pfeift auf dem letzten Loch …«

Hanna musste wider Willen lachen. »Ja, da hast recht. Ich warte eigentlich nur drauf, dass alles zusammenbricht.« Fast rührte es sie, dass sich Emil doch mehr Gedanken um sie machte, als ihr bewusst gewesen war. So oft hatte sie ihm erzählt, wie sehr sie sich eine Arbeit in einer gehobenen Restaurantküche wünschte. Denn vielleicht stimmte es ja, was man ihr beim Lehrabschluss prophezeit hatte: In ihr steckte ein großes Talent, das sie weit bringen würde.

»Flausen im Kopf«, hallte da plötzlich der Kommentar ihrer Mutter in ihrem Kopf wider. »Blöde Flausen im Kopf.«

Wenn Hanna jetzt an Isoldes Worte dachte, spürte sie erneut einen schmerzhaften Stich in der Brust. Es war ja nicht so, dass ihr das Kochen in der »Alpenrose« nicht lange Zeit Spaß gemacht hatte – und sie liebte die deftige Tiroler Hausmannskost. Aber so allein lernte sie kaum etwas dazu. Im Gegenteil, sie hatte vielmehr das Gefühl, als ob alle Kochkenntnisse, die sie in der »Goldenen Harfe« erworben hatte, bereits tief verschüttet waren. Ja, bestimmt würde der Tobias entsetzt sein, wie stümperhaft sie sich nun anstellte!

In der nächsten Sekunde wurde ihr erst wieder bewusst, dass zwischen Emil und ihr ein höchst unangenehmes Missverständnis bestand. Auch wenn er ihr offenbar gut zureden wollte, sich einen Job in einem Restaurant zu suchen, musste sie ihre Zweifel an ihrer Beziehung endlich offen aussprechen. Sie atmete tief durch, dann setzte sie zum Reden an. Doch Emil sprach bereits weiter: »... Deswegen habe ich mir gedacht, du beginnst bei uns in der Firma im Büro zu arbeiten. Da kannst dich gleich auf die Zukunft vorbereiten, wenn wir ...«

Weiter kam er nicht, denn Hanna unterbrach ihn. Wie sie selbst erschrocken bemerkte, mit entsetzlich schriller Stimme: »Ich möchte nicht bei euch im Büro arbeiten. Davon habe ich doch gar keine Ahnung. Verstehst du denn nicht, dass ich in einem Restaurant kochen möchte?« Sanfter fügte sie hinzu: »Und ich mache mir wirklich Gedanken über uns. Ob wir noch so gut zusammenpassen wie früher. So richtig glücklich wirkst du auf mich auch schon lange nicht mehr.«

Emil hatte seinen Wagen inzwischen vor seinem eindrucksvollen Elternhaus am Stadtrand von Kitzbühel, einem Neubau im Stil eines alten Tiroler Bauernhauses, in dem er in einer schicken Einliegerwohnung lebte, eingeparkt. Völlig verständnislos starrte er Hanna an: »Ich weiß gar nicht, was mit dir los ist. Uns geht's doch super miteinander!«

»Aber ...«

Er unterbrach sie: »Du bist nur deswegen völlig überreizt, weil du dich in der ›Alpenrose‹ nicht wohlfühlst. Und ich muss das ausbaden!«

Beleidigt presste er dic Lippen aufeinander, während sich Hannas Kehle zuschnürte. Womöglich lag er gar nicht mal so falsch: Sie war unzufrieden mit ihrer Arbeit und machte ihn für ihr Unglück verantwortlich, stellte vielleicht sogar deswegen ihre Beziehung infrage. Versöhnlich legte sie ihre Hand auf seine. »Wahrscheinlich hast du recht. Wir sollten einfach schlafen gehen.« Die Stimme in ihrem Hinterkopf, die ihr eindringlich zuflüsterte: »Du machst dir etwas vor!«, versuchte sie zu ignorieren.

Zur gleichen Zeit hatte Resi die letzten Tische in der Wirtsstube der »Alpenrose« sauber gewischt. Nicht nur einmal hätte sie sich dabei um ein Haar einen der Holzsplitter, die überall aus den alten Tischen ragten, in einen Finger eingezogen. Man bekam ja schon Angst, dass so ein wackliger Tisch zusammenkrachte, wenn man nur ein Bierglas darauf abstellte. Keine Frage, die Hütte und ihr Inventar hatten schon weit bessere Zeiten erlebt. Versonnen lächelte Resi, musste an damals denken, als der Peter die »Alpenrose« von einem Onkel erbte. Die zwei Madeln, die Marie und die Hanna, waren noch klein gewesen, noch nicht mal in der Schule. Natürlich stand das Almwirtshaus dort völlig heruntergekommen, nachdem der gebrechliche alte Onkel jahrzehntelang kaum etwas erneuert hatte. Aber der Peter und seine Isolde waren so voller Eifer und Optimismus gewesen, dass man dachte, die beiden würden es schaffen. Ein Kredit wurde aufgenommen, damit man renovieren konnte. Leider, leider hatte der Peter kein Händchen fürs Geld, dafür immer einen Schnaps parat, um sich aufzuheitern. Irgendwann war dann auch der Gang zum Spielcasino zur Gewohnheit geworden ... Und als Isolde nur mehr zeterte, verliebte sich der Peter dann auch noch in eine andere Frau ... »Eigentlich ein so lieber Kerl«, musste die Resi jetzt wehmütig denken. »Vernarrt in seine Frau und in seine zwei kleinen Mädchen.«

Sie konnte sich noch gut erinnern, wie er einmal mit der Hanna im Arm durch die Hütte getanzt war. Gejuchzt vor Freude hatte die Kleine. Und auch die Isolde war damals noch eine andere gewesen, eine herzliche, lebenslustige Frau, wie geschaffen zur Hüttenwirtin. Wenn sie daran dachte, mit welch verbissenem Gesicht sie heute durch die Gegend rannte ...

»Bist endlich fertig?«, holte die sie auch jetzt mit schroffer Stimme in die Gegenwart zurück. »Ich möchte endlich zusperren und nach Hause fahren! Und du ja wohl auch. Oder soll ich dich im Dunkeln allein den Berg hinunterstolpern lassen?« Isolde warf Resi einen vorwurfsvollen Blick zu, so als ob die ihr geradezu die Zeit stehlen würde. Dabei packte die alte Frau kräftig an, rechnete nicht mal jede Überstunde ab. Auch wenn sie sonst eher von sanfter Natur war, spürte sie, wie sie langsam die Geduld verlor. »Jetzt mach aber einmal halblang!«, sagte sie scharf. »Schließlich hab ich dir geholfen und nicht umgekehrt!«

Sie merkte, wie Isolde fast unmerklich zusammenzuckte, während ihr Gesicht einen empörten

Ausdruck annahm. Offenbar war sie es nicht gewohnt, dass man ihr die Meinung sagte. »Dabei täte ihr das von Zeit zu Zeit ganz gut …«, dachte Resi fast amüsiert und beschloss, noch weiterzugehen. »Heute war ja der Tobias Oberreiter von der ›Goldenen Harfe‹ da«, sagte sie in unschuldigem Ton.

Isolde warf ihr einen harten Blick zu, der unmissverständlich bedeutete, dass sie dieses Thema nicht weiterverfolgen wollte. Aber Resi kam jetzt erst so richtig in Fahrt. »Wäre ja eine tolle Möglichkeit für die Hanna, dort wieder zu arbeiten. Ich würde ihr das von Herzen wünschen.«

»Ich ganz bestimmt nicht!«, zischte Isolde. »Oder soll ich mir irgendeinen nichtsnutzigen Koch holen, der total unzuverlässig ist? Die meisten Angestellten werden doch alle naselang krank, verlangen aber Gehälter, dass einem ganz schwindelig wird!«

»Aber geh!« Resi konnte angesichts der unsinnigen Vorurteile von Isolde nur lachen. »Es gibt auch viele ausgezeichnete und zuverlässige Köche. Und es ist ja selbstverständlich, dass sie auch ordentlich bezahlt werden wollen.« Den Satz, den sie eigentlich noch hinzufügen wollte, nämlich dass sich die Hanna hier für einen Hungerlohn abrackerte, behielt sie dann aber doch lieber für sich. Das konnte sich ihre Chefin auch so denken. Stattdessen sagte Resi beschwichtigend: »Als Mutter möchte man doch, dass die Kinder glücklich werden …«

Gespannt wartete sie auf Isoldes Reaktion, vielleicht hatte sie ja die richtigen Worte gefunden, um ihre mütterlichen Gefühle zu erreichen. Doch als sich Isoldes und ihr Blick trafen, war ihr klar, dass das Gespräch kaum in die geplante Richtung laufen würde.

»Kannst du aber hoch schaukeln!«, lobte am nächsten Nachmittag Hanna ihre vierjährige Nichte, die sich mächtig anstrengte, »es bis rauf in die Wolken zu schaffen.«

Emma nickte mit geröteten Pausbäckchen, während sich Hanna zu Marie auf die Bank gleich neben der Schaukel setzte. Puh, ganz schön heiß war es. Zumindest spendete eine hohe Birke an diesem heißen Sommertag, an dem nur einzelne Schäfchenwolken am schon fast unwirklich blauen Himmel zu sehen waren, einigermaßen Schatten. Dennoch tat es Hanna ein wenig leid, dass sie an ihrem freien Montag nicht alle drei an den See baden gegangen waren. Schließlich hatte Marie, die als Volksschullehrerin arbeitete, bereits seit Mittag frei. Aber da Emma ein wenig erkältet war, hatte Marie statt des Badenachmittags einen Ausflug auf den Spielplatz vorgeschlagen. Auf dem es sich schließlich auch ganz gut aushalten ließ. Mit einem leisen Seufzer ließ Hanna den Blick über die Almen und Berggipfel um sie herum schweifen. Braunweiße Kühe entdeckte sie, die gar nicht weit von ihnen entfernt matt im Gras lagen, jedoch eifrig kauten. Eine herrliche Idylle. Kurz musste

Hanna an Lukas denken, den es nach Amerika zog. Für ihn freute sie sich, dass er dort seinen Traum leben konnte, aber für sie wäre das nichts. Ihr eigenes Fernweh hielt sich nämlich erstaunlich in Grenzen …

Jetzt erst merkte sie, dass Marie sie von der Seite ansah. Ihrem amüsierten Gesichtsausdruck nach zu schließen, offensichtlich seit einer ganzen Weile. »Woran denkst du denn gerade?«

Hanna hob den Blick, sah ihrer hübschen Schwester in die veilchenblauen Augen. Auch wenn es nichts Neues war, von dieser immensen Ähnlichkeit mit Isolde war sie immer wieder fasziniert. Und machte insgeheim drei Kreuze, dass Marie ansonsten viel umgänglicher war als die Mutter. »Ich denke daran, wie schön ich es hier finde«, sagte Hanna schließlich.

Marie verzog den Mund. Hanna wusste, das machte sie immer, wenn sie sich sorgte. »Dieses Gefühl vermittelst du in letzter Zeit aber nicht so wirklich.« In mitfühlendem Ton setzte sie hinzu: »Im Gegenteil. Du kommst mir immer unglücklicher vor.«

»Na ja«, versuchte Hanna zu beschwichtigen, auch weil sie spürte, wie ihr plötzlich aus dem Nichts Tränen in die Augen stiegen. »Ist halt irgendwie eine komische Zeit. Die viele Arbeit in der ›Alpenrose‹, mit dem Emil läuft es nicht so rund … Aber alles halb so schlimm, ich bin wohl nur ein bisschen überspannt.«

Sie winkte bereits ab, war sie es doch ohnehin gewohnt, dass sich weder ihre Mutter noch Emil für ihre bestimmt grauenhafte Jammerei interessierten.

Aber Marie musterte sie mit ihrem typischen aufmerksamen Blick. »Erzähl einfach weiter«, sagte sie, dabei drückte sie ihrer Schwester leicht die Schulter. Die zuckte verwirrt zusammen. Himmel, in was für ein Gespräch war sie da bloß hineingeraten! Marie und sie verstanden sich wirklich gut, aber so ans Eingemachte gingen ihre Gespräche selten. Eigentlich war es auch viel angenehmer, sich über die niedliche kleine Emma zu unterhalten. Oder über Kinofilme, oder die neue CD von Robbie Williams, den beide Schwestern grandios fanden. »Komm schon«, forderte Marie sie auf. »Ich mache mir schon eine ganze Weile Gedanken um dich.«

Kurz überlegte Hanna noch, ob sie nicht doch lieber das Thema wechseln sollte. Doch dann sprudelte alles aus ihr heraus: Der Unwillen, in der »Alpenrose« weiter unter der Fuchtel ihrer Mutter zu stehen. Das Angebot von Tobias Oberreiter. Und nicht zuletzt das immer stärker werdende Gefühl, dass sie mit dem Emil nicht glücklich werden konnte. Und diese Panik, dass sie wie eine Marionette durchs Leben wackelte, während andere die Fäden in der Hand hielten. Danach sagten beide Frauen eine ganze Weile nichts, füllten stattdessen, nachdem Emma genug vom Schaukeln hatte, gemeinsam mit der Kleinen Sand in Kuchenförmchen. Ewig hätte Hanna mit ihr so weiterspielen mögen. Am liebsten wäre es ihr auch gewesen, Marie hätte ihren wirren Redeschwall gleich wieder vergessen. Inzwischen kam sie sich ja selbst total egoistisch vor, wie sie alles, was den liebsten Menschen in ihrem Leben wichtig war, infrage stellte.

Leider hatte Marie nicht vor, ihr peinliches Geschwafel einfach zu übergehen. »Hanna«, sagte sie in bestimmtem Ton und zog ihre Schwester ein Stück von der Sandkiste fort, »wenn du möchtest, gebe ich jetzt meinen Senf dazu …«

2

Zum wiederholten Mal innerhalb weniger Minuten strich sich Emil Hofstätter seine kurzen blonden Haare aus der Stirn. Himmel! Bei den blöden Zotteln, die ihm immer wieder ins Gesicht fielen, konnte sich ja kein Mensch konzentrieren! Keine Frage, ein Friseurtermin war längst fällig. Aber war er nicht erst vor zwei Wochen dort gewesen? Ja, sicher. Offenbar war er tatsächlich ziemlich durcheinander. Beim Friseur hatte er doch die Maier-Lene getroffen. Die kurvige Blondine, die er noch aus der Schule kannte, hatte sich dort Strähnchen machen lassen – und ihn wie jedes Mal, wenn sie sich begegneten, mit ihren langen Wimpern so richtig filmreif angeklimpert. Daran konnte sie auch die Alufolie auf ihrem Kopf nicht hindern, mit der sie ein bisschen wie eine Außerirdische gewirkt hatte. »Du, die steht auf dich. Das sieht ein Blinder«, hatte ihm erst letztens der Jauffen-Sepp, ein alter Kumpel, viel zu laut zugerufen, als ihnen die Lene in einem Biergarten über den Weg gelaufen war. Dazu hatte er ihm alles andere als unauffällig den Ellenbogen in die Rippen gerammt, sodass es auch der letzte Gast hatte mitkriegen müssen. Ja, hübsch und lustig war die Lene wirklich – und womöglich würde sie nicht dauernd an ihm herumnörgeln wie Hanna, der er es ja offensichtlich nie recht machen konnte. Es war halt nur zu dumm, dass sein Herz bereits vergeben war. Egal. Erneut versuchte er, den Baubeschluss über die Modernisierung eines alten Bauernhauses, der vor ihm auf dem Schreibtisch lag, durchzuarbeiten. Es klappte einfach nicht, die Buchstaben verschwammen geradezu vor seinen Augen. Immer wieder schweiften seine Gedanken zu Hanna ab. Wenn er daran dachte, was seine Freundin ihm gestern an den Kopf geworfen hatte, schnürte es ihm geradewegs die Kehle zu. Hektisch trank er in einem Zug seine Kaffeetasse leer. Viel besser fühlte sich sein Hals jetzt allerdings auch nicht an. So ein seltsames Kratzen, als ob sich eine Verkühlung anbahnte …

Zornig schnalzte er mit der Zunge. Was die Hanna aber auch für einen Blödsinn verzapft hatte: Sie würden nicht zusammenpassen, wären nicht mehr so richtig glücklich miteinander! Abschätzig verzog er den Mund. Natürlich waren sie glücklich zusammen! Er liebte sie doch, sie beide waren sozusagen eine Einheit! Auch wenn er nicht immer verstand, was in ihr vorging. Und zugegeben, er ging in letzter Zeit immer häufiger den schier endlosen Gesprächen, die sie so gerne führen wollte, aus dem Weg. Worüber sich die Hanna aber auch den Kopf zerbrach … Und aus jeder Mücke machte sie einen Elefanten! Sollte sie doch einfach bei ihm in der Firma arbeiten. Da kam sie raus aus dem

Küchendunst der »Alpenrose«, der ewigen Schinderei. Aber nein, lieber wollte sie wieder zurück in die »Goldene Harfe«. Sich dort rund um die Uhr ausbeuten lassen. Wer sollte das verstehen? Seufzend hob er den Kopf, sah durchs geöffnete Fenster seines Büros auf die Kitzbüheler Altstadt hinunter – das emsige Treiben aus Einheimischen und Touristen – ein Anblick, der ihn normalerweise aufheiterte. Aber heute konnte dazu die Sonne auch noch so hell, wie aus einem Heimatfilm, vom Himmel scheinen und die Liebfrauenkirche anstrahlen – seine Stimmung blieb im Keller. Als die Tür seines Büros aufging, zuckte er unverhältnismäßig stark zusammen, fuhr auf seinem Schreibtischstuhl so rasch herum, dass er sich fast im Kreis gedreht hätte. Im letzten Moment stoppte er mit seinen Füßen und sah seiner Mutter Gerda, die ihm einen belustigten Blick zuwarf, ins Gesicht.

»Na, ist dir ein Gespenst begegnet?« Als er nicht antwortete, fügte sie lachend hinzu: »Oder bin ich etwa das Gespenst?«

»Nein, nein«, beeilte sich Emil zu sagen, musste plötzlich auch grinsen. »Ich habe nur nachgedacht …«

Nun mit ernsterer Miene ließ sich Gerda Hofstätter, eine große, schlanke Frau mit jugendlichem, fast schwarz gefärbtem Kurzhaarschnitt, auf der Schreibtischkante nieder. Sie musterte ihren jüngeren Sohn, der heute wie völlig durch den Wind wirkte. Ihrer Meinung nach musste man keine Hellseherin sein, um zu erkennen, dass sein unglücklicher Zustand mit Hanna zu tun hatte. Fast unmerklich schüttelte sie den Kopf. Die Hanna war ein liebes Mädel, kein Zweifel. Auch wenn der Josef, Emils Vater, zu Beginn der Beziehung ein wenig die Nase gerümpft hatte. Ausgerechnet die Tochter einer heruntergekommenen Hüttenwirtin musste sich der Emil aussuchen, da hätte Josef wirklich andere Vorstellungen von seiner zukünftigen Schwiegertochter gehabt. Schließlich wusste ganz Kitzbühel, was für ein nichtsnutziger Haderlump ihr Vater gewesen war. »Aber dafür kann doch die Hanna nichts!«, hatte Gerda damals ihrem Mann ins Gewissen geredet. »Sie ist fleißig, ehrlich und ganz bestimmt nicht darauf aus, einen reichen Bräutigam zu bekommen.« Jetzt fügte Gerda noch in Gedanken hinzu: »Und ein herzlicher Mensch ist sie auch …«

Trotzdem, von Anfang an hatte sie das Gefühl, dass ihr Emil und die fesche Wagner-Tochter sehr, vielleicht zu sehr verschieden waren. Der Emil war ja ein Lieber, aber einer, der sich nicht gerne mit ernsten Themen beschäftigte, das Leben lieber von der leichten Seite nahm. Während die Hanna manchmal schon so wirkte, als ob sie irgendeine unsichtbare Last auf dem Rücken tragen würde. Und da war es nicht gerade förderlich, wenn sich der Emil zeitweise wie der sprichwörtliche Elefant im Porzellanladen benahm. Geradeheraus fragte sie nun ihren Sohn: »Gibt's Ärger mit der Hanna? Möchte sie vielleicht gar nicht bei uns in der Firma arbeiten?«

»Doch, doch!«, sagte er ein wenig zu hastig, wirkte dabei ganz und gar nicht überzeugt. »Alles bestens. Sie muss das nur noch mit ihrer Mutter klären.«

Gerda biss sich auf die Unterlippe. Inzwischen tat es ihr bereits leid, dass sie ihrem Sohn diesen Floh ins Ohr gesetzt hatte. Einerseits, weil sie ehrlich der Meinung war, dass Hanna von ihrer Mutter ganz schön ausgenutzt wurde. Und andererseits war sie sich sicher, dass Hanna mit ihrer freundlichen Art und schnellen Auffassungsgabe sich auch ohne Bürokenntnisse perfekt ins Hofstätter-Unternehmen einfügen würde. Außerdem waren ihr Sohn und die junge Frau bereits seit sechs Jahren ein Paar, da konnten sie doch auch beruflich zusammenrücken. »Man muss ja nichts überstürzen«, sagte sie jetzt zu Emil, der so bekümmert dreinschaute, dass ihr das Mutterherz blutete. »Wenn die Büroarbeit nichts für die Hanna ist, kann man es auch nicht erzwingen. Wichtig ist doch nur, dass ihr beide den Weg geht, auf dem ihr glücklich werdet.«

Ihre aufmunternd gemeinte Bemerkung kam wohl nicht so recht an, denn Emil verdrehte entnervt die Augen. »Danke Mama für deine weisen Ratschläge, aber ich weiß schon selbst am besten, was gut für uns ist. Du wirst es nicht glauben – ich geh nicht mehr in den Kindergarten.«

»Na, dann …« Gerda nickte ihm kurz zu, dann verließ sie sein Büro.

Ein wenig beschämt sah Emil ihr nach. Er hatte nicht so unfreundlich sein wollen, aber die ganze seltsame Situation mit der Hanna machte ihn noch völlig wahnsinnig. Und seine Mutter kapierte wohl auch nicht, dass es seine Freundin war, die sich total daneben benahm. Egoistisch und unvernünftig. Plötzlich kam ihm eine Idee. Nun wusste er, mit welchem Menschen er sprechen sollte. Natürlich! Er wunderte sich richtiggehend, dass ihm diese Idee nicht bereits früher gekommen war.

Zur gleichen Zeit in München versuchte Moritz die schluchzende Frau, die vor ihm in seiner Küche stand, zu beruhigen. So richtig kapierte er immer noch nicht, wie er in dieses Unglück hineinkatapultiert worden war. Eigentlich hatte der Nachmittag richtig nett begonnen: Anja war bei ihm auf einen Kaffee vorbeigekommen, bevor sie an diesem heißen Sommertag gemeinsam mit seinem Kumpel Clemens in einen Biergarten an der Isar spazieren wollten. Sie hatten sich geküsst, miteinander gelacht. Doch plötzlich war die langbeinige Blondine ernst geworden, wollte mit ihm reden. »Ich denke, das mit uns wird etwas Richtiges, was sagst du?«, hatte sie ihn gefragt, dabei viel zu hoffnungsvoll dreingeschaut. Er dagegen wohl eher so, als ob ihn ein Bus gerammt hätte. Perplex und entsetzt zugleich.

Auch jetzt konnte er es kaum glauben, dass die Frau, die nun völlig am Boden zerstört vor ihm stand, dieselbe war, die er einen Monat zuvor durch seinen Kumpel Clemens kennengelernt hatte. »Ich habe gar keine Lust auf eine Beziehung, das kannst du mir glauben«, hatte die – scheinbar kühle – Blonde in engen Jeans und bauchfreiem Top auf der Geburtstagsparty von Clemens' Schwester nach dem zweiten Glas Wein geradeheraus zu ihm gesagt. Und mit laszivem Unterton hinzugefügt: »Aber eine nette Zeit im Sommer, das wär was für mich …«

Moritz hatte gelacht und der seiner Meinung nach bewundernswert coolen Frau geantwortet: »Da geht es dir genau wie mir.«

Seitdem waren drei Wochen vergangen, in denen sie sich einige Male getroffen hatten. Plaudern im Biergarten, gemeinsame Spaziergänge im Englischen Garten und einige ziemlich heiße Nächte – alles völlig unverbindlich, so wie ausgemacht und auch ganz nach Moritz' Geschmack. Er war bestimmt nicht stolz darauf, aber nachdem vor drei Jahren seine nunmehrige Exverlobte Marion mit ihm Schluss gemacht hatte, erschien es ihm bis heute einfach unmöglich, sich erneut zu verlieben. So, als ob sein Herz genug davon hätte, sich der Gefahr auszusetzen, erneut in tausend Stücke zerfetzt zu werden. Irgendwann fand er sich einfach damit ab. Und bemerkte, dass es sich eigentlich ganz gut damit leben ließ, wenn hübsche Frauen in seinen blauen Augen versanken und nur zu gerne eine Nacht mit ihm verbrachten. Allzu oft nahm er dieses Angebot nicht an, denn irgendetwas fehlte dabei. Oder bildete er sich das bloß ein? Auf jeden Fall war liebesmäßig nicht mehr für ihn drin, damit hatte er sich abgefunden. So gesehen begegnete ihm mit Anja der absolute Glücksfall: ein liebenswerter Mensch und eine äußerst attraktive Frau, die nicht mehr wollte als er. »Nur damit du es weißt: Ich bin ein eingeschworener Single«, musste er beim zweiten Treffen noch mal zur Sicherheit erklären, wobei er sich ein wenig verlegen mit den Fingern durch die dunklen Haare fuhr.

Er wollte unbedingt ehrlich sein, auch auf die Gefahr hin, so nicht unbedingt sympathisch rüberzukommen. Aber einer Frau etwas vorzumachen, nur um sie ins Bett zu kriegen, war einfach nicht sein Ding. Und Anja hatte ebenfalls völlig gelassen reagiert. »Schatzi, ich möchte nur ein bisschen Spaß mit dir haben«, lautete ihr Kommentar, bevor sie ihn an der Hand ins Schlafzimmer zog.

So weit, so schön. Aber warum stand sie jetzt tränenüberströmt vor ihm und zitterte am ganzen Körper? »Ich kann doch nichts dafür, dass ich mich in dich verknallt habe«, stieß sie zwischen bebenden Lippen hervor.

»Natürlich nicht«, sagte Moritz matt, strich ihr zögerlich über die Schulter.

Falsche Reaktion. Denn Anja interpretierte sein Mitleid anders, schmiegte sich an ihn und flüsterte: »Wir können es doch miteinander probieren und …«

Himmel, kam er sich hundsmiserabel vor! Wie der letzte Arsch. »Es tut mir furchtbar leid, aber in mir drin ist schon vor Jahren irgendetwas kaputtgegangen …« Über seine peinlichen dramatischen Worte erschrak er selbst. Noch mehr, als er kapierte, dass sie absolut der Wahrheit entsprachen. Seine Exverlobte hatte sein Herz tatsächlich unwiederbringlich als Scherbenhaufen hinterlassen. Und seitdem tigerte er als Gefühlskrüppel durchs Leben und brach Frauen das Herz. Herzlichen Glückwunsch, darauf konnte er wirklich stolz sein!

Nun rückte Anja ein Stück von ihm ab. »Bist du dir sicher, dass du dich auf keinen Fall in mich verlieben kannst?«

Wahrheitsgetreu hätte er einfach »Ja« sagen müssen, stattdessen stammelte er rum, machte die Sache damit natürlich nur schlimmer: »Es liegt nicht an dir …« Hilfe! Fiel ihm wirklich nichts anderes als diese lahme Plattitüde ein? Doch jetzt konnte er nicht mehr zurück. Er sprach so schnell, dass er sich andauernd verhaspelte. »Du bist ein wunderlicher … äh … wunderbarer Mensch, eine tolle Frau. Ich habe doch gar nichts verdient … äh … dich gar nicht verdient. Du aber hast auf jeden Fall nicht so einen Trottel wie mich verdient …«

»Aber ich will nur dich …«, flüsterte sie, während eine weitere Träne über ihre hohen Wangenknochen kullerte.

»Es tut mir furchtbar leid …«, wiederholte er sich. Nun wagte er es gar nicht mehr, ihr in die Augen zu schauen. Stattdessen kramte er hinter sich in der Küchentischlade nach Papiertaschentüchern.

Gleich darauf hörte er die Wohnungstür knallen – und schämte sich schrecklich. Denn ein Gefühl der Erleichterung machte sich in ihm breit, da dieses schreckliche Gespräch nun endlich vorbei war. »Zu früh gefreut«, schoss es ihm in der nächsten Sekunde durch den Kopf, als er die Wohnungsklingel hörte.

Mit schleppenden Schritten bewegte er sich in den Flur, öffnete – und sah Clemens vor sich stehen. »Ah, du bist es …«, sagte er nicht besonders geistreich.

Sein Kumpel nickte. »Sieht so aus. Übrigens, ich habe auf der Treppe deine Anja getroffen.« Schulterzuckend fügte er hinzu: »Ziemlich aufgelöst!«

»Ich weiß«, sagte Moritz leise. »Und ich weiß auch, dass ich ein absolut fieser Kerl bin und …«

»Ach, geh!«, fiel Clemens ihm ins Wort, während er dem um einen halben Kopf größeren, ziemlich breitschultrigen Freund in die Wohnung folgte. »Die Anja hat doch auch nicht mit offenen Karten gespielt. Weißt, dass mir meine Schwester vorhin erzählt hat, dass sich die Gute schon auf der Party in dich verliebt hat? Von wegen locker vom Hocker. Offenbar hatte sie aus irgendeiner Frauenzeitschrift, dass man erst recht begehrenswert erscheint, wenn man gefühlsmäßig einen auf Eisprinzessin macht.«

Moritz ließ sich mit einem resignierten Stöhnen aufs Sofa fallen, streckte die langen Beine von sich. »Trotzdem tut's mir leid, dass ich sie unglücklich gemacht habe. Ich bin doch echt das Letzte.«

Sein Kumpel zwinkerte ihm zu: »Und was willst in Zukunft machen?«

»Die Finger von den Frauen lassen!«, kam es wie aus der Pistole geschossen zurück.

Clemens lachte auf. »Aha, willst also wie ein Mönch leben?«

»Besser so, als ein totaler Widerling zu sein.« Er deutete mit dem Kopf zur Tür. »Ich glaub, ein Bier wäre jetzt nicht schlecht.«

»Gute Idee, der Trubel draußen lenkt dich wenigstens ab. Wirst sehen, in null Komma nix bist wieder gut drauf!«

Davon war Moritz zwar alles andere als überzeugt. Aber es gefiel ihm immer noch besser, als allein daheim zu hocken und darüber nachzugrübeln, warum er sich in Herzensangelegenheiten wie ein dermaßen großes Rindviech benahm.

Mit einem Lächeln auf den Lippen spazierte Hanna in Richtung der »Goldenen Harfe«. Von wegen spazieren? Sie fühlte sich dermaßen befreit, dass sie fast meinte, zehn Zentimeter über dem Boden zu schweben. Ihr Lächeln wurde noch breiter. »Gleich grinst du rund um deinen

Kopf«, musste sie denken, was ihre Mundwinkel noch mehr nach oben zog. Während sie in die Sonne blinzelte, ließ sie das Gespräch mit Marie Revue passieren, dass ihr so richtig gutgetan hatte.

»Du solltest endlich mal das tun, was du willst!«, hatte die nicht lange um den heißen Brei rumgeredet. »Auch wenn die Mama dich nicht aus ihrer Hüttenküche lassen möchte. Es ist dein Leben, und sie wird einen anderen Koch finden, keine Sorge!«

»Meinst wirklich?«, hatte Hanna zaghaft gefragt, während sich – mittlerweile ein wohlbekanntes Gefühl – das schlechte Gewissen in ihr breitmachte. »Ich will sie nicht im Stich lassen …«

Marie hatte mit den Augen gerollt, was eher drollig als entnervt aussah und vermutlich daran lag, dass sie gleichzeitig den Mund ganz schief verzogen hatte wie ein Clown. »Du lässt sie nicht im Stich. Im Gegenteil, du hast ihr lange genug geholfen, jetzt muss sie mal auf eigenen Füßen stehen …«

Kaum war der Satz ausgesprochen, mussten beide lachen. Sie lebten wohl in einer verkehrten Welt, in der die Mutter erst noch selbstständig werden musste … Aber ein wenig kam es ihnen tatsächlich so vor. Dann verkündete Marie auch noch ihre Meinung zu Emil – und Hanna war ihr dankbar, dass sie kein Blatt vor den Mund nahm: »Er ist sicher kein schlechter Kerl. Aber ob er der Richtige für dich ist – keine Ahnung …«

»Daran muss ich auch immer denken. Und komme mir dabei so richtig fies vor«, hatte Hanna gemurmelt.

»Du musst ja nichts überstürzen«, hatte Marie sanft erwidert, ihre jüngere Schwester dabei an sich drückend. »Gib dir einfach Zeit und schau, wie du dich an seiner Seite fühlst. Vielleicht findet ihr ja wieder zusammen. Aber wenn du dich dabei total aufgibst, ist es das nicht wert.«

Diese Worte hallten auch jetzt noch in ihrem Ohr, als Hanna mit entschlossenen Schritten auf den Eingang der »Goldenen Harfe« zusteuerte. Ja, sie würde Emil und sich eine Chance geben, aber sich auch nicht länger unterbuttern lassen. Und endlich das tun, was ihr guttat. Und den Anfang machte sie damit, dass sie sich ganz in Ruhe mit dem Tobias Oberreiter unterhielt. Ja, natürlich hätte sie vorher noch einmal mit dem Emil und ihrer Mutter darüber reden können. Aber was dann? Die beiden hätten doch so lange auf sie eingeredet, bis sie wieder auf die Größe eines Gartenzwerges geschrumpft wäre. Nein, diesmal ließ sie sich von niemandem beeinflussen.

»Hanna, das ist ja eine Freude, dich so schnell hier zu sehen!«, begrüßte Tobias sie mit einem aufrichtig wirkenden Lächeln, als sie den Kopf zur Restaurantküche hereinstreckte. Seiner herzlichen Gestik nach hätte er sie wohl am liebsten umarmt – doch an seinen Fingern klebte Semmelfülle, die ganz offensichtlich in die Ente gehörte, welche in einer großen Bratpfanne neben ihm auf dem Küchentisch stand.

»Hallo, Tobias«, sagte Hanna und zwinkerte ihm zu. »Am liebsten würde ich sofort ins Kochgewand reinspringen und mitmachen!« Mit einem kleinen Seufzer fügte sie hinzu: »Geht mir immer so, wenn ich hier bin.«

Er neigte den Kopf leicht zur Seite. »He! Das klingt ja ganz so, als ob ich mir Hoffnungen machen darf!« Grinsend setzte er nach: »Dann wasche ich mir nur rasch die Hände, und gleich können wir miteinander plaudern.«

»Vorher kannst ruhig noch die Ente in den Ofen schieben«, sagte Hanna. »Wäre ja schade, wenn sie nicht rechtzeitig fertig wird.«

Es störte sie tatsächlich überhaupt nicht, dass sie noch ein wenig auf den Tobias warten musste. So konnte sie sich von ihrem Tisch aus ganz in Ruhe in der »Goldenen Harfe« umschauen, jetzt am Nachmittag waren gerade keine Gäste da. Doch am Abend würde das Restaurant wieder bis auf den letzten Platz voll sein, davon war Hanna überzeugt. Ein tolles Lokal, in dem uriges Landhaus-Design gekonnt mit modernen Akzenten kombiniert worden war. Tische und Bänke aus hellem Holz, in der Ecke ein gemütlicher offener Kamin, der jetzt im Sommer aber kalt blieb. Dazu bildete die trendige Bar aus Milchglas einen interessanten Kontrast. »Ist wirklich eine gute Idee gewesen, dass der Tobias sie vor zwei Jahren hat einbauen lassen«, stellte Hanna auch jetzt wieder für sich fest.

Auch die meisten Stammgäste, die den Umbau zuerst empört nach dem Motto »So ein Blödsinn! Dieses moderne Zeug!« kommentiert hatten, revidierten ihre Meinung und mussten zugeben, dass die Einrichtung der »Goldenen Harfe« einfach stimmig war.

Leise seufzte Hanna auf. Das, was ihr hier am meisten gefiel, hatte nur wenig mit der Einrichtung zu tun. Es war das schlichte, aber deswegen nicht weniger berauschende Gefühl, hierher zu gehören. In einem Team zu arbeiten, mit dem es keine Sekunde langweilig wurde.

»Na, was gibt's für Neuigkeiten?«, hörte sie da Tobias hinter sich, gleichzeitig spürte sie seine Hand auf ihrer Schulter.

Als sie ihn ansah, wedelte er übertrieben eifrig mit seinen Händen in der Luft rum. »Keine Angst, alles frisch gewaschen.«

»Glaub ich dir«, lachte sie. »Aber ich werde stutzig, wenn mir nachher alle Hunde von Kitzbühel nachrennen, weil ich so schön nach Ente dufte …«

Tobias schnitt eine treuherzige Grimasse, dann nickte er Hanna zu.

»Also …«

Sie setzte sich kerzengerade hin. »Zuerst möchte ich mich noch mal für meine Mutter entschuldigen, irgendwie hast du sie wohl auf dem falschen Fuß erwischt. Tut mir echt leid.«

»Schon vergessen.«

»Puh«, atmete sie lautstark auf. »Dann habe ich ja vielleicht recht gute Chancen, wenn ich dir sage, dass ich hier sehr gerne wieder zu arbeiten beginnen würde.« Während sie sprach, spürte sie, wie sich ein warmes Glücksgefühl in ihrer Brust breitmachte. Nun konnte sie gar nicht mehr verstehen, warum sie so lange gezögert hatte. Auch Tobias schien sich ehrlich zu freuen. Er strahlte sie an, dann sprang er auf und schloss sie in seine Arme. »Hanna, das ist die beste Nachricht, die ich seit Langem erhalten habe. Wenn du möchtest, kannst schon morgen wieder in die Küche einziehen.«

Hanna machte sich gerührt von ihm los, wendete rasch das Gesicht ab, sonst merkte der Tobias noch, was für eine Heulsuse sie war. Dabei fiel ihr Blick durch eines der großen Restaurantfenster. Gleich darauf erkannte sie ein Gesicht. Die Maier-Lene, eine ehemalige Mitschülerin vom Emil, stand draußen auf der Straße und winkte ihr freundlich lächelnd zu. Herrje, in so einem kleinen Ort liefen einem wirklich immer wieder mal Bekannte über den Weg! Geistesabwesend winkte sie zurück, dann hatte sie sich so weit gefasst, dass sie wieder mit Tobias reden konnte. »Danke, aber so schnell geht's dann doch nicht. Ich muss mich noch mit meiner Mutter besprechen, und sie muss erst einen Ersatz für mich finden …«

Als sie den enttäuschten Gesichtsausdruck von Tobias registrierte, warf sie schnell ein: »Aber das wird alles kein Problem sein. In spätestens einem Monat stehe ich hinter deinem Herd.«

»Na, hoffentlich«, sagte Tobias und zupfte am Kragen seiner Kochjacke. »Ich hätte mir ja gewünscht, dass Isolde bereits ihren Segen gegeben hätte.«

»Wird sie ganz bestimmt. Keine Sorge!«, beruhigte ihn Hanna, die sich auf einmal sehr zuversichtlich fühlte. Ihre Mutter würde ihr nicht böse sein. Bestimmt nicht, nach all den Jahren, in denen Hanna für sie ohne Murren und im Grunde für ein Taschengeld gearbeitet hatte. Sogar Marie war sich sicher gewesen, dass Isolde Vernunft annahm, wenn die kleine Schwester endlich ihren Standpunkt verteidigte.

»Na, dann freue ich mich auf unsere baldige Zusammenarbeit!«, lachte Tobias und streckte ihr die Hand entgegen. »Nächste Woche setzen wir den Arbeitsvertrag auf.«

»Ja, das machen wir«, sagte Hanna und schlug mit einem tiefen Seufzer der Erleichterung ein.

Schnipp, schnapp, die Marionettenschnüre waren durchtrennt. Sie hörte geradezu die Schere klappern. In dem Moment betrat Lukas, der Koch, der nach Kalifornien gehen würde, das Restaurant. Als er den Handschlag sah, reckte er mit einem breiten Grinsen die Faust in die Höhe. »Juhu! Die Hanna kommt zurück! Dann hat der Chef heute gute Laune und gibt nach der Arbeit noch ein Bier aus!«

»Sei ned so frech!«, drohte ihm Tobias mit hoch erhobenem Zeigefinger. Dabei konnte er jedoch ein Lachen nicht unterdrücken, betrachtete danach fast gerührt, wie sich Hanna und Lukas zur Begrüßung umarmten.

»Wie ein stolzer Papa«, flachste Lukas und zwinkerte Hanna zu.

Die lachte auf. »Schaut so aus.« Verträumt fügte sie hinzu: »Wie schön, dass wir beide unsere Träume wahr machen können, du in San Francisco und …«

»… du hier!«, ergänzte Lukas stöhnend. »Gleich fang ich an zu heulen!«

»Ja, ja, ich hör ja schon auf, so pathetisch zu sein«, wiegelte Hanna in bemüht lässigem Ton ab.

Bestimmt besser so, denn ihre Augen fühlten sich schon wieder ganz feucht an. Zum Glück machte Lukas gerade eine Handbewegung, als ob er sich gleich völlig unfeierlich übergeben müsste. Und Tobias rief übertrieben entsetzt aus: »Bitte nicht hier, sonst glauben die Gäste noch, bei uns ist das Essen schlecht!«

Himmel, war das ein Kasperltheater! Hanna grinste übers ganze Gesicht. Hier würde sie sich bestimmt sauwohl fühlen …

Zufrieden drückte Isolde, die auf einer Bank vor der »Alpenrose« saß, auf die Aus-Taste ihres Handys. Kurz blinzelte sie in die warme Sonne, schloss schließlich mit einem tiefen Seufzer die Augen. Es hatte richtig gutgetan, mit dem Emil zu reden. Wenigstens einer, der sie verstand und sich bereitwillig ihre Ratschläge anhörte. Wenn sie da an ihre eigenen Töchter dachte … Marie, die ohnehin schon immer ihren eigenen Kopf gehabt und sich ihren Beruf, ohne viel zu fragen, ausgesucht hatte. »Ich werde Lehrerin und nichts anderes!«, verkündete sie bereits als kleines Mädel. So entschlossen, da fuhr die Eisenbahn drüber.

Vielleicht hatte Isolde deshalb nur halbherzig versucht, sie umzustimmen und für die Almhüttenwirtschaft zu begeistern ... oder ihre Versuche auch deswegen so rasch abgebrochen, weil ihre Hanna immer schon gerne gekocht hatte. Mit nicht mal zehn Jahren hatte die Kleine bereits in der Küche gestanden und die Palatschinken wie eine Große in die Luft geschupft. Lächelnd schüttelte Isolde den Kopf. Ja, sie wusste sehr wohl, dass die Hanna in der Küche ein Riesentalent war. Und zum Glück hatte sich das auch in der Gegend rumgesprochen. Bestimmt ein Hauptgrund, warum sich die »Alpenrose« trotz der vielen, von Peter hinterlassenen Schulden über Wasser halten konnte. Eines Tages würde Hanna das Almwirtshaus übernehmen und ihr ewig dankbar sein, dass sie ihr bei der Entscheidung geholfen hatte. Wäre ja noch schöner, wenn man als Mutter nicht ein wenig mitreden durfte! Da meldete sich eine zaghafte Stimme in ihrem Hinterkopf: »Nutzt du ihre Gutmütigkeit nicht ganz schön aus?«

»Blödsinn!«, sagte Isolde laut. Gar nix nutzte sie aus! Auch wenn sich sogar die Resi auf einmal so blöd aufführte und meinte, für die ach so arme Hanna Partei ergreifen zu müssen. Das war doch wirklich lachhaft! Gut, sie selbst hätte vielleicht nicht so ausrasten und die Resi anschreien dürfen. Mit leichter Scham dachte sie an die Szene vom Vorabend zurück, als sie sich wie ein wild gewordener Teufel gebärdete: »Das ist doch die Höhe!«, hatte sie die alte Resi angekeift, weil die an ihre Muttergefühle appellierte.

Eine absolute Frechheit! Als ob sie nicht alles für ihre Töchter tun würde! Nur peinlich, dass sie dann … Eine laute männliche Stimme neben ihr unterbrach ihren Gedankengang. »Alles wieder in Ordnung«, sagte Murat Temal, der Tischler aus Kitzbühel.

Nachdem ihn Isolde vorhin ganz aufgelöst angerufen hatte, war der Mann, der sich vor dreißig Jahren als junger Gastarbeiter aus der Türkei in Tirol niederließ, innerhalb einer Stunde zur »Alpenrose« hochgefahren. »Typisch Murat«, musste Isolde auch jetzt dankbar denken. »Vielen Dank noch mal, dass es so schnell gegangen ist«, sagte sie, dabei konnte sie nicht verhindern, dass ihre Wangen zu glühen begannen.

Es war am Vorabend aber wirklich zu blamabel gewesen, wie sie mit voller Kraft auf einen der uralten Holztische draufgehauen hatte, und danach mit einem lauten Knacks ein Bein entzweigebrochen war. In ihrem Zorn nahm sie das zuerst gar nicht wahr, zeterte bloß weiter: »Ich habe mich ein Leben lang für meine Töchter abgerackert. Auch für die Hanna! Da kann sie mir wenigstens ein bisschen was zurückgeben!«

Wütend hatte sie die Resi, die stumm und völlig reglos dastand, angefunkelt: »Und wenn du noch weiter so einen Blödsinn daherredest, kannst dir demnächst eine andere Stelle suchen!«

Natürlich hatte sie sich gleich darauf bei der Resi entschuldigt und sie nach Hause gefahren. Und jetzt war glücklicherweise auch wieder der Tisch heil, bevor die Hanna in die »Alpenrose« kam und Fragen stellte. Isolde schluckte. Sie konnte nur hoffen, dass Resi wirklich nichts ausplauderte, so wie versprochen. Denn als rabiater Hüttendrachen wollte sie nun wirklich nicht dastehen. »Was kriegst denn für das neue Tischbein?«, fragte sie Murat.

Der winkte ab. »Das ist wahnsinnig schnell gegangen. Lädst mich demnächst einfach wieder einmal auf eure leckeren Spinatknödel ein.«

»Danke«, sagte Isolde gerührt, legte dem Mann kurz die Hand auf den Oberarm. Murat hatte ihr schon so oft in der baufälligen Almhütte geholfen, ohne dafür Geld zu verlangen, dass es ihr inzwischen regelrecht unangenehm war. Auch wenn sie ihm die Scheine regelrecht aufdrängen wollte, hatte er sich dagegen gewehrt, so, als ob sie ihm eine langbeinige Spinne in die Hand zu drücken versuchte. »Da kommst aber bitte gleich mit deinen zwei Töchtern und deinem Enkelkind!«, sagte sie zu dem geschiedenen Mann, nachdem sie sich wieder gefangen hatte, in ihrer gewohnt resoluten Art. »Und wenn du das nächste Mal bei mir etwas reparierst und wieder kein Geld nimmst, dann wirst mich kennenlernen!«

Murat fuhr sich mit einem amüsierten Lachen durch die kurzen dunklen Haare. »Ja, ja, ich fürchte mich jetzt schon, Frau Wirtin! Ich werde mal schauen, dass ich meine zwei Mädels zum Sonntagsausflug mit ihrem Papa überreden kann. Die haben ja in ihren Jobs auch jede Menge zu tun.«

Isolde rümpfte leicht die Nase. Gerade bei einer türkischen Familie hätte sie sich gedacht, dass die Kinder gefälligst auf ihre Eltern zu hören hatten – egal, wie alt sie waren. Als sie Murats spitzbübisches Grinsen sah, zuckte sie ertappt zusammen. Und prompt kam auch schon seine Antwort: »Meine Töchter sind erwachsen. Da müssen sie selbst bestimmen, was sie tun.«

»Sicherlich …«, presste sie zwischen den Lippen hervor.

»Schönen Tag noch!«

»Dir auch!«

Nachdenklich sah sie dem kräftigen Mann nach, wie er über den Kiesweg zu seinem Auto stapfte. Als er an der Fahrerseite angekommen war, drehte er sich nochmals um. »Übrigens, das schiefe Regal in der Küche ist jetzt auch wieder in der Waagrechten!«

»Unverbesserlich!«, rief sie. »Das nächste Mal bezahle ich dich!«

»Sicher!«, rief Murat und zwinkerte ihr beim Einsteigen zu.

Als er die gewundene Bergstraße hinunterfuhr, winkte ihm Isolde noch eine Weile mit ernster Miene nach. Dann fiel ihr wieder das Telefongespräch mit Emil ein, und sofort fühlte sie sich ein wenig besser. Ja, sie hatte ihm einen famosen Rat gegeben. Und auch, wenn die rechthaberische Resi der irrigen Meinung war, dass sie zu wenig auf Hannas Bedürfnisse achtete – zumindest jetzt hatte sie einen wichtigen Grundstein für das Glück ihrer Tochter gelegt.

Am nächsten Nachmittag, als Hanna im Badezimmer stand und sich nach dem Duschen die welligen Haare trockenföhnte, wirbelten die Gedanken in ihrem Kopf nur so umher. Welch ereignisreiche Stunden hinter ihr lagen! Zuerst das Gespräch mit dem Tobias am Tag zuvor, das besser gelaufen war als in ihren kühnsten Träumen. Ein Kribbeln überlief ihren Körper, wenn sie daran dachte, dass sie in wenigen Wochen endlich wieder in der Restaurantküche kochen würde. Nun war sie auch zuversichtlich, dass ihre Mutter sie verstehen und unterstützen würde. Schließlich konnte es doch nicht so schwierig sein, einen Koch für die »Alpenrose« zu finden. Erwähnte nicht sogar die Resi letztens, dass ihre Schwiegertochter gerne aushelfen würde? Und wenn die nur halb so gut wie die Resi kochte, war das Almwirtshaus gerettet. Hanna konnte nicht anders als lächeln, während sie mit heißer Luft die letzten feuchten Haare am Hinterkopf bearbeitete. Sie würde sich mit Isolde in einer ruhigen Minute zusammensetzen und alles klären. Schließlich hatte das doch auch am Vorabend ganz wunderbar mit dem Emil funktioniert. »Ich hab dich sehr gern«, hatte sie ihm gesagt, »aber für mich funktioniert eine Beziehung nur, wenn man den anderen wachsen, ihn seinen Weg gehen lässt.«

Überraschend verständnisvoll lautete Emils Antwort: »Sicher, ich will doch nur, dass du glücklich wirst.« Leise und fast unsicher hatte er nachgesetzt: »Ich hoffe halt nur, dass du dein Glück an meiner Seite findest …«

Ihr war ganz mulmig gewesen, als ihr in dem Augenblick klar wurde, dass sie das selbst nicht mit Sicherheit sagen konnte. »Gib mir bitte ein bisschen Zeit. Es tut mir leid, aber im Moment weiß ich wohl selbst nicht so genau, was ich möchte …«

Emil hatte sie so traurig angeguckt, dass ihr fast die Tränen gekommen wären. Ja, er gehörte zu ihrem Leben und er bemühte sich um sie. Offensichtlich war sie die Schwierige, der man es nicht recht machen konnte, und inzwischen schon wütend auf sich selbst, weil sie diese seltsamen Wünsche hegte. So, als ob der Märchenprinz, der sie jederzeit verstand, gleich auf einem weißen Pferd dahergeritten käme. So was von unrealistisch und einfach nur lächerlich … »Es wird schon werden«, hatte Emil da gesagt und sie sanft in den Arm genommen.

Erleichtert an ihn geschmiegt, hätte sie ihm um ein Haar von ihrem Job in der »Goldenen

Harfe« erzählt. Doch irgendetwas in ihr sträubte sich dagegen, vielleicht sollte sie an diesem Abend sein Verständnis wirklich nicht noch mehr strapazieren ... Aber jetzt, inzwischen war sie dazu übergegangen, sich die Augen zu schminken, glaubte sie sicher, dass sie heute Abend Emil und ihrer Mutter von den Jobneuigkeiten erzählen konnte. Isolde hatte am Nachmittag ungewohnt freundlich gemeint, Hanna könnte sich ruhig für zwei, drei Stündchen daheim ausruhen, die Resi und sie würden das Hüttengeschäft auch allein schaukeln. Und weil Resi – eigentlich ziemlich ungewöhnlich – Isolde sofort zustimmte, war Hanna in ihrem inzwischen wieder funktionierenden alten Käfer nach Hause abgedüst. »So eine Gelegenheit darf ich mir nicht entgehen lassen!«, hatte sie den beiden Frauen noch lachend zugerufen und danach den kleinen Mittagsschlaf richtig genossen. Jetzt warf sie einen kurzen Blick auf ihre Armbanduhr. Gleich halb sechs, allzu lange wollte sie ihre Mutter und die Resi auch nicht warten lassen.

Als Hanna vor der »Alpenrose« hielt, staunte sie nicht schlecht: Der Parkplatz war voller Autos, so, als ob drinnen in der Almhütte eine Geburtstagsfeier stattfinden würde. Oder hatte sich zufällig ein prominenter Gast hierher verirrt, und prompt waren seine Fans auch nachgekommen? Mist! Hanna schluckte. Bestimmt rotierten Isolde und Resi drinnen bereits, während sie sich daheim gemütlich aufs Ohr gehauen hatte. Und das Gespräch mit ihrer Mutter – in Gedanken mindestens zehnmal begonnen – konnte sie bei dem Stress auch vergessen: »Mama, bitte hör mir zu. Ich weiß, du meinst es gut mit mir. Und bitte sei mir nicht böse, aber ich muss einfach …«

Noch kein einziges Mal war sie in ihrer Vorstellung mit ihrer Rede weitergekommen. Wie verhext erschien an dieser Stelle vor ihrem geistigen Auge immer das gleichzeitig wütende und enttäuschte Gesicht ihrer Mutter. Zum Verrücktwerden! Dabei hoffte sie so sehr, dass ihr in der Realität die richtigen Worte, die Isolde überzeugten, einfallen würden. Ja, es klappte, ganz bestimmt, machte sie sich im Geiste selbst Mut. Doch jetzt musste sie dringend an die Arbeit. Schwungvoll öffnete sie die Hüttentür, schaute in die mit einer Vielzahl von Kerzen erleuchtete Stube – und erstarrte.

3

Völlig fassungslos schaute Hanna in die Runde. Was wurde denn in der »Alpenrose« gefeiert, so schick, wie alle angezogen waren? Sie selbst kam sich da in ihren Jeans, der roten Bluse samt gleichfarbigen Ballerina-Schuhen viel zu leger gekleidet vor. Verblüfft stellte sie fest, dass ihre Schwester Marie im grünen Dirndlkleid vor ihr in der Wirtsstube stand, gemeinsam mit deren Mann Robert und der kleinen Emma, die aufgeregt an der Hand ihres Papas herumzappelte. Als Hanna ihrer Schwester einen fragenden Blick zuwarf, zuckte die mit den Schultern. Eher ratlos wirkte sie anstatt festlich gestimmt. »Warum hat mir niemand etwas gesagt?«, flüsterte Hanna in ihre Richtung.

Marie verzog den Mund. »Die Mama hat mich vorhin angerufen. Wir sollten uns hübsch anziehen und schnell heraufkommen. Mehr weiß ich auch nicht.«

Nun bemerkte Hanna die Eltern von Emil. In eleganter, teurer Kleidung und mit ziemlich erwartungsvollen Mienen standen sie neben Emils Bruder Anton samt Frau und dessen beiden Kindern. Und Isolde, die sich in ihrem besten Dirndl – honigfarben mit lila Blümchen – leicht an die Resi lehnte, lächelte dermaßen selig, als ob sie eben einen enormen Lottogewinn eingeheimst hätte. »Es ist eine wunderbare Überraschung«, raunte sie ihrer jüngeren Tochter zu, bevor sie wieder auf diese seltsame Art vor sich hin lächelte.

Hanna stutzte, als sie bemerkte, dass Resi nicht lächelte. Nein, sie wirkte alles andere als glücklich, eher so, als ob Isolde ihr eben gekündigt hätte. Aber das traute die junge Frau nicht mal ihrer zugegeben nicht eben sensiblen Mutter zu: zuerst kündigen und dann juchheißa auf eine Party einladen. Nein, hier lag der Hund wohl nicht begraben. Hanna schluckte einige Male. Inzwischen fühlte sie sich dermaßen durcheinander, dass sie sogar überlegte, ob sie ihren eigenen Geburtstag vergessen hatte. In letzter Zeit war ihr so viel durch den Kopf gegangen, dass ihr Hirn womöglich aussetzte … Nein, ihr Geburtstag war nach wie vor im Herbst, so weit konnte sie noch denken. Oh, jetzt erst sah sie Emil, der sehr schick im dunklen Anzug mit weißem Hemd hinter Isolde hervortrat. Irgendetwas kleines Glitzerndes entdeckte sie in seiner Hand. Als er näher kam, erkannte Hanna, was er da zwischen seinen Fingern hielt: einen wunderschönen weißgoldenen Diamantring mit einem beachtlich großen, funkelnden Stein. Nun verstand Hanna auch, warum aus Isoldes altem CD-Player Whitney Houstons Stimme erklang, dramatisch schmetterte die Sängerin *I Will Always Love You* in die Hüttenstube. Vorhin hatte Hanna die Musik noch ausgeblendet – vielleicht weil sie einfach nicht wahrhaben wollte, was da auf sie zukam. Ein eiskalter Schauer lief ihr den Rücken hinunter, während sie versuchte, Emil beiseitezuziehen. Sie musste diesem schlimmen Schauspiel unbedingt ein Ende bereiten, bevor es richtig begann. Und vor allem, bevor es sich zu einem wahren Desaster steigerte.

Doch Emil schüttelte ihre Hände beiläufig ab, lächelte ihr zu, als ob sie ihn nicht mit schreckgeweiteten Augen anstarren würde. Er räusperte sich einige Male, dann begann er zu sprechen. »Meine liebe Hanna«, kam es viel zu feierlich von seinen Lippen. »Ich habe eine Weile gebraucht, um zu kapieren, warum du dich in letzter Zeit so … nun ja … sagen wir, unwohl fühlst. Aber jetzt weiß ich es ….« Er sah zu Isolde hinüber und nickte ihr lächelnd zu. »Da kannst du dich auch bei deiner großartigen Mutter bedanken, die mir die Augen geöffnet hat. Männer sind ja manchmal nicht so fix.« Beifall heischend schaute er in die Runde, erntete jedoch bloß von Isolde ein etwas schrilles Lachen.

»Aber …«, setzte Hanna verzweifelt an, sie konnte einfach nicht verstehen, welchen Unsinn er sich da zusammengereimt hatte.

Ihren Einwand übergehend, sprach er weiter: »Du warst dir meiner wohl unsicher und hast gefürchtet, ich meine es nicht ernst mit dir. Möchte nur eine Weile Spaß mit der hübschen Hanna haben, um dann eine Frau aus wohlhabenderem Haus zu heiraten.«

Bei den letzten Worten registrierte Hanna, wie ihre eben noch so gut gelaunte Mutter zusammenzuckte. Daran, dass ihre Tochter nicht wirklich als typische »gute Partie« galt, wurde sie augenscheinlich nicht allzu gerne erinnert. Was im Moment aber auch völlig gleichgültig war. Jetzt musste Hanna unbedingt ihren Freund stoppen, bevor er sie beide vor der gesamten Familie lächerlich machte. »Emil, bitte …«, versuchte sie es noch einmal, erntete jedoch von ihm nur einen ermahnenden Blick.

»Lass mich bitte aussprechen, mein Schatz«, sagte er in salbungsvollem Ton. »Natürlich wäre es schön gewesen, wenn du deine Sorgen offen mit mir geteilt hättest, anstatt mir wegen irgendwelcher lächerlichen Dinge andauernd Vorwürfe zu machen. Ich bin doch kein Unmensch. Und wenn man mir einen kleinen Schubs verpasst …« Wieder ein dankbarer Blick in Richtung Isolde, die ihr entzücktes Lächeln inzwischen wiedergefunden hatte. »… verstehe auch ich, was Frauen wirklich wollen.«

Ein betretenes Raunen ging durch die kleine Gruppe. Offenbar wurden seine nicht eben charmanten Ausführungen mit keinem großen Wohlwollen aufgenommen. »Komm endlich zum Punkt!«, zischte nun auch Emils älterer Bruder Anton.

Eigentlich ist das alles hier zum Lachen, schoss es Hanna durch den Kopf. Nur zu dumm, dass ihre Kehle wie zugeschnürt war. Noch mehr, als Emil nun tatsächlich zum entscheidenden Teil seiner Rede kam: »Das heißt, ich möchte deinem geheimen Wunsch sehr gerne nachkommen und hier ganz feierlich um deine Hand anhalten. Und keine Sorge, Isolde hat bereits ihren Segen gegeben. Für sie ist es sogar okay, wenn du zwei Tage in der Woche bei uns im Bauunternehmen arbeitest. Wenn du vorkochst, kann Resis Schwiegertochter einspringen. Also hoffe ich, dass du glücklich bist, wenn du bald meine Frau sein wirst, Frau Hanna Hofstätter.«

Er lächelte seine Freundin siegessicher an. So stolz, als sei er für den Nobelpreis in mindestens drei Kategorien nominiert. Im nächsten Moment versuchte er ihr, den Diamantring an den Ringfinger ihrer linken Hand zu stecken. Hanna zog die Hand zurück, so, als ob er sie mit einem Messer schneiden wollte. Entsetzt starrte sie ihn an, öffnete und schloss einige Sekunden lang stumm ihren Mund. Wie ein Karpfen, den man aus dem Wasser an Land gezerrte hatte und dessen letztes Stündchen nun schlug. Genauso fühlte sie sich auch, gleich würde sie hier ersticken. Um sich zu beruhigen, atmete sie einige Male tief ein und aus. Dann strich sie sich eine dunkle Locke hinters Ohr, die ihr jedoch ohnehin gleich wieder ins Gesicht fiel. Wieder und wieder tasteten ihre Finger nach der Locke, um es schließlich aufzugeben. »Keine Panik, alles lässt sich klären«, sprach sie sich in Gedanken selbst Mut zu.

»Emil, ich kann gar nicht verstehen, wie du auf diese Idee kommst, dass ich dich jetzt heiraten möchte!«, brachte sie schließlich in gedämpftem Ton heraus.

Er sah sie gleichermaßen verständnislos wie beleidigt an. »Aber das war doch das Problem«, sagte er kopfschüttelnd. »Du möchtest sichergehen, dass du gut versorgt wirst. Dass ich verpflichtend an deiner Seite stehe.«

Wieder ging ein Raunen durch die Gruppe. Hanna konnte sogar aus dem Augenwinkel erkennen, wie Anton entsetzt die Augen verdrehte. Sie verstand ihn nur zu gut. Denn der Blödsinn, den Emil hier verzapfte, ging wirklich auf keine Kuhhaut. Vermutlich versuchte er, liebevoll und freundlich zu sein, beleidigte sie jedoch in einem fort. »Nein, Emil, da hast du etwas völlig falsch verstanden. Ich möchte auf eigenen Beinen stehen, beruflich meinen Weg gehen. Ganz bestimmt geht es mir nicht darum, von einem Mann gut versorgt zu sein.« Resigniert, weil Emil sie offenbar so gar nicht kannte, senkte sie den Blick. »Denkst du wirklich, ich zicke bloß rum, damit mich der reiche Bauunternehmersohn heiratet?«

»Aber …«, stammelte er, starrte dabei unentwegt auf den abgewiesenen Diamantring in seiner Hand. Nun fehlten offensichtlich ihm die Worte.

»Emil, es ist sehr lieb, dass du um meine Hand anhältst, aber ich kann deinen Antrag jetzt unmöglich annehmen …«, sprach sie weiter.

Dass er sie nicht mal richtig gefragt, sondern seinen Antrag wie ein wohlwollendes Geschenk vermittelte, worüber sie unendlich dankbar zu sein hatte, schluckte sie, obwohl es nicht der Wahrheit entsprach, runter. Auch wenn er sie hier bloßstellte, sie beide in eine unheimlich peinliche Situation gebracht hatte, wollte sie ihn nicht kränken. Diesen Mann, den sie ehrlich gern hatte und der unbestritten auch zahlreiche gute Seiten besaß. Doch noch nie war sie sich so sicher wie jetzt gewesen, dass sie beide auf völlig verschiedenen Sternen lebten. Mit einem tiefen Seufzer legte sie ihm die Hand auf den Oberarm. »Emil, wir haben doch darüber gesprochen, dass wir gar nicht so genau wissen, wie es bei uns weitergeht …«

»Du weißt es nicht!«, stieß er da hervor, seine Stimme bebte vor Zorn. »Und wenn du denkst, du kannst mir einen Korb geben, vor all den Leuten, und ich nehme das so einfach hin, dann hast du dich sauber getäuscht!« Die letzten Worte hatte er gebrüllt, nun senkte er seinen Kopf in Richtung Hanna, die entsetzt zurückwich. Regelrecht bedrohlich wirkte er auf einmal auf sie, wie er sie böse anblitzte.

Trotzdem konnte und wollte sie jetzt nicht so einfach klein beigeben. »*Du* hast mich hier mit deinem Antrag völlig überrumpelt! So sieht es nämlich aus! Ich habe mir diese schreckliche Situation bestimmt nicht gewünscht!«

Da baute sich auf einmal Isolde neben Emil auf, an ihrem angespannten Gesicht war ihr Zorn nur unschwer abzulesen. Und Hanna hätte darauf wetten können, dass dieser sich nicht gegen Emil richtete. »Sei doch nicht so undankbar und schnippisch, Hanna! Du weißt offenbar gar nicht, was gut für dich ist!« Hatte sie die ersten Worte nur gezischt, so wurde ihre Stimme nun laut und schrill: »Muss man sich denn immer schämen für dich? Wie eine Idiotin stehe ich jetzt da!«

Entgeistert schaute Hanna ihre Mutter an, die allen Ernstes sich selbst als armes Opfer darstellte. Das konnte doch alles nicht wahr sein. »Du denkst, dass du alles richtig machst, hast mit dem Emil alles wunderbar geplant, wie ich mein Leben zu führen habe. Mit einem kleinen Fehler: Mich hat vorher kein Mensch gefragt. Doch damit ist jetzt endgültig Schluss!«

Entschlossen schaute sie von Isolde zu Emil, dann wagte sie einen kurzen Blick in die Runde. Entsetzte und ratlose Gesichter erkannte sie. Marie standen die Tränen in den Augen, so sehr litt sie mit der Schwester. Nun kam sie auf sie zu und legte den Arm um sie. »Langsam reicht es! Lasst Hanna endlich selbst entscheiden, was sie machen möchte!«, sagte sie scharf zu Isolde und Emil. An Hanna gewandt, fügte sie hinzu: »Es tut mir so leid, aber ich hatte echt keine Ahnung, was hier heute Abend passieren sollte …«

»Keine Sorge, es klärt sich alles auf«, flüsterte Hanna, versuchte, ein aufmunterndes Lächeln in ihre Richtung zu schicken, dabei merkte sie selbst, dass ihr bloß eine traurige Grimasse gelang. Egal, sie musste da durch. Auch wenn sie sich diese schreckliche Situation bestimmt nicht ausgesucht hatte, konnten jetzt gerne alle hören, was es von ihrer Seite dazu zu sagen gab. Passenderweise sang jetzt auch Whitney Houston nicht mehr, umso lauter hörte Hanna ihren eigenen Atem. Und dass alle sie ansahen, merkte sie auch.

Die kleine Emma, die sich neben ihre Mutter gestellt hatte, fasste nach ihrer Hand. »Ach, Tante Hanna, guck nicht so traurig! Sonst muss ich auch noch weinen«, sagte sie mit einem tiefen Seufzer.

»Alles gut, mein Mäuschen!«, versuchte Hanna sie zu beruhigen, dabei konnte sie sich nur zu gut vorstellen, dass sie wie das sprichwörtliche Häufchen Elend dastand. Sie schluckte und wandte sich an Isolde. »Mama, ich höre auf, in der ›Alpenrose‹ zu kochen. Bis du einen neuen Koch hast, helfe ich dir in den nächsten Wochen noch gerne, aber danach arbeite ich in Kitzbühel in der ›Goldenen Harfe‹. Außerdem werde ich mir endlich eine eigene Wohnung suchen.« Wie zu sich selbst fügte sie kopfschüttelnd hinzu: »Das hätte ich wirklich schon längst machen sollen.«

Isolde schnappte empört nach Luft, doch Hanna ignorierte sie, wandte sich stattdessen an Emil. »Wie gesagt, es tut mir leid, dass ich deinen Antrag nicht annehmen kann. Aber der Augenblick passt überhaupt nicht. Wenn du möchtest, dass wir zusammenbleiben, lass uns einfach Zeit … und mir die Luft zum Atmen.«

Sie warf Emil, wie sie hoffte, einen versöhnlichen Blick zu. Aber der schien kurz vor einer

Explosion zu stehen. »Du undankbare Kuh! Statt froh zu sein, dass ich dich nehme, lässt du mich wie einen Trottel dastehen!«, schrie er sie außer sich vor Wut an. »Was denkst du dir eigentlich dabei?«

Blitzartig hob er seine Hände und versetzte ihr einen Stoß vor die Brust. So unvermutet und heftig, dass ihr kurz die Luft wegblieb, sie nach hinten torkelte und auf den Holzdielen landete. Dabei hörte sie ein leises Klirren, als der Diamantring ebenfalls auf den Boden kullerte. Wie passend! So erbärmlich musste es also mit ihnen beiden enden. Von dem Schlag, aber auch vor Wut schnaufend, funkelte sie Emil an. Der wirkte ehrlich erschrocken, wollte ihr bereits aufhelfen. »Tut mir leid, das wollte ich nicht …«

Doch Hanna schlug seine Hände, mit denen er sie an den Schultern fassen wollte, zornig fort. Allein sprang sie wieder auf die Füße, sagte erstaunlich ruhig: »Was fällt dir eigentlich ein, mich so zu behandeln? Mit uns ist es auf jeden Fall aus und vorbei.«

»Aber das kannst du doch nicht machen!«, rief er ungläubig. »Spinnst du denn völlig?«

»Ganz bestimmt nicht!«, sagte sie mit einer Stimme, die so eiskalt klang, dass es sie selbst fröstelte. »Vielleicht bin ich bis jetzt nicht ganz dicht gewesen, aber nun bin ich endlich klar im Kopf.« Sie lachte bitter auf, noch immer völlig ungläubig darüber, welchen Irrsinn sie da so unvermutet erlebt hatte. Im Moment war es ihr auch völlig gleichgültig, welch peinliche Szene sie hier Emils und ihrer Familie bot. Lange genug hatte sie sich untergeordnet, ohne aufzumucken. Und auch ihre Mutter, die ganz offensichtlich vor lauter Scham im Boden versinken wollte, tat ihr kein bisschen leid. Sie würdigte Isolde und Emil mit keinem Blick mehr, machte stattdessen auf dem Absatz kehrt und stürmte Richtung Tür.

»Hanna, ich komme mit!«, hörte sie Maries helle Stimme hinter sich.

Kurz drehte sie sich um, schüttelte den Kopf. »Das ist sehr lieb von dir, aber ich muss jetzt unbedingt allein sein.«

Ihre Schwester nickte traurig, drückte dabei ihre Hand.

»Wird schon alles werden«, flüsterte sie Marie zu, bevor sie mit einem kräftigen Ruck die schwere Hüttentür aufriss und nach draußen stürmte.

»Du kannst doch nicht einfach verschwinden, du gemeine Egoistin!«, hörte sie noch Isolde mit sich vor Zorn überschlagender Stimme hinterherschreien.

Plötzlich brannten Tränen in ihren Augen, so weh taten diese Worte. Dennoch drehte sie sich kein einziges Mal mehr um.

Was weiter geschah, kam ihr wie ein seltsamer Traum vor. Das war doch nicht sie, die das tat? Oder befand sie sich in einer Art Schockzustand? Ohne lange nachzudenken, sprang sie in ihren hellblauen VW-Käfer, lenkte das Auto mit zittrigen Händen die Bergstraße hinunter und fuhr geradewegs zum Bahnhof. Dort parkte sie den Wagen, rannte zielstrebig in das Bahnhofsgebäude. »Ganz ruhig«, murmelte sie vor sich hin, spürte dabei jedoch ihren Puls schnell und hart in ihren Ohren pochen. Nein, ruhig war sie absolut nicht, vielmehr fühlte sie sich wie ein waidwundes Reh auf der Flucht. Im Moment konnte sie keinen anderen Gedanken fassen, als einfach nur verschwinden zu wollen. Nach einem kurzen Blick auf die Anzeigentafel wusste sie auch wohin, näherte sich mit entschlossenen Schritten dem Kartenschalter. »Eine Fahrt zweiter Klasse nach München, bitte«, sagte sie rasch, bevor sie es sich doch noch einmal anders überlegen konnte.

»Der Zug fährt in zehn Minuten«, erklärte der ältere, etwas untersetzte Mann, der hinter der Glasscheibe saß, und Hanna, wie sie fand, gleichzeitig besorgt und mitleidig anschaute.

Ja, mit den erhitzten Wangen und den wirren Haaren bot sie bestimmt das Bild einer völlig Durchgeknallten. »Passt ausgezeichnet«, antwortete sie betont fröhlich. »München ist ja eine ganz wundervolle Stadt.«

»Stimmt. Meine Nicht wohnt dort«, sagte der Schalterbeamte freundlich lächelnd. »Letztes Jahr im Sommer habe ich sie besucht. Alles sehr schön. Die Innenstadt, der Viktualienmarkt, auf dem immer was los ist. Das imposante Neue Rathaus mit dem Glockenspiel. Absolut sehenswert. Aber ganz besonders hat es mir der

Englische Garten angetan. Dort zu spazieren hat etwas ungemein Beruhigendes.« Er zwinkerte Hanna zu: »Und ein kühles Bier in einem Biergarten sollten Sie auch genießen, junge Frau! Gerade an einem so lauen Sommerabend wie heute.«

»Werde ich machen«, sagte sie rasch, in Wahrheit hatte sie keinen blassen Schimmer, was sie in München überhaupt unternehmen sollte. Im Grunde war es ihr auch völlig egal. Hauptsache, sie war weit weg von ihrer Mutter, von Emil und diesem Leben, in dem sie offensichtlich immer mehr zum Spielball dieser beiden Menschen geworden war. »Auf Wiedersehen!«, verabschiedete sie sich, nachdem sie bezahlt hatte. »Und danke für die guten Tipps!«

Sie schnappte sich die Fahrkarte und hastete auf den Bahnsteig. Rechtzeitig kam sie an, auch wenn die meisten Reisenden schon in den Zug eingestiegen waren. Dennoch ergatterte sie einen Fensterplatz neben einem jungen Mann mit Kopfhörern, der sie kaum wahrnahm, und ließ sich seufzend in den Sitz fallen. Als der Zug anfuhr, bewegten sich die roten Häuser von Kitzbühel an ihr vorbei, dann die Wiesen und Almen mit kleinen Kuhherden. Hanna seufzte leise auf, fast hätte sie noch den rosa gefärbten Berggipfeln in der Abendsonne zugewinkt. Aber das wäre ihr dann doch zu lächerlich erschienen. Sie schloss die Augen, spürte, wie der Zug immer mehr beschleunigte. Ungemein beruhigend wirkte das auf sie. Ja, mit jedem

Kilometer, den sie sich von Kitzbühel entfernte, ließ der Druck auf ihrer Brust ein wenig nach.

Gute zwei Stunden später verkündete eine muntere Zugansage, dass sie am Münchner Hauptbahnhof angekommen waren. Der junge Mann mit den Kopfhörern stand auf und nickte zum Abschied geistesabwesend in ihre Richtung. Sie nickte zurück, rieb sich die Augen, bevor sie aus ihrem Sitz kletterte. Nicht, weil sie während der Fahrt geschlafen hätte – nein, sie konnte es einfach immer noch nicht so recht glauben, dass sie sich auf eine Reise ohne genaues Ziel begeben hatte. Völlig verrückt erschien ihr das nun, vor allem passte es rein gar nicht zu einem sonst so kontrollierten Menschen wie ihr. Ein wenig erleichtert war sie darüber, dass sie auch schon vorher München besucht hatte. Als Teenager – vor ewigen Zeiten, wie es ihr jetzt schien – mit der Marie, gemeinsam bummelten sie damals aufgeregt durch die Innenstadt. Und im letzten Jahr unternahm sie mit dem Emil einen Tagesausflug hierher. Doch daran, wie sie zusammen im Hofbräuhaus gesessen hatten, mochte sie jetzt gar nicht denken. Mit einer fahrigen Handbewegung fuhr sie sich über die Augen. Der Lebensabschnitt mit Emil war für sie endgültig vorbei. Sie kapierte es immer noch nicht, warum er sie dermaßen platt überrumpeln wollte. Und immer mehr spürte sie, wie sehr er sie mit seinen so salbungsvoll dargebrachten Worten verletzt hatte. Sie verhießen ja nichts anderes, als dass sie regelrecht dankbar sein konnte, wenn er sich dazu überwand, sie zu heiraten. Ihr dann auch noch zu unterstellen, sie hätte es die ganze Zeit darauf abgesehen gehabt, war dann die absolute Frechheit gewesen. Sicher wusste sie, dass Isolde ihren Teil dazu beigetragen hatte, dass Emil mit seiner Einschätzung der Lage dermaßen falsch lag. Aber schlussendlich war er ein erwachsener Mann mit eigenem Hirn, das er gefälligst auch zum Denken verwenden sollte. »Wenn er das doch bloß getan hätte«, murmelte Hanna, als sie, ihre Handtasche unter den Arm geklemmt, das imposante Hauptbahnhofsgebäude verlassen wollte. »Wie wär's mit einer Brezn?«, rief ihr da ein Mann, der in einem bayrischen Imbissstand direkt im Bahnhof einer eleganten älteren Dame eben eine Leberkässemmel verkauft hatte, lachend zu. »Einer so hübschen Frau würde ich sogar eine Brezn spendieren!«

Hanna, die stehen geblieben war, schüttelte grinsend den Kopf. »Danke, sehr nett. Aber ich habe gar keinen Hunger.«

Sie winkte dem Mann zu, dann eilte sie inmitten anderer Reisender auf die Straße. Dort drehte sie sich kurz um die eigene Achse, stöhnte schließlich resigniert auf. Natürlich hatte sie absolut keinen Plan, wohin sie wollte. Ihr war einfach danach gewesen, weit weg von zu Hause zu sein. Aber nach dem langen Sitzen im Zug brauchte sie auf jeden Fall einen ausgedehnten Spaziergang. Was hoffentlich auch ihren vielen

Gedanken, die wie aufgescheuchte Spatzen in ihrem Kopf umherflatterten, ein wenig Ruhe brachte. Mit einem tiefen Atemzug sog sie den warmen Sommerduft ein. Auch wenn der große Stundenzeiger der Bahnhofsuhr die Neun bereits überschritten hatte, lag noch eine angenehme Wärme in der Luft. Sodass es Hanna gar nicht störte, ohne Jacke unterwegs zu sein. Kurz schaute sie zu dem Pärchen, das eng umschlungen an ihr vorbeischlenderte, entdeckte ein Stück weiter eine kleine Gruppe junger Mädchen, die den jungen Mann mit den Kopfhörern aus dem Zug stürmisch begrüßte. Breit grinsend ließ er sich der Reihe nach umarmen. Hanna schluckte kurz, auf einmal kam sie sich sehr einsam vor. »Was für eine Schnapsidee«, sagte sie leise, während sie loslief.

Es wäre vermutlich doch um einiges vernünftiger gewesen, sich irgendwo weit weg von der »Alpenrose« mit der Marie zusammenzusetzen und zu reden. »Aber da wäre sicher auch Emil hingekommen. Und den willst du jetzt schließlich ja am wenigsten sehen«, musste sie denken.

Wie wahr. Und auch um ihre Mutter würde sie lange, lange Zeit einen riesigen Bogen machen. Vielleicht war es doch keine so schlechte Idee gewesen, einfach nach München zu fahren. Gleich darauf fiel ihr etwas ein. Sie blieb stehen und holte ihr Handy aus der Handtasche. Wohlweislich hatte sie es noch am Bahnhof in Kitzbühel ausgemacht, die Anrufe, die vorher im Sekundentakt eingetroffen waren, einfach ignoriert, auch wenn das dauernde Klingeln sie total nervte. Das Ausschalten war eine geniale Idee gewesen, wie sie nun feststellte. Denn als sie das Telefon wieder einschaltete, hörte sie ihre Mailbox andauernd piepen. Leise stöhnte sie auf. Sie konnte sich nur zu gut vorstellen, welche Nachrichten ihre Mutter und Emil ihr hinterlassen hatten. Bestimmt keine Komplimente ... Mit schnellen Fingern tippte sie für Marie eine SMS: »Bitte mach dir keine Sorgen, mir geht's gut. Ich rufe dich morgen an. Deine Hanna.«

Dann schaltete sie ihr Handy mit einem entschlossenen Fingerdruck wieder aus, ließ es in den Tiefen ihrer Handtasche verschwinden. Mit raschen Schritten setzte sie sich erneut in Bewegung. Froh darüber, an diesem Abend mit niemandem aus ihrer Familie sprechen zu müssen.

Nachdem sie bestimmt eine Stunde durch die immer ruhiger werdenden Münchner Straßen gegangen war, ordneten sich ihre Gedanken bereits. Übersichtlich, wie in Schubladen sortiert, lagen nun die wichtigsten künftigen Eckpfeiler ihres Lebens vor ihr: eine eigene Wohnung, die Arbeit in der »Goldenen Harfe« und endlich wieder ein soziales Leben. Als sie so nachdachte, wurde ihr immer mehr bewusst, dass sie wegen der Arbeit in der »Alpenrose« und Emil ihre zwei besten Freundinnen geradezu sträflich vernachlässigt hatte. Dabei waren Helene und Katja herzensgute Menschen, die sie fast ihr ganzes Leben lang kannte. Doch nicht nur

Zeitmangel, auch Emils Widerwille gegen die beiden Frauen, ließ Hanna zur treulosen Tomate werden. In den letzten Jahren hatte er sie immer öfter erfolgreich überredet, die ohnehin schon seltenen Treffen mit fadenscheinigen Begründungen sausen zu lassen. Nun schämte sie sich buchstäblich dafür, tatsächlich auf ihren nunmehr Exfreund gehört zu haben. Ziemlich schändlich von ihr, da gab es nichts zu beschönigen. So war es natürlich auch kein Wunder gewesen, dass sich Helene und Katja dann auch kaum noch bei ihr gemeldet hatten. »Ab jetzt wird das anders werden«, sagte sie leise vor sich hin.

Gleichzeitig fing ihr Magen an zu knurren. Tja, sie hätte die Brezn besser doch nicht ausschlagen sollen, nachdem sie seit Mittag nichts mehr gegessen hatte. Suchend blickte sie sich in der kleinen, mit nostalgischen Straßenlaternen beleuchteten Straße um. Ob hier noch ein Lokal offen hatte? Ihre nackten Füße in den Ballerinas taten ihr inzwischen auch schon weh. Für kurze Strecken waren die zierlichen Schuhe ja recht gut geeignet, bei längeren »Wanderungen« rieben sie jedoch an den Fersen, wie sie nun feststellen musste. Da hörte sie ein Stück entfernt aus einem Hauseingang Stimmengemurmel und fröhliches Lachen. Dazwischen nahm sie das Klirren von Bierkrügen wahr. Oh, oh, ihr Magen knurrte jetzt noch lauter, so wie ein Pferd kurz vorm Stall zu galoppieren begann. »Ist ja gut«, musste sie schmunzeln, ging noch ein wenig rascher. »Dort wird es bestimmt noch einen freien Platz und eine kleine Jause geben.«

Zur gleichen Zeit in der »Alpenrose« saß Isolde vor einem Glas Grünem Veltliner und schüttelte in einem fort den Kopf. Emils Familie und die Resi waren bereits, ohne noch viel über den Vorfall – oder besser gesagt Eklat – zu sprechen, davongefahren. Offensichtlich wollte niemand in den Wunden von Emil und Isolde bohren, die sich beide wie vom Donner gerührt gegenübersaßen. Marie, die ihren Mann mit der kleinen Emma ebenfalls nach Hause geschickt hatte, saß neben der Mutter und tätschelte ihr die Schulter. »Mama, sei doch mal ehrlich, das war längst fällig. Die Hanna soll endlich dort arbeiten, wo es ihr Spaß macht!«

Verärgert schüttelte Isolde die Hand ihrer Tochter ab. »Ein undankbares Gör ist sie. Nichts weiter!« Sie warf Marie einen wütenden Blick zu. »Ihr beide habt es immer viel zu gut gehabt! Ich war doch die Einzige, die die Fehler eures Vaters hat ausbaden müssen.«

Verblüfft zog Marie eine Augenbraue in die Höhe. Dieser Aussage ihrer Mutter konnte sie nun wirklich nicht zustimmen. Im Gegenteil, wenn sie sich an ihre Kindheit zurückerinnerte, fielen ihr etliche Situationen ein, in denen Hanna und sie nur ja den Mund halten mussten, sich am besten in Luft auflösen sollten, weil die Mama wieder mal wütend und frustriert war. Isolde gehörte nun mal nicht zu der Art von

Müttern, die sich vor den Kindern zurückhalten. Unzählige Male hatten sie als Mädchen die endlosen Schimpftiraden über den untreuen Peter mitangehört – und ihren Vater doch selbst schmerzlich vermisst. Aber das wollte Marie ihrer Mutter, die nach wie vor uneinsichtig wie ein kleines, trotziges Kind wirkte, jetzt nicht aufs Brot schmieren. Wichtiger war es, die jetzige Situation zu entschärfen. »Gut ist es doch, dass sie mir eine SMS geschickt hat, in der sie schreibt, dass bei ihr alles in Ordnung ist. Sie muss jetzt einfach ein bissel allein sein«, redete Marie auf Isolde weiter wie auf eine kranke Kuh ein. So kam es ihr zumindest vor. »Die Resi hat doch auch schon gesagt, dass ihre Schwiegertochter viele Tiroler Rezepte kann. Wenn da die Hanna noch ein paar Tage Einführungsunterricht gibt, ist die Sache in trockenen Tüchern …«

Nun mischte sich auch Emil ins Gespräch ein. Bis jetzt hatte er nur mit gesenktem Kopf dagesessen und Löcher in sein Bierglas gestarrt. Jetzt funkelte er Marie aufgebracht an. »Und was ist eigentlich mit mir? Glaubt ihr, wenn eure blöde Küche gerettet ist, wird alles wieder gut?«

Hektisch wischte er sich mit der Hand über die Augen. »Mit mir hat heute mein Mädel Schluss gemacht, falls ihr das bereits vergessen habt's!«

Sofort warf Isolde ihm einen mitleidigen Blick zu, während Marie sich regelrecht auf die Zunge beißen musste, um dem Mann, der offenbar so gar nichts kapierte, nicht ordentlich die Meinung zu geigen. Gerade so schaffte sie es, sich zurückzuhalten. »Natürlich denke ich auch die ganze Zeit an dich. Kaum zu fassen, was da eben passiert ist«, sagte jetzt Isolde ungewöhnlich sanft.

Zumindest konnte Marie sich nicht erinnern, dass sie in den letzten Jahren jemals in diesem Kuschelton mit ihren Töchtern gesprochen hatte. Aber bitte, sie wollte jetzt nicht kleinlich sein. Ihre Mutter ergriff nun sogar Emils rechte Hand, drückte sie fest. »Die Hanna ist im Moment völlig durch den Wind, die weiß selbst nicht, was gut für sie ist. Glaub mir, das wird sich alles wieder einrenken.«

»Denkst du das wirklich?«, fragte Emil zweifelnd.

»Und wie! Da kannst du mir schon vertrauen, mein Lieber!«

Plötzlich blitzte es in Isoldes blauen Augen auf, wie Marie fast ein wenig erschrocken feststellte. Sie wollte gar nicht wissen, welcher abstrusen Idee ihre Mutter jetzt wieder nachhing. Gleich darauf musste Marie fast über sich selbst lachen. Was für komische Ängste sie auf einmal beschlichen, offenbar war auch sie durch die Ereignisse des Abends völlig durcheinander. »Ich werde nach Hause fahren«, sagte sie, warf Isolde dabei einen fragenden Blick zu. »Soll ich dich mitnehmen? Kannst doch dein Auto stehen lassen, und ich bringe dich morgen am Vormittag wieder her.«

»Nein, nein, fahr nur, Mädel«, sagte Isolde fast fröhlich. »Ich komm auch gut allein nach

Hause. Außerdem müssen der Emil und ich noch etwas miteinander besprechen …«

Marie bemerkte, dass Emil ziemlich erstaunt wirkte. Offensichtlich hatte er von dem Gespräch bis jetzt noch nichts gewusst. Erneut beschlich Marie ein ungutes Gefühl, das sie rasch von sich wegschob. Sie war einfach zum Umfallen müde und musste rasch ins Bett. Ihre Batterien waren leer, deshalb schlug ihr Körper Alarm, obwohl gar keine Gefahr drohte.

Er sah sie sofort am Eingang des Biergartens stehen. Eine schlanke, dunkelhaarige Frau in Jeans und roter Bluse, die ihren Blick über die voll besetzten Tische wandern ließ. So etwas wie Enttäuschung, glaubte er, in ihrem hübschen Gesicht mit den weichen Lippen zu lesen. Weiche Lippen? Wie kam er denn auf diesen Unsinn? Ohne es ausprobiert zu haben, konnte er wohl kaum behaupten, dass diese Lippen weich waren. Und natürlich interessierte ihn das auch nicht. So wenig, wie ihn diese Frau, zugegeben für viele Männer wohl sehr anziehend, absolut nicht interessierte. Er hatte wirklich andere Probleme – und dennoch konnte er den Blick nicht von ihr abwenden. Vermutlich war sie mit jemandem verabredet, den sie jetzt auf Anhieb nicht fand. Oder war sie etwa versetzt worden? Moritz schüttelte leicht den Kopf, schaute immer noch in ihre Richtung. Fast erschrocken stellte er fest, dass er am liebsten aufspringen und sie an seinen kleinen Tisch unter dem Kastanienbaum bitten würde. Bis vor wenigen Minuten hatte er hier noch mit dem Clemens zusammengesessen, doch sein Kumpel musste am nächsten Tag früh raus und konnte am Schluss sein Gähnen nicht mehr unterdrücken. »Ich kann dir ja fast bis zu den Mandeln schauen!«, hatte Moritz mit einem schiefen Grinsen gemeint. »Geh nur, ich trinke noch das Bier in Ruhe aus, dann mache ich mich auch auf den Heimweg.«

Es hatte ihn tatsächlich nicht gestört, noch eine Weile allein dazusitzen. Er wusste ohnehin, dass er im Moment alles andere als ein amüsanter Gesprächspartner war. Die meiste Zeit starrte er Löcher in die Luft und brachte kaum ein Wort heraus, während Clemens sich redlich abgestrampelt hatte, ihn ein wenig aufzuheitern. Mit wenig Erfolg, denn in seinem Kopf fuhren die trüben Gedanken Karussell, drehten sich so schnell im Kreis, als ob die Mechanik des Fahrgeschäfts völlig außer Kontrolle geraten wäre. Auch wenn er sich noch so sehr anstrengte, die Sache mit Anja beschäftigte ihn noch. Was war er doch nur für ein blöder Hund, dass er der netten Frau so wehgetan hatte! Und noch trauriger fand er, dass es die einzig richtige Entscheidung gewesen war, denn unmöglich hätte er ihr Gefühle vorgaukeln können, die er einfach nicht mehr zustande brachte. Jetzt schluckte Moritz. Vermutlich würde er bis ans Ende seines Lebens als gefühllose Hülse durch die Welt rennen … Hm, die junge Frau in der roten Bluse stand immer noch da, wirkte auf ihn plötzlich so dermaßen schutzlos, dass er sie am liebsten wie ein Ritter verteidigt hätte. Ja, sein Magen zog sich regelrecht zusammen, wie er sie so allein dastehen sah … Über seine entsetzlich kitschigen Gedanken empört, rollte er mit den Augen. Diese Frau ging ihn überhaupt nichts an. Und so hübsch, wie sie war, brauchte man sich bestimmt keine Sorgen um sie machen. Vermutlich wimmelte es nur so von selbst ernannten Rittern, die sie beschützen wollten.

Ein wenig ratlos schaute sich Hanna in dem Biergarten, der fast bis auf den letzten Platz besetzt war, um. Dass an einem Werktagabend so viel los sein würde, hätte sie nicht gedacht. Aber natürlich war es wunderbar warm, ein wolkenloser lauschiger Sommerabend, da genossen es viele, sich auch noch zu später Stunde im Freien aufzuhalten. »Außerdem ist in München wohl ein bisschen mehr los als auf dem Land«, gab sie sich in Gedanken gleich noch eine weitere Erklärung.

Klar, sie befand sich schließlich in einer Millionenstadt. Kurz schürzte sie die Lippen. Wenn ihr an diesem Morgen jemand erzählt hätte, dass sie am gleichen Abend noch in München landen würde, hätte sie einen mittleren Lachanfall bekommen. Noch einmal schaute sie sich nach einem freien Tisch um. Keine Chance. Hin und wieder sah sie einen leeren Platz auf den Bierbänken, aber im Moment widerstrebte es ihr regelrecht, sich zu wildfremden Menschen zu setzen. Sie wollte einfach mit niemandem sprechen, ihren Gedanken lieber ungestört freien Lauf lassen ... Aha, dort hinten unter einem Kastanienbaum saß ein hoch aufgeschossener dunkelhaariger Mann allein an einem kleinen Tisch, ihm gegenüber war noch ein Stuhl frei. Auch wenn man das auf die Entfernung nicht so genau sagen konnte, machte er auf sie einen sympathischen Eindruck. Vielleicht auch deswegen, weil er ihrer Meinung nach seiner Umgebung das Gefühl vermittelte, im Moment am liebsten allein sein zu wollen. Da ging es ihm haargenau wie ihr. Dennoch würde sie ihn nicht ansprechen, auch wenn er auf Anhieb der einzige Mensch hier war, der sie nicht gar zu sehr abschreckte. Überdies schaute er auch in ihre Richtung. Na ja, das war vielleicht Zufall. Und dass er mit seinen kantigen Wangenknochen und dem kleinen Grübchen am Kinn ziemlich attraktiv aussah, konnte ihr auch völlig egal sein. Sie warf einen kurzen Blick zur Bierschank, die ein Stück abseits lag. Dort hingen auf Holzständern riesige Brezen. Vielleicht konnte sie ja auch, ohne sich hinzusetzen, eine kaufen.

»Langsam wird's peinlich, wenn du nicht endlich wegschaust!«, ermahnte sich Moritz stumm. Ging ja gar nicht, wie er diese Unbekannte mit Blicken regelrecht durchbohrte. Natürlich nur, weil er sichergehen wollte, dass sie ihre Bekannten noch fand. Ja, diese Frau tat ihm leid. Das hatte nichts damit zu tun, dass er sie vielleicht sogar gerne kennenlernen würde. »Du hast ja Nerven!«, wies er sich in Gedanken zurecht.

»Gerade so einen Mist gebaut. Und schon hast du die Nächste im Visier!«

Doch insgeheim spürte er, dass das hier anders war. Diese Frau in der roten Bluse löste etwas in ihm aus, was er sich selbst nicht so recht erklären konnte. »Blödsinn!«, schimpfte er halblaut.

Er hätte wohl das dritte Bier nicht mehr bestellen sollen. Und vor allem sollte er endlich damit aufhören, die Frau anzustarren. Verschämt senkte er den Blick. Lange hielt er es aber nicht aus, denn gleich darauf guckte er wieder in die Richtung der Dunkelhaarigen. Doch die war inzwischen verschwunden.

4

»Na, du schöne Lady in Red! Hast gar keine Lust, dich zu uns zu setzen?«, hörte Moritz eine laute und unverkennbar betrunkene Männerstimme hinter sich, instinktiv fuhr er mit dem gesamten Oberkörper herum.

Aha. Ein paar Tische weiter sah er ihn inmitten anderer Männer auf einer Bierbank hocken und sein Glas in die Höhe halten. Sofort löste der betrunkene junge Kerl, der die hübsche Unbekannte mit blutunterlaufenen Augen angrinste, enorme Übelkeit bei ihm aus. Noch schlimmer wurde es, als dieser das Lied *Lady In Red* von Chris de Burgh anstimmte. Oh, oh. Sein Gesang, oder was immer sein Jaulen darstellen sollte, klang dermaßen schief, als ob er jede einzelne Note ausgetauscht hätte. Einfach schauderhaft. Nichtsdestotrotz schaute der Mann erstaunlich selbstgefällig drein. Ja, seinem Gesichtsausdruck nach zu schließen, schien er mächtig stolz zu sein auf seine ach so spaßige Anspielung auf die rote Bluse mit dem Schmusesong aus den 1980ern. *»Lady in Red is dancing with me … cheek to cheek!«*, grölten nun auch die anderen drei Typen am Tisch mit, bevor sie wild durcheinanderriefen: »Spatzl, wir laden dich ein! Wenn du magst, auch gern auf ein

Schnapserl!« – »Ein bisschen weibliche Unterstützung können wir hier wirklich gebrauchen!« – »Darfst auch auf meinem Schoß sitzen!«

Einer, der sich kaum noch gerade halten konnte, so viel Bier hatte er bereits intus, erklärte mit erhobenem Zeigefinger und unüberhörbarem Lallen: »Wir sind super Burschen. Mit uns hast du eine Riesengaudi, das kannst du mir gerne glauben. Und du … du bist doch ohnehin ganz allein …«

Dabei schien es Moritz, als ob er die hübsche Dunkelhaarige mit seinen lüsternen Blicken geradezu auszog. Gleich stand die Arme nur mehr in Unterwäsche da – oder noch weniger … »Nein, danke«, sagte sie jedoch mit erstaunlich fester Stimme. »Ich möchte mich nicht dazusetzen.«

Sie schaute ziemlich entschlossen drein, dennoch entging Moritz das unsichere Flackern in ihren Augen nicht. Und als der erste Typ auch noch nach ihrer Hand fasste und »Na geh, sei doch nicht so fad, schöne Lady in Red« faselte, konnte sich Moritz nicht mehr zurückhalten.

Er sprang so abrupt von seinem Biergartenstuhl auf, dass der mit einem Knall nach hinten kippte. Gäste drehten die Köpfe in seine Richtung, murmelten etwas von zu viel Alkohol und dass einige Menschen bedauerlicherweise nicht wüssten, wann sie genug haben. Aber das bekam er nur am Rande mit, außerdem war es ihm völlig gleichgültig. Im Moment hatte er bloß

Augen für die dunkelhaarige Frau, die ihre Hand dem besoffenen Idioten entriss und weggehen wollte. Doch die betrunkene Runde gab nicht so rasch auf. Einer von ihnen erhob sich schwankend und verstellte ihr den Weg. »He, wir wollten dich doch nicht vergraulen, Spatzl!«

»Lasst mich einfach in Ruhe!«, zischte die Frau, wirkte dabei so verschreckt, dass Moritz nun regelrecht zu rennen begann.

»Da bist du ja! Liane!«, rief er übertrieben launig aus, streckte ihr dabei seine rechte Hand entgegen. »Und ich dachte schon, du versetzt mich!«

Die Frau spielte mit, offensichtlich außerordentlich erleichtert, wie er ihrem deutlich vernehmbaren Aufatmen nach zu urteilen wagte. »Aber geh! Ich würde dich doch niemals versetzen! Bestimmt nicht. Ich habe dich schon im ganzen Biergarten gesucht!«, sagte sie ebenfalls gespielt munter und schlug mit einem angenehm kräftigen Händedruck, den er der schlanken Frau gar nicht zugetraut hätte, in seine Rechte ein. »Ist ja witzig, dass ich dich nicht früher gesehen habe, Hugo!« Wieder flackerten ihre Augen, aber diesmal interpretierte er das Flackern als Vergnügen, was auch zu ihren zuckenden Mundwinkeln passte.

»Manchmal sieht man den Wald vor lauter Bäumen nicht«, zwinkerte er ihr zu, dabei lächelte er breit, um klarzustellen, dass von ihm keine Gefahr ausging. In der nächsten Sekunde wurde ihm bewusst, dass dieses Lächeln nicht mal gespielt war. Nein, als er der Frau in die ungewöhnlich grünbraunen Augen blickte, wusste er auf Anhieb, dass er sie mochte. Einfach so. Nicht weil sie hübsch aussah und ihm, ja, das wollte er gar nicht mal abstreiten, ausnehmend gut gefiel. Dieses Argument war für Moritz, der absolut sicher glaubte, ab sofort vom weiblichen Geschlecht die Finger lassen zu wollen, völlig gleichgültig. Sondern weil sein Bauchgefühl ihm sagte, dass diese Frau ein ausnehmend sympathischer Mensch war. Einer von der Sorte, mit dem er sich gerne unterhalten wollte. Warum so seltsame Gedanken durch seinen Kopf flogen, kapierte er selbst nicht so ganz. Schließlich machte er nichts anderes, als einer Frau, die von einer Horde unerträglicher betrunkener Männer bedrängt wurde, beizustehen. Also empfand er es wirklich als höchst merkwürdig, dass er sich über das Kennenlernen wie ein kleines Kind freute. Aber wie er es auch zu drehen und wenden versuchte, es war einfach so.

Als Hanna kurz darauf dem fremden Mann an seinem kleinen Tisch gegenübersaß, fuhr sie sich erleichtert über die Stirn. »Puh! Das ist ja noch mal gut gegangen …« Mit einem tiefen Seufzer fügte sie hinzu: »Danke, lieber Hugo, du hast mich echt gerettet!«

Der freundliche Typ mit den kurzen braunen Haaren zuckte mit den Schultern. »Aber geh, Liane, das war doch selbstverständlich. Auch wenn diese Idioten vielleicht gar nicht wirklich gefährlich waren, unangenehm sind solche Menschen auf jeden Fall.«

Er zwinkerte ihr mit seinen strahlend blauen Augen zu, die auch trotz des geringen Lichts noch bemerkenswert funkelten. Inzwischen war es längst dunkel geworden, nur eine eher spärliche Beleuchtung tauchte den Biergarten in ein schummriges Dämmerlicht. Oh, nun zündete ihr Retter in der Not mit einem Feuerzeug die Kerze vor ihnen am Tisch an. Herrje, diese Augen! Eine geraume Weile konnte sich Hanna von dem intensiven Blau, das sie in einer Sekunde an das Meer, in der nächsten an den Himmel, den man an klaren Tagen über dem Wilden Kaiser sehen konnte, erinnerte, gar nicht lösen. Irgendwann wurde ihr zumindest klar, dass sie den Mann viel zu lange und ohne Pause anstarrte. Peinlich, peinlich. Um ihn abzulenken, sagte sie hastig: »Ein Radler würde ich gerne bestellen. Und ein Brot mit diesem Paprikaaufstrich. Den …«

Beim Überlegen zog sie die Stirn kraus. »Obazda?«, ergänzte da ihr Gegenüber mit schelmischem Blick.

Als sie nickte, winkte er die Kellnerin herbei und bestellte. »Übrigens, und das wird dich jetzt sehr wundern: Ich heiße gar nicht Liane, sondern Hanna«, erklärte die Tirolerin danach.

»Schöner Name. Und er passt zu dir«, sagte Moritz, runzelte dabei die Stirn. »Komisch, dass ich mir darüber bis jetzt noch gar keine Gedanken gemacht hatte. Du bist mir nämlich bereits vorhin aufgefallen.« Im nächsten Moment wurde ihm wohl klar, dass das interessierter klang, als er zugeben wollte. Zumindest färbten sich seine Backenknochen im Kerzenschein ziemlich rot. »Äh, nicht dass du denkst, ich habe dich beobachtet … oder ich bin hinter dir her …«, stammelte er verlegen.

»Nein, die Angst habe ich wirklich nicht«, beruhigte ihn Hanna. Das war nicht mal gelogen. Bei dem Dunkelhaarigen hatte sie einfach ein gutes Gefühl. Natürlich lag ihr im Moment absolut nichts daran, mit einem Mann zu flirten. Noch weniger hatte sie das Bedürfnis, ihren Liebeskummer mit einem erotischen Abenteuer zu bekämpfen. Im Gegenteil, nach der eher frustrierenden Erfahrung mit Emil war sie sich absolut sicher, sehr, sehr lange allein zu bleiben. »Was du dir für idiotische Gedanken machst«, schoss es ihr durch den Kopf. Ja, wirklich, irgendein sinnliches Prickeln stand hier auch keinesfalls im Raum. Oder vielmehr im Biergarten. Die Situation war doch einfach so, dass sie sich jetzt ein paar Minuten miteinander unterhielten, dann würde jeder von ihnen seiner Wege gehen. So einfach war das. »Eines würde mich ja schon interessieren«, sagte sie nun mit einem Augenzwinkern.

»Ja?«

»Wie heißt du eigentlich?« Amüsiert fügte sie hinzu: »Oder habe ich etwa mit Hugo ins Schwarze getroffen?«

»Nicht ganz«, lachte Mister Blue Eyes. »Ich heiße mit Vornamen Moritz und mit Nachnamen …«

»He!«, unterbrach sie ihn, einer plötzlichen Gefühlsregung folgend, legte ihre Hand auf seine. »Ich möchte deinen Nachnamen gar nicht wissen. Und werde dir auch nicht meinen sagen. Im Grunde möchte ich gar nicht zu viel von dir wissen.«

»Warum das denn?«, fragte Moritz überrascht – und, wie sie fand, auch ein wenig enttäuscht.

»Bin ich *so* schrecklich, dass du dir jetzt bereits sicher sein kannst, mich nie wieder sehen zu wollen?« Erkennbar gespannt auf ihre Antwort kniff er seine Augen zusammen.

»Sieht ganz schön verwegen aus«, musste sie innerlich schmunzeln. Laut sagte sie: »Nein, im Gegenteil, ich finde dich total liebenswürdig. Bestimmt hast du dein Herz am rechten Fleck. Aber im Moment ist mein Leben viel zu kompliziert und verwickelt, um da noch jemanden reinzulassen. Und wenn wir mehr voneinander wissen, ist die Wahrscheinlichkeit groß, dass man sich doch wieder trifft. Das habe ich einfach so im Gefühl ...«

In der nächsten Sekunde biss sie sich entsetzt über sich selbst auf die Unterlippe. So fest, dass es schon wehtat. Aua! Aber es war ja auch für jeden geistig gesunden Menschen schmerzhaft, was sie da für einen Schmarrn daherredete! »Das habe ich so im Gefühl ...« Himmel, sie führte sich ja geradezu so auf, als ob Moritz mit ihr zusammen sein wollte. Oder noch schlimmer – jeden Moment um ihre Hand anhielt! Dabei hatte er ihr einfach geholfen, weil er ein netter Kerl war und ein paar betrunkene Typen sie belästigt hatten. Vermutlich war sie nicht mal sein Typ. Als sie noch fieberhaft überlegte, was sie sagen konnte, um ihre letzten Worte ein wenig abzuschwächen, brachte die Kellnerin das Radler und den Obazdn mit Brot. »Danke«, sagte Hanna. »Sieht ja total lecker aus!«

Schon strich sie sich die gehaltvolle Käsecreme aufs Brot und biss herzhaft hinein, gleich noch einmal. Sehr gut, mit vollen Backen brauchte sie wenigstens nicht zu reden. Und den Moritz brauchte sie auch nicht anzusehen, wenn sie sich aufs Essen konzentrierte. »Ich freue mich trotzdem, dass wir uns kennengelernt haben«, sagte er da und hielt seine Halbe Bier in die Höhe, um mit ihr anzustoßen.

Mit einem schiefen Lächeln hob sie ebenfalls ihr Glas, stieß klirrend mit ihm an. Oh, jetzt musste sie ihm natürlich höflichkeitshalber in die Augen schauen. Immer noch waren sie blau, wunderschön blau … Hastig nahm sie mehrere große Schlucke, spürte nun beim Trinken so richtig, wie durstig sie eigentlich war. »Himmel, tut das gut«, lachte sie, als sie das Glas wieder hingestellt hatte. Dann versuchte sie zu erklären: »Ich habe jetzt bestimmt nicht gemeint, dass du in irgendeiner Weise auf mich stehst. Natürlich nicht. Aber manchmal kann es trotzdem verzwickt werden …« Sie zuckte entschuldigend mit den Schultern. »Sorry, aber das ist nun mal mein Gefühl. Auch wenn ich unfreundlich wirke, sind mir eindeutige Worte einfach lieber.«

»Alles klar«, sagte Moritz ernst. »Ist ja toll, dass du so ehrlich bist. Aber es ist echt nicht notwendig, mich abzuschrecken. Denn …«

»Ja, ich weiß, du hast ohnehin kein Interesse!«, fiel sie ihm ins Wort. Eben hatte sie vor lauter Verlegenheit an der Kerze rumgespielt, nun klebte massenhaft heißes Wachs an ihren Fingern, das sie hektisch versuchte, wieder loszuwerden. Wie ein kleines Kind führte sie sich hier auf – und mit den dreckigen Fingern konnte sie nicht mal mehr das Brot anfassen, um sich aus dem Gespräch zu ziehen … »Ich habe das echt doof rübergebracht. Bitte glaub jetzt nicht, dass ich mich für die Schönheitskönigin aus Tirol halte«, murmelte sie schließlich.

»Ha, dachte ich es mir doch, dass ich einen Tiroler Klang in deiner Stimme gehört habe!«, rief da Moritz fast triumphierend aus. Als er sah, wie sie zusammenzuckte, fügte er rasch hinzu: »Keine Sorge, Tirol ist groß genug. Da könnte ich dich nicht mal aufstöbern, wenn ich wollte. Und ich will natürlich gar nicht.«

Hanna musste kurz grinsen, dann wurde sie wieder ernst. »Im Moment herrscht in meinem Leben nur ein dermaßen großes Chaos, dass ich völlig durch den Wind bin … Entschuldige bitte, wenn ich nur Unsinn daherrede!«

Zerknirscht schaute sie ihr Gegenüber an, im Moment fest entschlossen, sich so bald wie möglich von dem Mann zu verabschieden. War ja echt schlimm, wie sie sich hier zum Deppen machte. Doch eines fühlte sich gerade echt gut an: Für eine kurze Weile hatte sie Isolde und Emil mitsamt der »Alpenrose« total vergessen. Keine Frage, das war kein schlechter Anfang. Ups, schon wieder merkte sie, dass sie erneut ewig lange in diese blauen Augen schaute. So, als ob ein Magnet ihren Blick immer wieder dorthin ziehen würde. Schön blöd. Aber auch Moritz sah ihr aufmerksam in die Augen – da waren sie offensichtlich schon zwei. Auch wenn sie ihre eigene grünbraune Augenfarbe ziemlich unspektakulär fand. Und konnte der Mann nicht endlich mal etwas sagen? Nein, er guckte sie bloß an. Und plötzlich fühlte sie sich selbst ein bisschen wie das heiße Wachs an ihren Fingern … »Wenn ich fertig bin mit dem Radler und dem Brot, breche ich auf«, sagte sie, damit sie sich nicht länger anschwiegen.

»Ja, sicher. Dürfte ja jetzt auch nicht mehr der Fall sein, dass dir einer dieser Deppen in die Quere kommt«, hatte nun auch Moritz seine Sprache wiedergefunden. Er deutete mit dem Kopf nach hinten in die Richtung des Tisches, an dem die selbst ernannten Chris-de-Burgh-Kopien gesessen hatten.

Aha, sehr gut, die waren nicht mehr da, wie Hanna nach einem schnellen Blick über Moritz' Schulter feststellte. »Super, dann bin ich gleich weg«, sagte Hanna betont munter und nickte ihm zu.

Der nickte ebenfalls. »Aber eines muss ich dir trotzdem noch auf jeden Fall sagen: Ich finde dich ziemlich … Ja, was eigentlich? … Entzückend? … Überwältigend? … Einfach wundervoll? Vermutlich alles zusammen. Aber ich möchte trotzdem nichts von dir. Absolut nicht.«

Verwundert zog Hanna eine Augenbraue in die Höhe, während sie das sichere Gefühl beschlich, nicht die Einzige zu sein, die an diesem Abend einen kompletten Quatsch daherredete. Nun ja, Moritz hatte vermutlich zu viel Bier intus, deshalb seine seltsamen sprachlichen Ergüsse …

Und er sprach sogar noch weiter: »Ich bin nämlich durch mit den Frauen. Seit mich meine Ex verlassen hat, habe ich dort, wo bei normalen Menschen ein Herz sitzt, nur noch eine mechanische Pumpe. Die kann zwar erstaunlicherweise noch Blut durch meinen Körper schicken, aber gefühlsmäßig ist da nichts mehr zu machen …« Er sagte das mit einer gehörigen Portion Selbstironie, aber ganz ohne Dramatik.

Unwillkürlich schob Hanna ihre Hand nach vorne, bis diese fast sein Handgelenk umschloss. Gerade so, als wollte sie die merkwürdige Äußerung zur Anatomie seines Herzens überprüfen, indem sie nach seinem Pulsschlag forschte. »He, alles ganz normal bei dir … Das fühle ich«, sagte sie im gespielten Tonfall einer Expertin auf diesem Gebiet.

»Tja, vor gar nicht allzu langer Zeit habe ich deswegen eine echt nette Frau total unglücklich gemacht. Deshalb lasse ich es künftig lieber sein.« Entschlossen schaute er sie an. »Verstehst du jetzt, was ich meine?«

Sie nickte, beachtete nun das Blau kaum mehr. Vielmehr beschlich sie eine Ahnung, als ob sie diesem fremden Mann ein Stück in die Seele schauen würde. Innerlich schüttelte sie sich über ihre kitschigen Gedanken. Ging's vielleicht noch ein wenig sentimentaler? Aber auch wenn sie sich dagegen wehrte, genau das löste der leicht resignierte Blick von Moritz in ihr aus. »Das wird schon wieder ...«, sagte sie aufmunternd, erntete dafür jedoch nur ein etwas gequältes Lächeln.

»Seit Marion mit mir Schluss gemacht hat, sind gut drei Jahre vergangen. Was soll sich da noch groß ändern?«

Hanna, die auch nur auf *eine* ernsthafte längere Beziehung zurückblicken konnte, nämlich die just beendete mit Emil, hatte auf diese Frage keine Antwort parat. Also schwieg sie.

Eine Weile schwiegen auch Mutter und Sohn, blickten sich bloß an. Dabei wirkte sein Gesichtsausdruck erstaunlich gelassen. Doch nach all den Jahren kannte Gerda ihren Emil zu gut, um nicht zu ahnen, was in ihm vorging. Und es tat ihr fast körperlich weh, mit Bestimmtheit zu wissen, wie unglücklich er sich fühlte. Völlig aufgelöst war er vorhin aus der »Alpenrose« zurückgekommen, hatte ohne Gruß hinter sich die Tür zu seiner Einliegerwohnung zugeknallt. Gerda musste sich mit Mühe dazu zwingen, ihn ein paar Minuten in Ruhe zu lassen. Nach dem, was in der Alpenhütte passiert war, musste sich ihr großer Bub, der ihr manchmal fast noch wie ein kleiner vorkam, erst mal beruhigen. Doch irgendwann hatte sie es nicht mehr ausgehalten und war in sein Wohnzimmer gerannt. Jetzt räusperte sie sich einige Male. »Entschuldige, dass ich nicht auf dein ›Herein‹ gewartet habe, aber ich wollte unbedingt zu dir …«

»Hm …«, kam es von Emil nur, der zusammengesunken auf seiner schwarzen Ledercouch kauerte, lediglich eine kleine Tischlampe spendete dem Raum dämmriges Licht. Ausgerechnet jetzt erinnerte er sich daran, dass es Hanna auf dem Leder immer ein wenig fröstelte, sie sich deswegen beim Fernsehen stets in die warme grüne Decke kuschelte. Gedankenverloren strich er über diese weiche Decke. Vielleicht war das, was sie zusammen gehabt hatten, ja wirklich für immer vorbei. Plötzlich stockte ihm vor Entsetzen der Atem. So heftig, dass er einige Male nach Luft schnappen musste. Einfach aus und vorbei. Auch wenn sich die Isolde völlig sicher gewesen war, dass alles wieder ins Lot kommen würde. »Felsenfest wird das funktionieren«, hatte sie, nachdem die Marie weggefahren war, ihm eindringlich ihre Absichten erklärt. »Wenn wir es so machen, wie ich es sage, kommt die Hanna hundertprozentig wieder zur Vernunft. Glaub mir, es ist das Beste, was uns allen dreien passieren kann!«

Erst fand Emil Isoldes absurden Plan alles andere als in Ordnung. Es war einfach unfair und verlogen, was diese Frau da vorhatte! Aber nach einer Weile hatte sie ihn sogar ein wenig überzeugt. »Manchmal heiligt der Zweck vermutlich tatsächlich die Mittel«, sagte er mehr zu sich selbst, glaubte es sogar zunehmend.

Isolde hatte ihm verschwörerisch zugezwinkert. »Genauso ist es, mein Lieber. Wirst sehen, alles wird wieder gut!«

Doch jetzt bei sich daheim haderte er erneut mit Isoldes Idee. So etwas konnte doch nur schiefgehen. Und wenn er erst daran dachte, dass Hanna womöglich einmal die Wahrheit erfahren würde … Das Räuspern seiner Mutter riss ihn aus seinen Grübeleien. »Was willst du denn von mir?«, herrschte er sie an.

Als er sah, wie sie zusammenzuckte, tat ihm sein rauer Ton sofort leid. »Entschuldige Mama, mir geht's einfach hundsmiserabel.«

Gerda setzte sich neben ihn aufs Sofa und strich ihm vorsichtig über den Rücken. »Emil, es tut mir so leid, was in der ›Alpenrose‹ passiert ist …«, sagte sie leise.

»Du kannst mir glauben, wenn ich vorher gewusst hätte, was du vorhast, dann hätte ich versucht, dir den Heiratsantrag auszureden.«

»Und weshalb bitte?«, schnaubte er auf. »Normalerweise freut sich eine Frau doch, wenn ihr Freund ihr einen Heiratsantrag macht! Sogar mit extra großem Tamtam! Warum tickt die Hanna denn da so völlig anders? Diese verrückte Kuh!«

Mit einer fahrigen Bewegung fuhr er sich über die Augen, in denen seine Mutter Tränen hatte glänzen sehen. Einen Moment lang sagte sie gar nichts, fragte sich jedoch im Stillen, wie jemand dermaßen auf der Leitung stehen konnte. Sonnenklar, dass die Hanna mit ihrem Sohn nicht mehr glücklich war, aber bis zu dem mehr als missglückten Heiratsantrag auch keinen Schlussstrich unter die Beziehung ziehen wollte. Bestimmt weil sie den Emil gern hatte und sechs Jahre nicht so einfach fortwerfen konnte. Doch im Grunde wäre Gerda über eine Trennung zu einem früheren Zeitpunkt nicht einmal besonders überrascht gewesen. »Denkst du nicht, dass eure Beziehung in letzter Zeit auf wackligen Beinen gestanden hat?«, fragte sie nun vorsichtig. »Die Hanna hätte wohl eher Zeit gebraucht, um herauszufinden, was aus ihr werden soll. Und auch aus euch …«

»Schlägst dich vielleicht gleich auf ihre Seite?«, unterbrach er sie empört. »Herzlichen Dank aber auch!« Wütend malträtierte er das Sofakissen neben sich, indem er ihm mit der Handkante einen gekonnten Kniff verpasste.

Kurz musste Gerda sogar schmunzeln. Genauso hatten die Paradekissen einst im Wohnzimmer ihrer Mutter auf dem Kanapee gestanden. Nur einen Moment lang, dann wurde sie wieder ernst. »Nein, ich schlage mich nicht auf die Seite von der Hanna«, sagte sie bestimmt. »Ich mag sie gern, aber ich bin deine Mutter und stehe immer auf deiner Seite!« Mit einem resignierten Seufzer fügte sie hinzu: »Aber wenn du auf der völlig falschen Fährte bist, muss ich dir das sagen. An deiner Stelle würde ich die Hanna in nächster Zeit in Ruhe lassen. Vielleicht renkt sich ja nach einer Weile alles wieder ein ...«

»So was Blödes habe ich noch nie gehört! Da passt es ja auch, dass du in der ›Alpenrose‹ kein Wort zu ihr gesagt hast!«

Seine Mutter verzog den Mund. »Die Situation war doch auch so schon peinlich genug. Was hätte ich da sagen sollen?«

»Du hättest die Hanna zur Vernunft bringen können! Ihr erklären können, dass sie sich völlig danebenbenimmt!«

Erneute klopfte er heftig neben sich aufs Kissen, jetzt fand Gerda das nicht mehr amüsant. »Und deiner Meinung nach hätte sie dann gesagt: ›Ach ja, wenn ich es so betrachte, heirate ich den Emil natürlich sehr, sehr gern!‹ Du glaubst doch nicht wirklich, dass sich das auf diese Art abgespielt hätte?«

»Ja, ja. Zieh es nur ins Lächerliche!«, schoss Emil zurück.

Obwohl sie es zu unterdrücken versuchte, konnte sie nicht anders, als laut aufzustöhnen. Langsam aber sicher ertrug sie die Verbohrtheit ihres Sohnes nicht länger. »Ich geh dann lieber. Gute Nacht!«, sagte sie und stand auf.

»Gute Nacht ...«, murmelte auch Emil, während er ihr nachschaute, wie sie mit hängenden Schultern das Zimmer verließ.

So ein Mist! Von seiner Mutter konnte er nun wirklich keine Hilfe erwarten! Verärgert und enttäuscht zugleich schüttelte er den Kopf, auf einmal sehr froh darüber, dass Hannas Mutter da anders war und sich um eine Lösung der Probleme kümmern würde. Es musste einfach klappen! Nun war auch er davon überzeugt.

Angestrengt überlegte Hanna, ob ihr nicht etwas Aufbauendes einfallen könnte. Halbwegs kluge Worte, die den traurigen Zug um Moritz' Mund auflösen würden. Aber auf keinen Fall erneut etwas Banales, wie »das wird schon wieder«.

Offenbar tanzten über ihrem Kopf gut sichtbar Fragezeichen in der Luft herum – zumindest kam ihr das so vor. Denn Moritz tippte ihr kurz auf die Hand. »Ist schon okay. Ich werde mich damit abfinden und gar keine Frau mehr so nahe an mich ranlassen, dass sie denkt, da läuft gefühlsmäßig etwas zwischen uns.« In der nächsten Sekunde hob er abwehrend die Hände in die Luft. »Nicht, dass du denkst, ich halte mich für unwiderstehlich. Bestimmt nicht.«

Ohne es zu wollen, musste Hanna lachen. »Nein, nein. So eingebildet wirkst du gar nicht.«

Er zwinkerte ihr zu. »Wie wirke ich denn auf dich?«

»Hm. Eigentlich sehr nett. Und angenehm direkt und ehrlich«, überlegte sie laut.

»Kann ich nur zurückgeben.«

Kurz schauten sie sich in die Augen, mussten gleich darauf beide lachen. Und auf einmal beschlich Hanna ein merkwürdiges Gefühl:

Konnte es tatsächlich wahr sein, dass sie diesen Mann erst jetzt kennengelernt hatte? Vielmehr kam es ihr nämlich so vor, als würden sie sich bereits ewig kennen. Quasi von der Sandkiste an … Wirklich seltsam. Da warf ihr Moritz einen fragenden Blick zu. »Was denkst du gerade?«

Sie blinzelte einige Male, kam sich fast ertappt vor. Eigentlich sollte sie jetzt irgendetwas erfinden. Schließlich war sie doch in keiner Weise dazu verpflichtet, diesem Fremden ihr Herz auszuschütten. Wäre ja noch schöner! Dennoch sagte sie ehrlich, weil sie gar nicht anders konnte: »Bei dir habe ich das Gefühl, als ob wir uralte Freunde wären. Und dass ich mich am liebsten noch ewig lang mit dir unterhalten würde.«

Er nickte langsam. »Geht mir bei dir genauso. Und das liegt ganz bestimmt nicht daran, dass du eine wunderhübsche Frau bist.«

»Na, na, na«, lachte sie auf. »So ein bisschen verstehe ich jetzt schon, warum du den Frauen so leicht den Kopf verdrehst. Aber keine Sorge. Ich habe heute mit meinem Freund Schluss gemacht und das Letzte, was ich brauche, ist ein neuer Mann.«

»Dann sind wir uns ja einig«, lächelte er und winkte die Kellnerin herbei.

»Hast du Lust, noch ein bisschen durch die Stadt zu spazieren?«

»Schöne Idee«, sagte sie gut aufgelegt, bevor sie das letzte Stück Brot verputzte.

Auf einmal war sie unsagbar froh darüber, nicht länger allein durch München wandern zu müssen. Sondern, auch wenn es sich wirklich idiotisch anhörte, aber so fühlte es sich zumindest an: mit einem guten Freund unterwegs zu sein.

»Ja, und dann bin ich einfach weggefahren«, schloss sie eine halbe Stunde später ihre Erzählung über diesen so denkwürdigen wie albtraumhaften Tag. Ohne ihren Heimatort zu nennen, hatte sie ihm ziemlich genau ihre aktuelle Situation skizziert, während sie am nächtlichen Rathaus vorbeischlenderten. Moritz hatte die ganze Zeit konzentriert zugehört. Hin und wieder genickt und ihr mitfühlende Blicke zugeworfen, zumindest hatte sie das so aufgefasst. Jetzt schüttelte er den Kopf. »Ein Wahnsinn, wie deine Mutter und dein Freund mit dir umspringen.«

»Exfreund«, warf sie ein.

»Okay. Aber es wundert mich, dass das passieren konnte. Auf mich wirkst du so, als ob du ganz genau weißt, was für dich gut ist.«

»Tue ich das?«, fragte sie erstaunt, schaute gedankenverloren zum Glockenspiel am Rathaus hoch.

Moritz' Blick folgte dem ihren. »Das geht leider erst tagsüber wieder los. Dabei sehen die Szenen aus dem 16. Jahrhundert wirklich sehr hübsch aus. Man sieht ein Ritterturnier und den ›Tanz der Schäffler‹, also der Fassmacher.

Letztere sollen sich nach einer überstandenen Pestepidemie als Erste wieder auf die Straße gewagt und die Leute unterhalten haben.«

»Na, du kennst dich aber gut aus! Bist du etwa Stadtführer?«, fragte Hanna ehrlich beeindruckt.

»Du willst doch gar nicht wissen, was ich arbeite«, gab er mit gespielt beleidigtem Schulterzucken und gerümpfter Nase zurück. Dann lachte er gar nicht mehr beleidigt auf. »Aber wenn du wieder nach München kommst, werde ich mein gesamtes Wissen über die Stadtgeschichte auffrischen und für dich der perfekte Touristenguide sein.«

Kurz trafen sich ihre Blicke und wieder mussten sie beide lachen. »Ich glaube, das kannst du jetzt schon ganz gut«, sagte Hanna und zog ihn, obwohl ihre Blasen an den Füßen nun wieder schrecklich drückten, weiter. »Vielleicht komme ich ja wirklich wieder her.« Die letzten Worte waren ihr so herausgerutscht. Aber warum eigentlich nicht? Die Vorstellung, Moritz womöglich doch noch mal zu treffen, war nicht unbedingt die Schlechteste. Aufmunternd nickte sie ihm zu. »Aber jetzt erzähl einmal du deine Liebesgeschichte!«

»Gleich«, sagte er, zeigte dann auf ihre Füße. »Aber zuerst einmal müssen wir etwas gegen deine Blasen unternehmen!«

Überrascht kniff sie die Augen zusammen. »Bin ich so schlimm gehumpelt?«

»Nein, nur ein kleines bisschen«, sagte er in fürsorglichem Ton, während er sie zu einer kleinen Bank hin dirigierte.

»Aber du sollst dich ja später, wenn du an diesen Abend zurückdenkst, nicht nur an deine schmerzenden Füße erinnern.«

Er ging vor ihr in die Knie und hob sanft ihren rechten Fuß hoch. »Darf ich?«, fragte er, bevor er ihr den Ballerina-Schuh abstreifte.

»Äh … gut …«, murmelte sie verlegen.

In Wahrheit war es ihr schon unangenehm, wenn sie auf Schuhverkäufer der alten Schule traf, die an ihren Füßen herumhantieren wollten, und wehrte das jedes Mal ab. Noch peinlicher, dass nun Moritz zuerst den rechten, dann auch noch den linken Fuß begutachtete. Doch seinem gut gelaunten Gesichtsausdruck nach zu urteilen, fand er das absolut nicht schlimm. »Armes Aschenputtel«, witzelte er. »So hübsche Füße, aber total zerschunden.«

»Danke für das Kompliment!«, kicherte sie. »Aber in gläserne Pantoffeln zwänge ich mich jetzt ganz bestimmt nicht hinein.«

»Musst du auch nicht«, sagte er lächelnd. »Was du brauchst, ist eine Familienpackung Pflaster.«

Er warf ihr einen treuherzigen Blick zu, brachte so bei ihr einen gewaltigen Lachanfall ins Rollen. »Keine Sorge«, stammelte sie nach einer Weile, während sie sich immer noch Lachtränen von den Wangen wischte.

»Ob du Arzt bist, frage ich dich jetzt gar nicht!«

Das wiederum brachte ihn zum Schmunzeln. »Dann eben nicht. Aber warte einfach hier, ich laufe nur rasch zu der Apotheke um die Ecke, die hat heute Nacht geöffnet.«

Schon war er aufgesprungen und davongesprintet. Keine fünf Minuten später verarztete er mit Pflastern ihre zahlreichen Blasen.

»Danke, du bist wirklich ein Freund«, seufzte Hanna schließlich aus tiefster Seele. »Meine Füße sind wieder wie neu.«

Er zog sie hoch, hielt ihr dann den Arm hin, damit sie sich einhängen konnte. »So schaffst du es bestimmt bis in den Englischen Garten.« Er zeigte zum klaren Himmel hinauf. »Man kann dort einfach unheimlich gut die Sterne anschauen.«

»Ich hab schon gehört, dass es dort schön sein soll«, antwortete sie, dachte dabei an den netten Mann am Bahnschalter in Kitzbühel. Dann hängte sie sich mit einem wahrhaft übermütigen Lachen bei Moritz ein. »Los geht's!«

Emil wollte eben ins Bett gehen, vielleicht schaffte er es ja, ein paar Stunden zu schlafen. Es brachte doch ohnehin nichts, noch länger auf dem Sofa zu hocken und die dunkle Wand anzustarren. Zumindest brachte ihm das die Hanna auch nicht schneller zurück. Hanna. Jedes Mal, wenn er jetzt ihren Namen murmelte, fühlte es sich an, als ob ihm jemand in den Bauch boxen würde. »Sie wird wiederkommen, und alles wird gut«, wiederholte er Isoldes Worte in Gedanken, dann stand er auf.

In dem Moment meldete sich sein Handy. »Hanna«, musste er sofort denken. Sie musste es sein. Das flaue Gefühl im Magen wich einem Hoffnungsschimmer, der wie eine heiße Welle durch seinen Körper schwappte. Doch als er in der nächsten Sekunde auf das Display des Smartphones blickte, folgte die harte Ernüchterung. Nicht Hanna rief an, sondern Lene Maier. Komisch, was die um diese späte Uhrzeit von ihm wollte. »Ja? Was ist denn?«, meldete er sich nicht gerade freundlich.

»Oh, entschuldige, dass ich so spät anrufe. Du musst ja in der Früh immer zeitig auf. Hoffentlich hast du noch nicht geschlafen«, ging Lene sofort in die Defensive. »War echt blöd von mir.«

Verärgert verdrehte er die Augen, aber nicht wegen des Anrufs seiner ehemaligen Schulkollegin. Vielmehr weil er sich darüber ärgerte, dass er ohne Grund so barsch zu ihr gewesen war. »Nein, alles gut. Ich bin noch wach und freue mich doch, wenn du dich bei mir meldest.«

»Wirklich?«, hörte er Lenes erleichterte Stimme am anderen Ende der Leitung. »Da bin ich aber froh.«

Nach einer kurzen Pause sprach sie weiter: »Du, weshalb ich anrufe: Ich habe unsere alte Deutschlehrerin, die Meinrat, beim Bäcker getroffen. Die würde sich über ein Klassentreffen freuen. Eigentlich eine super Idee, oder?«

»Ja, klar«, sagte er nicht ganz konzentriert. »Klassentreffen sind doch immer ein Riesenspaß.«

Er konnte Lene geradezu lächeln hören. »Schön, dass du das auch so siehst! Dann würde ich ein Treffen in ungefähr zwei Monaten vorschlagen. Damit ich noch alle zusammentrommeln kann.«

»Okay«, antwortete er einsilbig.

Auch wenn die Lene eine richtig Liebe war, sehnte er sich danach, das Gespräch zu beenden. Viel länger konnte er sich nämlich unmöglich zusammenreißen und den bestens Gelaunten spielen. Schon wollte er sich verabschieden – doch Lene war nicht so rasch zu stoppen. »Wo sollen wir es denn machen? Eher leger oder fein? Vielleicht in der ›Goldenen Harfe‹?«

Fast wäre ihm rausgerutscht, dass er lieber auf einem Misthaufen essen, als einen Schritt in diese blöde »Goldene Harfe« machen würde. Doch da sagte Lene etwas, was ihm geradezu die Kehle zudrückte. »Wie kommst du denn darauf?«, fragte er entsetzt nach.

»Na, weil ich gesehen habe, wie die Hanna und der Tobias Oberreiter sich in seinem Restaurant sehr innig umarmt haben«, sprach Lene weiter. »Deshalb dachte ich, ihr seid nicht mehr zusammen.«

»Äh … nein, so ist das nicht«, stammelte er, während ihm ganz schwindelig wurde.

»Dann muss ich mich verschaut haben«, sagte Lene unbekümmert und verabschiedete sich.

Nachdem Emil aufgelegt hatte, atmete er schwer. Daher wehte also der Wind. Die Hanna und der Tobias. Und ihm versuchte das Luder, weiszumachen, dass sie sich beruflich entfalten wollte. Wütend knallte er das Handy auf den Boden. Nein, so einfach würde er sich nicht geschlagen geben.

5

»Ist dir auch bestimmt nicht kalt?«

Mit nachdenklichem Blick sah Moritz Hanna an, die sich angesichts dieser gewiss bloß höflich gemeinten Frage auf einmal so richtig geborgen fühlte. So, als ob jemand sich tatsächlich für sie interessierte, wirklich wollte, dass es ihr gut ging. Noch verwunderlicher war es für sie, dass sie diesen Jemand erst vor wenigen Stunden in einer fremden Stadt kennengelernt hatte. »Spinn doch nicht so rum!«, wies sie sich in Gedanken zurecht, dann zwinkerte sie Moritz zu.

»Mir ist überhaupt nicht kalt. Diese Nacht ist ja so was von mild. Fast komme ich mir vor, als ob wir in Italien am Strand spazieren gehen würden. Oder auf einer griechischen Insel wären.«

»Ja, ich fühle mich auch wie im Urlaub. An einem feinen Sandstrand vielleicht. Man hört leise die Wellen und die Palmen im Wind, während man die nackten Zehen in den Sand steckt.« Moritz, der neben ihr im Englischen Garten saß, runzelte die Stirn. »Eigentlich fühle ich mich jetzt total weit weg von der Wirklichkeit. Fast wie auf einem anderen Stern.«

»Geht mir auch so«, stimmte Hanna ihm zu.

Er schmunzelte. »Und recht warm ist es auf diesem Stern natürlich auch, eine laue Sternennacht, wie man so sagt«, ergänzte er augenzwinkernd, schob ihr aber dennoch seine Jacke unter ihre Jeans. »Ich will aber trotzdem nicht, dass du dich erkältest.«

»Danke, mein edler Ritter«, gab Hanna zurück.

Natürlich hätte es ironisch klingen sollen, aber sie selbst bemerkte den sentimentalen Unterton in ihrer Stimme. Was war denn bloß los mit ihr! Rasch wandte sie den Blick von Moritz' blauen Augen ab, reckte den Kopf hoch zum Sternenhimmel. Keine Frage, der hatte in dieser Nacht ebenfalls so einiges zu bieten. »Der Große Wagen fasziniert mich immer noch«, sagte sie gedankenverloren. »Als kleines Mädchen habe ich sogar geglaubt, dass ein Riese mit ihm durch den ganzen Himmel fährt. Und dabei ganz vorsichtig um die vielen Sterne rumkurven muss.« Amüsiert über diese kindische Vorstellung schüttelte sie lächelnd den Kopf. »Solche Geschichten hat mir mein Vater erzählt.«

Moritz stupste sie leicht in die Seite. »Hört sich so an, als ob dein Vater ein ziemlich netter Mann ist.«

»War«, sagte Hanna leise, spürte auf einmal einen dicken Kloß im Hals. »Er ist vor vielen Jahren gestorben. Na ja, einerseits war er wirklich ein sehr lieber Mensch. Aber leider auch verantwortungslos und egoistisch ...« Sie zuckte mit den Schultern. »Sonst hätte er meine

Mutter und uns zwei Töchter wohl nicht so einfach verlassen. Noch dazu hat er uns mit einem Berg Schulden sitzen gelassen, auf den beim Hochklettern sogar Reinhold Messner ins Schwitzen gekommen wäre.«

Kurz lachten beide auf. Doch dann erkannte Hanna in Moritz' Blick so viel Mitgefühl, dass sie auf der Stelle das Thema wechseln musste. Sonst begann sie hier wirklich noch zu heulen. »So! Und jetzt erzähl du endlich von deiner Exverlobten und wie sie dir das Herz gebrochen hat!«, forderte sie ihn deshalb in resolutem Ton auf. Erschrocken darüber, sich nun fast wie ihre Mutter anzuhören, fügte sie um einiges sanfter hinzu: »Es würde mich wirklich interessieren.«

»Alles klar«, sagte Moritz und stützte sein Kinn in die Faust. »Bestimmt hat mein Herz so laut geknackt, dass man es in ganz München hören konnte. Knack, knack, so wie es jeden Tag wohl Millionen Mal auf der Welt geschieht.« Mit einer schnellen Handbewegung fuhr er sich über die Augen. »Und normalerweise kommt man darüber hinweg und verliebt sich wieder neu. Sicher, wir hatten unser ganzes Leben zusammen geplant. Heiraten, Kinderkriegen, auch im Alltag den Blick füreinander nicht verlieren. Sich wegen eines schreienden Babys und leerer Pfandflaschen, die immer noch keiner weggebracht hat, nicht gegenseitig an die Gurgel gehen, sondern gemeinsam darüber lachen.«

»Aber dann ist es anders gekommen …«, sagte Hanna mehr zu sich selbst.

»Und wie!«, antwortete er mit einem unüberhörbar bitteren Klang in seiner Stimme. »Marion hat sich in ihren ehemaligen Studienkollegen verknallt, der ihr beim Joggen im Park zufällig begegnet ist, und hat recht zügig mit mir Schluss gemacht.« Wieder zuckte er mit den Schultern. »Hat doch keinen Sinn, wenn wir es in die Länge ziehen.« Er schaute Hanna traurig an. »Ihre Worte. Offenbar war sie sich sehr schnell sicher. Also weg mit den vier gemeinsamen Jahren und auf ins neue Abenteuer! Das Blöde ist nur, dass ich davor nie gemerkt habe, dass sie vielleicht gar nicht richtig glücklich war mit mir. Kein einziges Mal hat sie gesagt, dass sie unsere Beziehung nicht mehr gut findet. Dabei halten doch normalerweise Frauen damit kaum hinterm Berg. Hat zumindest mein Kumpel Clemens gemeint.«

»Da hat er recht«, sagte Hanna, musste an die vielen Beziehungsgespräche denken, mit denen sie Emil eindeutig ganz schrecklich genervt hatte. Genützt hatten sie ja leider auch kaum etwas.

»Aber trotzdem habe ich keine Ahnung, warum ich seitdem als emotionaler Zombie durch die Welt renne«, sprach Moritz weiter. Mit einer schiefen Grimasse fügte er hinzu: »Um bei dem Vergleich zu bleiben: Ich finde es selbst gruselig.«

»Für einen Zombie siehst du aber recht lebendig aus. Oder fällt dir der Arm ab, wenn ich an ihm rüttle?«, warf Hanna ein.

Wieder mussten sie beide lachen, so sehr, dass sich Hanna nach einer Weile die Lachtränen aus den Augenwinkeln wischte. Inzwischen waren sie so nah aneinandergerückt, dass ihre Schultern sich berührten. Wie selbstverständlich legte Moritz jetzt einen Arm um sie, zog sie ein wenig an sich ran. Angenehm fühlte sich das an, gestand sie sich ein. Sie spürte die Wärme von Moritz' durchtrainiertem Oberkörper, konnte seine Brustmuskeln unter dem T-Shirt erahnen. Ganz leicht nahm sie auch ein frisches, leicht zitroniges After Shave wahr, unwillkürlich zog sie mit einem tiefen Atemzug den Duft noch stärker ein. Dann musste sie blinzeln, verblüfft und entsetzt zugleich. Natürlich saßen sie beide hier rein freundschaftlich zusammen. Jawohl! Wie alte Freunde, die sich gegenseitig ihr Herz ausschütteten, um dann wieder getrennte Wege zu gehen. Doch um ehrlich zu sein, kribbelte es in ihrem Bauch ganz und gar nicht freundschaftlich. Nein, die Schmetterlinge, die sich dort zu einem Nachtflug versammelt hatten, wirbelten geradezu wie unter Strom durcheinander. »Vielleicht hast du einfach Angst«, versuchte Hanna wieder zum Thema zurückzukommen – bevor hier alles aus dem Ruder lief. »Ich meine Angst, erneut verletzt zu werden.«

»Vermutlich hast du recht. Sicher sogar. Aber jetzt gerade habe ich gar keine Angst«, sagte Moritz leise, dabei steuerte sein Gesicht im Zeitlupentempo immer mehr auf ihres zu. »Sondern bin einfach nur bis über beide Ohren in dich verliebt.«

Für eine Sekunde stockte ihr der Atem. Der letzte Satz, den er gesagt hatte, traf genau ihre Gefühle, so grotesk sie auch waren. Sie kannte den Mann doch gar nicht und bestimmt hatte sie andere Sorgen, als sich Hals über Kopf in diesen Fremden zu verlieben! Erschrocken darüber, dass sie dennoch nichts daran ändern konnte, riss sie die Augen auf – sah, dass Moritz nicht minder entsetzt dreinblickte. Dennoch näherten sich ihre Münder, bis sie Moritz' Lippen auf ihren spürte. Himmel! Der Kuss elektrisierte sie geradezu, von den verpflasterten Zehenspitzen bis zum Ansatz ihrer dunklen Locken. Völlig verrückt, sie sollte sich losreißen, stattdessen versank sie geradezu in diesem zärtlichen und gleichzeitig so sinnlichen Kuss, schmiegte sich an Moritz, der sie so, als ob er nie etwas anderes tun wollte, wunderbar sanft in seinen Armen hielt. Nur noch schemenhaft konnte sie sich an ihren ersten Kuss erinnern. Es musste kurz bevor Emil und sie zusammengekommen waren, gewesen sein. Auf einer Party ihrer Freundin Helene hatte deren Cousin sie geküsst. Unbeholfen und mit viel zu viel Spucke hatte der Bursche an ihr herumgeschlabbert. Im Nachhinein ziemlich witzig, aber ehrlich gesagt kein Kuss, an den man sich mit romantischen Gefühlen zurückerinnern wollte. Ganz anders hier. Das wäre der ultimative erste Kuss gewesen, den man ein Leben lang nicht vergessen konnte. Kurz erstarrte Hanna, denn genauso fühlte es sich an: So, als ob sie hier und jetzt zum ersten Mal geküsst würde. »He, wir sollten das lassen … Es bringt nur Komplikationen«, wisperte sie nach einer kleinen Ewigkeit.

Endlich hatte sie es geschafft, ein Stück zurückzuweichen, allerdings hielt Moritz sie immer noch im Arm. »Tut mir leid«, flüsterte er zurück, sah ihr dabei tief in die Augen. »Oder ehrlich gesagt tut es mir gar nicht leid.«

»He, du bist ganz schön frech!«, musste sie schmunzeln, während sich ihr Herz auf einmal wie geschmolzene Schokolade anfühlte.

»Ich weiß, ich weiß«, raunte Moritz ihr ins Ohr, bevor er einen winzigen Kuss auf ihr Ohrläppchen platzierte. »Aber bei dir setzt einfach mein Verstand aus. Ich kann rein gar nichts dagegen tun.«

Sie schluckte mehrmals. Herrje, wenn das hier so weiterging, hatte sie sich bald auch nicht mehr im Griff. Absolut nicht mehr – und das war bestimmt keine Lösung, mit der sie glücklich werden konnte. Keinesfalls. Das Beben, welches nach dem Ohrläppchen-Kuss durch ihren Körper gegangen war, ignorierend, setzte sie eine betont strenge Miene auf. »Also, da soll sich mal wer auskennen! Zuerst erklärst du mir, bei dir können gar keine Gefühle mehr für eine Frau entstehen. Und plötzlich bist du angeblich in mich verliebt.«

Ein alarmierender Gedanke schoss ihr prompt durch den Kopf: Die Vermutung, dass Moritz hier eine grandiose Liebes-Show abzog, in der sie denken sollte, sie sei die eine, die ihn von seiner Liebestaubheit befreite, nur damit er sie ins Bett bekam, tat auf einmal wahnsinnig weh. Kurz musste sie an einen ihrer Lieblingsfilme denken, »Manche mögen's heiß« mit Marilyn Monroe und Tony Curtis. In dem Streifen gab sich Tony Curtis als Millionär aus, der gegenüber einer Frau keine Leidenschaft mehr entwickeln konnte. Und Marilyn Monroe, die sich einen reichen Mann angeln wollte, legte sich mächtig ins Zeug. Tja, in der Hollywood-Komödie waren beide gleichzeitig Betrüger, die sich schließlich tatsächlich ineinander verliebten. Und dummerweise waren ihre eigenen Gefühle ebenfalls echt – doch ganz bestimmt hatte sie keine Lust darauf, sich hier verschaukeln zu lassen! »Was denkst du denn von mir?«, unterbrach da Moritz mit ernster Stimme ihr Gedankenspiel. »Meinst du, ich spiele die Rolle von Tony Curtis in ›Manche mögen's heiß‹?«

Fassungslos starrte sie ihn an, er interpretierte ihr Erstaunen jedoch völlig falsch. »Das ist mein absoluter Lieblingsfilm. Zwar nicht mehr neu, aber mit einem grandiosen Humor. Von Billy Wilder. Da gibt sich Tony Curtis als Öl-Millionär aus – und wendet gegenüber Marilyn Monroe eine ganz besondere Masche an ...«

Moritz war im Begriff weiterzusprechen, doch Hanna legte schnell ihre Hand auf seinen Mund. »Ich kenne den Film. Genau an den habe ich auch gerade gedacht ...«

»Gedankenübertragung«, murmelte er, fasste dabei nach ihrer Hand. Er hielt sie fest, als er leise, jedoch bestimmt weitersprach: »Bitte glaub mir, ich mache dir nichts vor. Das könnte ich gar nicht. Und ehrlich gesagt kapiere ich es ja selbst nicht so wirklich, warum ich so verrückt nach dir bin.«

»Ich verstehe das nicht …«, sagte sie leise.

»Und ich erst recht nicht«, pflichtete er ihr bei.

»Aber eines möchte ich auf keinen Fall: Nämlich, dass du denkst, ich möchte einfach nur mit dir schlafen und schrecke dadurch auch nicht vor den abartigsten Spielchen zurück.«

Mit einem dicken Knödel im Hals registrierte sie, dass sie ihn wirklich verletzt hatte. »He, ich wollte dir nichts Böses unterstellen«, sagte sie entschuldigend. »Dafür finde ich dich einfach viel zu nett.«

»Ist schon okay«, erwiderte er mit einem kleinen Lächeln. »Vielleicht würde ich an deiner Stelle die gleichen Befürchtungen haben. Du bist eine so tolle Frau. Um dich zu kriegen, ziehen wohl die meisten Männer alle Register …« Treuherzig guckte er sie an, was so witzig aussah, dass sie wieder lachen musste, sich plötzlich wieder ganz leicht fühlte. »Ich bin nicht so, das musst du mir glauben«, sagte er und gab ihr einen winzigen Kuss auf die Stirn. »Und deshalb war das jetzt auch mein letzter Kuss, meine süße Tirolerin!«

Fast hätte sie laut »Schade!«, gerufen, zum Glück konnte sie das Wort gerade noch hinunterschlucken, sonst hätte er sie wohl vollends für verrückt erklärt. Einmal hü, einmal hott!

Zuerst küsste sie ihn, als ob es kein Morgen gäbe, dann spielte sie die zugeknöpfte Eisprinzessin. Nur um ihm dann erneut nicht widerstehen zu können ... Moritz legte ihr erneut den Arm um die Schulter, ein wenig ruppiger, so wirkte es diesmal tatsächlich eher freundschaftlich als sinnlich. »Was hältst du davon, wenn du dich zu mir kuschelst, und wir schlafen eine Runde?«

»Fabelhafte Idee«, sagte sie, deutete dann zum Sternenhimmel. »Und davor könnten wir uns noch die Sterne ansehen.«

»Machen wir.«

Er zog sie mit sich ins Gras, ihr Kopf lag nun auf seiner Brust, während beide nach oben schauten. »Der Polarstern leuchtet so wahnsinnig hell«, flüsterte sie.

»Hm. Aber besonders schön ist der Große Wagen. Da hat mir mal eine wunderschöne Frau erzählt, dass sie tatsächlich glaubt, ein Riese fährt mit der seltsamen Kutsche am Himmel herum ...«

Lachend boxte Hanna ihn in die Seite. »Da war ich ein kleines Kind, du Depp!«

»Ach so, da habe ich wohl etwas verwechselt«, tat Moritz unschuldig, doch auch so konnte Hanna im Dunkeln sehen, wie ihm der Schalk aus den Augen blitzte.

»Ja, ja«, sagte sie gespielt beleidigt.

»Aber danke für die schöne Frau.«

»Gern geschehen. Habe ich dir eigentlich schon erzählt, dass mir vor Kurzem eine Stelle in Tirol angeboten worden ist?«

»Nein, hast du nicht«, antwortete sie mit klopfendem Herzen.

»Und wirst du sie annehmen?«

»Keine Ahnung …«

Er strich ihr leicht über den Oberarm, atmete auf einmal ganz regelmäßig. Hanna wagte einen verstohlenen Blick zu ihm. Seine Augen waren geschlossen, ein dermaßen friedlicher Ausdruck lag auf seinem Gesicht, dass sie gar nicht anders konnte, als ganz vorsichtig über seine Wangen zu streichen. »Ich liebe dich«, formten ihre Lippen lautlos, auch das geschah ganz von allein.

Sicher bald schon würde sie sich über ihre romantischen Anwandlungen in dieser Nacht halb totlachen – aber jetzt, ja jetzt, hatte sie das Gefühl, als ob die Zeit stehen geblieben wäre. Ihretwegen konnte das auch gerne so bleiben, womöglich eine Ewigkeit lang.

Sie schaute noch mal zum Himmel hoch, hörte dabei das Herz von Moritz schlagen. Langsam und regelmäßig, während ihres vor Aufregung bestimmt flatterte wie ein aufgescheuchtes Huhn. Jetzt einschlafen? Bestimmt eine absolute Fehlanzeige. Doch irgendwann verschwammen die Sterne vor ihrem Blick, und ehe sie sich noch darüber wundern konnte, waren ihr die Augen zugefallen.

»Wir müssen sie unbedingt suchen! Ich werde sonst noch verrückt vor Sorge!« Maries Stimme am Telefon klang dermaßen verzweifelt, dass Emil fast selbst Angst bekam, Hanna könnte etwas zugestoßen sein. »Vielleicht hat sie einen Unfall gehabt … oder ist entführt worden«, kam es von Marie jetzt im Flüsterton. Es war nicht schwer, herauszuhören, dass sie leise vor sich hin weinte.

»Es ist ihr bestimmt nichts passiert«, sagte er in beruhigendem Ton, obwohl er innerlich fast explodierte.

Ihm war es auch herzlich egal, dass Marie vermutlich dachte, er sei ein gefühlloser Hund, den es nicht interessierte, ob seiner Freundin etwas Schlimmes zugestoßen war. Nein, gefühllos bestimmt nicht – obwohl er sich das manchmal durchaus wünschen würde. Nur wusste er es eben besser. Während Marie dachte, dass die ach so arme Hanna allein durch die Nacht irrte, war er davon überzeugt, dass sie im warmen Bettchen von Tobias Oberreiter lag, ihrem zukünftigen Chef. Ha! Wie durchtrieben, was sie von ihrer beruflichen Laufbahn gefaselt hatte, dabei war sie einfach in diesen fiesen Oberreiter verknallt. Er mochte ja gar nicht wissen, wie lange diese Affäre schon lief. Während Hanna ihm andauernd die unzufriedene Freundin vorspielte, der er es niemals recht machen konnte. Tja, einen Kampf gegen Windmühlen hatte er da geführt – jetzt war natürlich klar, warum er den nicht gewinnen konnte. Herrgott, kam er sich blöd vor! Dass er aber auch so ahnungslos war! Ja, tatsächlich so naiv, zu denken, die Hanna hätte für eine geheime Liebschaft gar keine Zeit gehabt. Idiotisch! Mit einer fahrigen Bewegung fuhr er sich über die eiskalte Stirn. Keine einzige Minute hatte er in dieser Nacht geschlafen, sich bestimmt hundertmal vorgenommen, aufzuspringen und zum Tobias Oberreiter zu fahren. Dort hätte er die zwei Turteltäubchen gleich in flagranti erwischen können. Doch jedes Mal hatte er sich zurückgehalten – und schließlich, als er nur mehr ein zitterndes Häufchen Elend gewesen war, Isolde angerufen. Nur gut, dass sein Handy nach seinem Wutausbruch noch funktionierte.

»Du meine Güte! Das sind ja vielleicht miserable Neuigkeiten!«, hatte Isolde entgeistert geantwortet, als er ihr von Lene Maiers Anruf erzählte. »So eine durchtriebene, falsche Schlange!«

Kurz dachte Emil, dass sie damit Lene meinte, die womöglich Lügen verbreitete. Aber bereits in der nächsten Sekunde wurde ihm klar, dass es um Hanna ging. Und obwohl er natürlich Isolde voll und ganz zustimmte, war er angesichts der harten Worte doch kurz zusammengefahren. Schon erstaunlich, dass eine Mutter so von ihrem Kind redete …

Doch gleich darauf hatte ihn Isolde wieder aufgebaut: »Wenn du sie wirklich zurück willst, werdet ihr das auch überstehen. Das Mädel tickt im Moment nicht richtig, man darf es einfach nicht für voll nehmen.« Dann hatte sie verschwörerisch hinzugefügt: »Ab morgen läuft alles nach Plan, glaub mir. Aber dafür musst du dich zurückhalten können. Und bleib um Himmels willen ruhig!«

Also war er, so schwer es ihm auch fiel, abwartend zu Hause geblieben. Und jetzt, kurz nach sechs, als sein Handy geklingelt hatte, war er sich sicher gewesen, dass Hannas Mutter ihn anrief. Oder vielleicht auch Hanna selbst. Stattdessen heulte ihm Marie die Ohren voll. Oh, die war ja immer noch dran. »Emil? Ist alles okay bei dir?«, fragte sie nun mit zitternder Stimme.

Kurz überlegte er, ob er ihr von der Liebschaft ihrer sauberen Frau Schwester erzählen sollte. Vielleicht mochte ja Marie sogar einen Blick ins Oberreiter-Bettchen werfen? »Na ja«, sagte er jedoch. »Okay ist nicht der richtige Ausdruck. Ich mache mir auch schreckliche Sorgen um Hanna. Ich versuche es schon die ganze Zeit auf ihrem Handy. Aber sie geht nicht ran …«

»Ich glaube, wir sollten die Polizei verständigen«, fiel ihm Marie ins Wort.

Entsetzt verzog er das Gesicht. So etwas hatte ihm wirklich noch gefehlt. »Jetzt noch nicht«, sagte er deshalb hastig. »Ich fahr lieber selbst los und suche sie. Wenn ich sie in den nächsten zwei Stunden nicht gefunden habe, können wir immer noch bei der Polizei anrufen.«

»Soll ich mitkommen?«

Emil verdrehte die Augen. »Nein, du bleibst schön zu Hause, du musst doch später in die Schule.«

»Am Freitag ist Zeugnisausgabe, bis dahin machen wir eh nicht mehr viel, da brauche ich nicht so fit zu sein«, warf sie jedoch offensichtlich uneinsichtig ein.

Emil schnaubte laut auf. Nun musste er sich sehr zusammenreißen, um sie durchs Telefon nicht einen Kopf kürzer zu machen. »Bleib lieber daheim. Falls die Hanna bei dir auftaucht. Ich hab da fast so ein Gefühl …«

Das hatte er zwar keineswegs, aber so konnte er die lästige Marie hoffentlich bremsen. Lieber kurvte er allein in Kitzbühel herum und suchte Hannas Auto. So, als ob ihn etwas arg gestochen hätte, verzog er das Gesicht. In der Nähe der »Goldenen Harfe« würde der alte hellblaue Käfer stehen. Wo sonst? Im selben Haus wohnte der Tobias doch in einer eleganten Wohnung im ersten Stock, vor Jahren war Emil selbst einmal auf einer Feier dort gewesen. Plötzlich sah er vor sich, wie Tobias und Hanna zusammen nackt im Bett lagen, in leidenschaftlicher Umarmung ineinander verknotet. Sofort rebellierte sein Magen, und er spürte bittere Galle im Mund. »Nicht mehr daran denken, jetzt nicht mehr daran denken«, murmelte er.

»Was hast du gesagt?«, hörte er Marie am anderen Ende der Leitung fragen.

Mist, die musste er auch endlich loswerden. »Denk nicht das Schlimmste, hab ich gesagt«, erklärte er ziemlich brüsk. »Aber jetzt fahre ich los. Ich melde mich später.«

Bevor Marie noch etwas sagen konnte, drückte er auf die Aus-Taste und sprang vom Sofa auf. Im Auto herumzufahren war immer noch besser, als daheim zu sitzen, ohne etwas tun zu können. Und dazu noch von fürchterlichen Fantasien heimgesucht zu werden …

Es musste das jubilierende Vogelgezwitscher über ihr gewesen sein, das sie wach gemacht hatte. Einen Moment lang blinzelte sie verwirrt in das Sonnenlicht, das sie durch das Blätterdach an der Nase kitzelte. Beunruhigt blickte Hanna sich um. Seit wann übernachtete sie denn im Freien? Und wo war sie überhaupt? Und wer war der Mann, auf dessen Brust ihr Kopf lag? Diese Gedanken schossen in Sekundenbruchteilen durch ihr Hirn, denn gleich darauf wusste sie ganz genau, wo sie sich befand. Der vergangene Abend, diese fast magische Julinacht, lief wie ein Film vor ihrem inneren Auge ab. Und mittendrin Moritz. Allein beim Gedanken an ihn begann ihr Herz, wie verrückt auf und ab zu hüpfen. Gleichzeitig wurde ihr bewusst, dass sie alles falsch gemacht hatte. Was war ihr bloß eingefallen, sich in den nächstbesten Zug zu setzen und nach München zu fahren? Vor allem, ohne jemandem Bescheid zu geben! Bestimmt machten sich ihre Mutter, Emil und Marie schreckliche Sorgen um sie, daran änderte wohl auch ihre knappe SMS nichts. Verstohlen schaute sie sich nach Moritz um. Seine Augen waren geschlossen, ziemlich sicher schlief er noch. Als sie ihn betrachtete, konnte sie nicht verhindern, dass ihr erneut das Herz vor Gefühlen förmlich überlief. Es war verrückt, absolut verrückt, aber sie hatte sich dermaßen in Moritz verliebt, dass ihr davon fast die Luft wegblieb. Dennoch fand sie ihr Verhalten völlig daneben, und sie musste schleunigst weg von hier. Vorsichtig hob sie Moritz' Arm, in dem sie eingekuschelt gelegen hatte, über ihren Kopf hinweg und legte ihn auf seiner Brust ab. Dann rückte sie von ihm ab. Plötzlich bewegte er sich, ließ sie erschrocken in der Bewegung innehalten. Nein, noch mal Glück gehabt. Er war nicht aufgewacht. Doch jetzt musste sie sich beeilen, wenn sie wegkommen wollte, ohne wieder mit ihrem Begleiter der letzten Nacht sprechen zu müssen. Das wollte sie auf jeden Fall verhindern. Es war doch ohnehin sinnlos! Es gab in ihrem Leben dermaßen viele Baustellen zu bewältigen, dass ein Freund in München ihr nur noch mehr Probleme bereiten würde. »Was heißt Freund?«, musste sie da denken.

Moritz hatte ihr am vergangenen Abend doch einleuchtend erklärt, dass er sich für eine neue Beziehung noch lange nicht bereit fühlte. Seine Gefühle quasi eingefroren waren. »Und seine Liebeserklärung hier im Englischen Garten? Was hatte die zu bedeuten?«, fragte Hanna sich im Stillen, während sie hastig in ihre roten Ballerinas schlüpfte.

Nachdem sie sich noch ihre Handtasche geschnappt und aus dem Park geeilt war, gab sie sich selbst die Antwort: »Eine kleine sentimentale Anwandlung, weil diese Sternennacht einfach zu schön gewesen ist. Mehr nicht.« Eine leise Stimme in ihrem Inneren fügte hinzu: »Und vielleicht hat ja doch auch der Jäger aus ihm gesprochen, der ein Abenteuer mit einer fremden Frau, die er vermutlich nie mehr wiedersehen würde, ziemlich aufregend gefunden hätte …« Ja, so war es wohl. Und damit versuchte sie das »Kapitel Moritz«, das ohnehin unbedeutend kurz gewesen war, endgültig in den hintersten Winkel ihres Bewusstseins zu verbannen.

Auf der Taxifahrt zum Münchner Hauptbahnhof und während der kurz darauf folgenden Zugfahrt nach Kitzbühel gingen ihr ohnehin andere Dinge durch den Kopf. Je schneller die Gedanken sich im Kreis drehten, desto mulmiger wurde ihr davon. Hoffentlich hatte sich ihre Mutter nicht zu viele Sorgen gemacht, musste sie andauernd denken. Bei der Vorstellung, dass Isolde womöglich völlig aufgelöst auf einer Polizeiwache saß, weil sie ihr Kind entführt, verunglückt, ja vielleicht schon tot, sah, trieb es Hanna vollends Tränen in die Augen. So sehr sie sich auch bemühte, Haltung zu bewahren, sie konnte gar nicht anders, als gequält aufzuschluchzen. Ein älterer Herr mit Halbglatze, der in dem ansonsten ziemlich leeren Wagen auf einem Sitz schräg hinter ihr saß, reichte ihr ein Taschentuch. »Kindchen, was auch immer es ist, das Sie dermaßen bedrückt – die meisten Dinge entwickeln sich nach einiger Zeit wieder zum Guten.« Er zwinkerte ihr aus lebensklugen Augen zu. »Diese Erfahrung habe ich in meinem Leben schon oft gemacht. Und mir danach gedacht, dass ich mir die Aufregung und auch die Tränen eigentlich hätte sparen können.«

»Danke, das ist sehr lieb von Ihnen«, murmelte Hanna, zumindest um ein winziges Lächeln bemüht, bevor sie sich in das geschenkte Taschentuch schnäuzte.

Sie wollte so gern glauben, dass der Mann auch in ihrem Fall recht hatte. Viel Lärm um nichts. Wenn sie daheim ankam, würde Isolde hoffentlich bloß ein wenig sauer auf sie sein, aber schon bald dürften sich die Wogen glätten. Und auch beim Emil würde sie sich wegen ihres kindischen Abgangs entschuldigen, selbst wenn sie keine gemeinsame Zukunft mehr mit ihm sah. »Alles wird gut, alles wird gut«, sagte sie sich in Gedanken vor.

Die Worte klangen aufbauend, brachten zumindest fürs Erste ihre Tränen zum Versiegen. Aber tief in ihrem Inneren lauerte ein ganz düsteres Gefühl, eines von der Sorte, das sich festgekrallt hatte und einfach nicht vertreiben ließ. Und dass ihr wie in einer Endlosschleife zuraunte, dass daheim etwas ganz Schlimmes passiert sein musste.

Zur gleichen Zeit fuhr Emil mit seinem Sportwagen durch die engen Kitzbüheler Straßen, näherte sich dabei immer mehr der »Goldenen Harfe«. Ein Stück weiter hinten sah er auch schon das Restaurantschild, gleichzeitig begann sein Puls zu rasen. »Bleib ganz ruhig!«, murmelte er vor sich hin.

Dieser Satz war offensichtlich sein Mantra geworden, zumindest sagte er ihn sich bereits seit Stunden immer wieder vor. Jetzt atmete er tief durch, als er in die kleine Seitengasse einbog, in der er Hannas hellblauen Käfer vermutete. Mit den Augen suchte er den Straßenrand ab, sich der absurden Situation durchaus bewusst: Er suchte etwas, was er gar nicht finden wollte. Zumindest nicht hier. Dabei machte es gar nichts leichter, wenn er vor der harten Wirklichkeit die Augen verschloss: Hanna betrog ihn offensichtlich schon eine ganze Weile mit dem Tobias Oberreiter. So sah es aus. Und natürlich konnte er jetzt sagen, dass er dieses gemeine Luder nie mehr zurückhaben wollte, dass sie gerne beim Tobias bleiben konnte. Schließlich war er doch kein Idiot, mit dem man herumsprang, wie es einem gerade passte! Sein Kopf sagte eindeutig Nein. Aber sein Herz wollte einfach keine andere als Hanna, drohte sonst einzugehen, wie eine verdorrte Primel oder irgendein anderes blödes Gewächs. Und wenn er ihr verzeihen musste, dass sie ihn hintergangen hatte. Das würde er schaffen, ganz bestimmt. Denn Liebe konnte so einiges aushalten. Kurz musste er an Isolde denken, an ihren verrückten Plan. Ganz wohl war ihm bei der Sache immer noch nicht. Aber auch das musste er endlich einsehen: Im Krieg und in der Liebe war eben alles erlaubt. Es dauerte eine Weile, bis er aus seinen Grübeleien aufschreckte und erkannte, dass Hannas hellblauer Käfer nicht in der Gasse stand, auch nicht um die Ecke. Ein kleines Glücksgefühl keimte in ihm auf. Vielleicht hatte sich die Maier-Lene doch verschaut, hatte aus einer Mücke einen Elefanten gemacht. »Vielleicht auch deswegen, weil sie auf dich steht und froh wäre, wenn du wieder solo wärst«, musste er amüsiert und auch ein wenig geschmeichelt denken.

Ja, anscheinend war es wirklich so. Denn auch als er in weitere Straßen im Umkreis der »Goldenen Harfe« einbog, konnte er den Käfer nirgends entdecken. Natürlich könnte Hanna das Auto auch woanders abgestellt haben, um ihn gezielt in die Irre zu führen, aber in seinem Innersten schätzte er sie nicht so ein. Nein, nun glaubte er fest daran, dass die Frau, die er liebte, kein Verhältnis mit einem anderen Mann hatte. Wieder jubilierte das Glücksgefühl in ihm, traute sich, stärker zu werden. Nur um im nächsten Moment einem kalten Schauer, der seinen Rücken hinabfuhr, Platz zu machen: Wo, um Himmels willen, steckte Hanna, wenn sie nicht bei Tobias war? Ihr würde doch nichts Schlimmes passiert sein? Nein, daran mochte er nicht denken. Dennoch verlor sein eben noch vor Zorn gerötetes Gesicht alle Farbe. Und als er heftig aufs Gas stieg, war seine Kehle wie ausgetrocknet.

Als Hanna die Durchsage »Kitzbühel« hörte, stand sie längst mit ungeduldig gegen die Glasscheibe trommelnden Fingern an der Wagentür, sprang, nachdem der Zug im Bahnhof angehalten hatte, sofort auf den Bahnsteig. Nun konnte sie es gar nicht erwarten, ihre Mutter zu sehen, sich so schnell wie möglich mit ihr zu versöhnen. Auch wenn sie Isoldes Verhalten gekränkt hatte – Fehler passierten doch jedem mal! Besonders ihr selbst! Kopfschüttelnd machte sie sich auf den Weg zum Ausgang. Wenn sie da nur an ihre Nacht-und-Nebel-Aktion nach München dachte, unreifer ging es nun wirklich nicht! In ihren Selbstvorwürfen versuchte sie jedoch, jeden Gedanken an Moritz auszuklammern. Sie wollte einfach nicht an ihn denken. Weder an seine so intensiv blauen Augen noch an sein Lächeln, bei dem ihre Mundwinkel ebenfalls immer in die Höhe strebten. Aber schon gar nicht wollte sie sich an die Gespräche mit ihm erinnern. Dieses Gefühl, als ob man sich ewig kennen würde – und trotzdem war alles ganz neu. Und diese Nacht mit ihm war einfach magisch gewesen. Nein, nein, weg mit diesen Erinnerungen! Aber natürlich verhielt sie sich genauso wie die Probanden, die man bei einem verblüffenden psychologischen Versuch aufgefordert hatte: »Denkt ja nicht an einen rosa Elefanten!«

Und schwuppdiwupp, stand es da, das riesige Rüsseltier in Babyrosa. Ebenso erging es ihr nun auch mit Moritz, der sofort in seiner ganzen Größe vor ihrem inneren Auge erschien. Begleitet von einem schmerzhaften Ziehen in ihrem Brustkorb, das sich mit jedem Schritt noch verstärkte. »Aber geh«, redete sie sich selbst verärgert ins Gewissen. »Wie du dich da reinsteigerst! Der Moritz lacht sich doch heute bestimmt schon halbtot über die naive Tirolerin, die ihn mit großen Augen angehimmelt hat! Und morgen denkt er gar nicht mehr an dich.«

Kurz musste sie schlucken, dann zwang sie sich, den Rücken gerade zu halten. Sie hatte jetzt anderes zu tun, als sich mit ihrer kindischen und völlig unlogischen Verknalltheit zu beschäftigen. Morgen würde sie ohnehin wie weggeblasen sein. Davon war sie überzeugt – oder wollte zumindest daran glauben. Sie beschleunigte ihren Schritt, schaute starr nach vorn – und wäre vor Entsetzen fast über ihre eigenen Beine gestolpert. Nur wenige Meter entfernt stand eine vertraute Gestalt, erkannte sie ebenfalls, denn nach einem kurzen Zögern kam sie ihr mit raschen Schritten entgegengeeilt. Nun begann auch Hanna zu laufen.

Emil war angstvoll eine ganze Weile in Kitzbühel herumgefahren, dabei immer auf der Suche nach Hanna oder zumindest nach ihrem hellblauen VW-Käfer. Nichts. Beide schienen sich in Luft aufgelöst zu haben. Wütend und verzweifelt zugleich schlug er mit einer Hand gegen das Lenkrad. Wie hatte er nur so dumm sein können, zu glauben, dass Hanna schon nichts geschehen sein würde? Vielleicht lag sie ja bereits verletzt oder gar tot in einem Straßengraben oder im Krankenhaus. »Dann hätte sie jemand gefunden, und Isolde wüsste Bescheid«, versuchte er sich selbst zu beruhigen.

Aber natürlich konnte sie auch irgendein Verbrecher in seine Gewalt bekommen haben und bereits seit Stunden aufs Grausamste quälen. »Du schaust dir eindeutig zu viele Krimis an!«, kommentierte er seine Albtraumgedanken halblaut.

Nun ärgerte er sich, dass er nicht gleich beim Tobias Oberreiter geklingelt hatte. Denn vielleicht war Hanna trotzdem bei ihm – oder er kannte zumindest ihr Versteck. Gerade wollte Emil auf Höhe des Bahnhofs wenden, um noch einmal zu Tobias zu fahren – denn wenn der nichts wusste, musste er einfach die Polizei verständigen – als er den Wagen sah. Am Parkplatz vor dem Bahnhof glänzte er in der bereits recht warmen Morgensonne: Hannas hellblauer VW-Käfer. Verwirrt, aber auch ein wenig erleichtert, stieg Emil aus seinem Sportwagen aus und ging langsam zum Bahnhofsgebäude. Eigentlich wollte er die Frau am Fahrkartenschalter fragen, ob sie Hanna gesehen hatte. Doch aus unbestimmten Gründen, die er später nicht mehr benennen konnte, entschloss er sich, erst mal weiter zum Bahnsteig zu gehen, auf dem laut Durchsage eben ein Zug aus München eingetroffen war. Und gerade, als er dachte, dass es doch völlig unsinnig sei, über den Bahnsteig zu schlendern und den ankommenden Reisenden im Weg zu stehen, erblickte er sie. Hanna. Seine Hanna. Schon von Weitem erkannte er, wie erschöpft sie aussah. Nun konnte er nicht anders, als ihr entgegenzulaufen.

»Emil!«, rief sie, als sie die Arme um seinen Hals schlang. »Es tut mir so leid, dass ich einfach davongelaufen bin! Ich weiß auch nicht, was da in mich gefahren ist!«

Schuldbewusst schaute sie ihn an, während sie daran denken musste, wie sie einen anderen Mann geküsst hatte. Was für eine doofe Kuh war sie bloß gewesen! Auch wenn sie am Vorabend mit Emil Schluss gemacht hatte – für sie fühlte es sich einfach wie der gemeinste Betrug an. Und Emil würde in diesem Punkt sicher auch nicht anders denken als sie. Fast fieberhaft sprach sie weiter: »Gestern in meiner kindischen Wut bin ich einfach in den nächsten Zug gestiegen und in München gelandet. Nur um dann wie eine Blöde durch die Stadt zu streichen.«

»Dass du dort einen feschen Münchner kennengelernt, mit ihm Sternderln angeschaut und rumgeknutscht hast, erzählst wohl lieber nicht«, warf eine boshafte innere Stimme ein.

»Nein, das werde ich Emil bestimmt nicht erzählen!«, hätte sie am liebsten laut geantwortet, biss sich stattdessen auf die Unterlippe.

Was hätte es denn auch gebracht? Sie wollte ihren Exfreund doch nicht noch mehr verletzen. Jetzt erst bemerkte sie seinen ernsten, ja fast festgefrorenen Blick. Klar, er war wütend wegen der Trennung – oder war da noch etwas anderes? »Ihr habt euch alle bestimmt Sorgen um mich gemacht«, stammelte sie nun, strich sich nervös eine Locke hinters Ohr, die ihr ein leichter Wind ins Gesicht geweht hatte.

Emil sagte immer noch nichts, fast kam es ihr vor, als ob er hier auf dem sich immer weiter leerenden Bahnsteig das Reden verlernt hätte. Obwohl sie plötzlich fast keine Luft mehr bekam, flüsterte sie: »Ist alles in Ordnung? Auch mit meiner Mutter?«

Erst jetzt belebte sich Emils Gesicht. »Es ist leider etwas ganz Schlimmes passiert«, sagte er tonlos. »Eben hat mich Doktor Jakob angerufen …«

»Unser Hausarzt?«, sagte Hanna entsetzt.

Emil nickte. »Ja, deine Mutter hat vorhin einen Herzanfall erlitten. Es könnte auch ein kleiner Infarkt gewesen sein.«

Als er Hannas entsetztes Gesicht sah, sprach er schnell weiter: »Aber es ist noch mal gut gegangen. Sie lebt, muss in nächster Zeit jedoch sehr geschont werden …«

»Ich muss sofort zu ihr! Liegt sie im Krankenhaus?«, unterbrach ihn Hanna mit flatternder Stimme. »Ist Marie schon dort?«

»Marie weiß es noch gar nicht. Ich wollte sie eben anrufen.«

Eine Sekunde lang stutzte Hanna. Doktor Jakob hatte Emil, den Freund der einen Tochter, angerufen, aber nicht Marie? Eilig schaltete sie nun auch ihr Handy wieder ein. Nein, kein Anruf vom Telefon ihrer Mutter in der letzten Stunde. Und gar keiner von Doktor Jakob. Nur

Maries und Emils Nummer wurden mehrmals angezeigt. »Aber warum sind wir als Töchter nicht zuerst benachrichtig worden?«, fragte sie verwirrt. Obwohl das natürlich zweitrangige Bedeutung hatte. Wichtig war jetzt nur, dass ihre Mutter überlebt hatte. Auf einmal begann sie am ganzen Körper zu zittern. Auch wenn sie diese Erklärung am liebsten ganz weit von sich wegschieben wollte, ließ sie sie nicht los. Vielleicht war ja sie selbst schuld an diesem Herzanfall ... »Ganz bestimmt sogar«, bestärkte ihre boshafte innere Stimme sie noch. »Oder was denkst du, du egoistisches Gör?!«

»Ich muss sofort zu meiner Mutter!«, sagte Hanna laut, versuchte Emils Blick zu erhaschen.

Doch der starrte nun beharrlich auf die Spitzen seiner teuren Segelschuhe.

»Emil!«, versuchte sie es in eindringlicherem Ton. »Wo ist sie? Red doch schon!«

Endlich hob er den Kopf. Nun sah sie, dass Tränen in seinen Augen standen. Himmel, war es doch so schlimm? Am liebsten hätte Hanna ihren Exfreund geschüttelt, damit er endlich etwas sagte. »Sie liegt daheim«, erklärte er schließlich mit schleppender Stimme. »Sie wollte nicht im Krankenhaus bleiben, obwohl die Ärzte anderer Meinung waren. Aber der Doktor denkt, dass sie zu Hause recht gut aufgehoben ist, wenn er täglich bei ihr vorbeischaut.«

Hanna atmete auf. Auch wenn ihr vor Sorge immer noch ganz übel war, spürte sie zumindest eine winzige Hoffnung in sich aufkeimen. Sie nickte Emil zu. »Dann fahre ich jetzt los.« Da er immer noch dastand, ohne sich zu bewegen, versuchte sie, an ihm vorbeizugehen.

»Du«, sagte er auf einmal und hielt sie am Oberarm fest. »Es hat einen Grund, dass Doktor Jakob dich und Marie nicht verständigt hat: Eure Mutter möchte euch im Moment nicht sehen.«

»Wie bitte?«

Ungläubig starrte Hanna ihn mit weit aufgerissenen Augen an. Das konnte doch einfach nicht wahr sein. Aber Emils Gesichtsausdruck blieb ernst. Und insgeheim, ganz insgeheim traute Hanna ihrer Mutter dieses Verhalten sogar zu. Sie hätte später nicht sagen können, welche Erkenntnis ihr mehr wehtat.

6

»Das gibt's doch nicht!« Mit einem ungläubigen Grinsen schüttelte Clemens den Kopf. »Da schafft es diese Frau, dich endlich aus deiner Gefühlsstarre – oder wie man deinen seltsamen Zustand bis vor Kurzem auch nennen mag – aufzurütteln, nur um dann sofort wieder abzuhauen!«

»Besser hätte man es nicht auf den Punkt bringen können«, erwiderte Moritz trocken. Zusammen mit seinem besten Freund saß er wenige Tage nach der Begegnung mit Hanna im Behandlungszimmer der Hausarztpraxis, in der er zweimal die Woche deren Inhaber Doktor Weißgerber vertrat. Resigniert zuckte er mit den Schultern. »Ich fürchte, im Moment ist mir der Appetit wirklich vergangen.«

»Ach, komm!«, versuchte Clemens, der als Internist nur zwei Häuser weiter arbeitete, ihn zu einem gemeinsamen Mittagessen zu überreden. »Wenn du etwas Ordentliches im Magen hast, wird's dir besser gehen!« Fast ein wenig oberlehrerhaft streckte er den Zeigefinger in die Höhe. »Dann wirst du auch erkennen, dass die ganze Sache etwas Gutes hat!«

»Wie bitte?« Moritz, der hinter dem Schreibtisch gesessen hatte, stand mit einer hastigen

Bewegung auf, lief nun in dem kleinen Raum auf und ab wie ein eingesperrter Panther. So hektisch, dass er einige Male mit dem Knie an der Untersuchungsliege anstieß, was er nicht mal richtig zu merken schien. »Was soll daran gut sein, wenn man jemanden trifft, den man einfach großartig findet – und wenn dieser Mensch dann ohne jegliche Nachricht verschwindet?«, rief er aus.

Er schluckte einige Male, als er Clemens, der leicht entnervt das Gesicht verzog, ansah. Gar nichts kapierte sein Kumpel, rein gar nichts. Und er selbst hätte sich am liebsten einen Gedächtnisverlust verordnet. Dann bräuchte er sich zumindest nicht immer an den schrecklichen Moment zurückerinnern, als er im Englischen Garten die Augen öffnete und Hanna einfach weg war. Zuerst hatte er es gar nicht glauben können, ein wenig auf der Wiese gewartet, danach verzweifelt die Parkanlage abgesucht, zusätzlich noch die Cafés in der Nähe. Aber Hanna war gegangen. Und wollte ihn offensichtlich nie mehr wiedersehen.

Nun stand auch Clemens auf und hielt ihn an der Schulter fest. »Verstehst du es nicht? Diese Frau hat dich quasi geheilt. Und wenn dir das nächste Mal eine hübsche Nette über den Weg rennt, dann wird dir das wieder passieren, dass du hin und weg bist von ihr!«

»Du bist nicht ganz dicht!« Fassungslos starrte Moritz seinen Freund an. Nein, der stand tatsächlich auf der Leitung und dachte wohl, dass Hanna und die Stunden mit ihr einfach so austauschbar wären. »Warst du schon einmal richtig verliebt?«, herrschte er Clemens an. »So richtig? Dass es wirklich nur eine für dich gibt?«

»Natürlich!« Clemens rollte mit den Augen. »Aber ich halte nicht krampfhaft an etwas fest, was nicht zu halten ist!« Mit einem lauten Stöhnen fügte er hinzu: »Aber dir ist ja zuzutrauen, dass du durch ganz Tirol fährst, um deine Angebetete wiederzufinden! Kauf dir doch gleich einen Schimmel und reite über die Berge und Täler, edler Prinz! Vielleicht findest du ja dann das Aschenputtel, dem der richtige Glaspantoffel passt.« Mehr schlecht als recht ahmte er ein wieherndes Pferd nach.

»Ha, ha, sehr witzig«, gab Moritz zurück. »Du hältst mich wohl wirklich für einen totalen Trottel!« Inzwischen ärgerte er sich bereits, dass er Clemens ins Vertrauen gezogen hatte. Der atmete nun aber sichtlich erleichtert auf. »Wenigstens etwas. Und den seltsamen Job in Kitzbühel wirst du doch auch nicht annehmen, oder?«

Moritz, den auf einmal ein seltsames Prickeln packte, blinzelte mehrmals kurz hintereinander. Seltsam, er hatte in den letzten Stunden gar nicht mehr an den liebenswürdigen alten Hausarzt gedacht, der einen Nachfolger suchte und mit dem er bereits einige Male telefoniert hatte.

»Ich bitte dich, bleib in München! Hier kriegst du doch im Handumdrehen eine eigene Praxis und hast ein super Leben!«, redete Clemens weiter auf ihn ein. »Außerdem passt du gar nicht in so ein kleines Kaff!«

Das stimmte zwar nicht wirklich, denn Clemens wusste sehr wohl, dass der Großstädter das Landleben sehr mochte, sich insgeheim nach mehr Natur sehnte – aber rund um München gab's die doch auch zur Genüge! »Ich weiß nicht«, murmelte Moritz.

»Vielleicht würde mir ein Tapetenwechsel sogar guttun.«

»So ein Blödsinn!«, protestierte Clemens. »Wir zwei sind ein Bombenteam in München! Da kannst du doch nicht einfach weggehen!«

Er schaute seinen Freund dermaßen treuherzig an, fast wie ein Dackelwelpe, sodass dieser trotz seines Kummers laut auflachen musste. »Ja, wir zwei sind wirklich ein Bombenteam!«

»Gut, dass du noch nicht vollständig den Verstand abgegeben hast«, sagte der andere und atmete auf. »Dann kannst diesem Tiroler Arzt ja endgültig absagen!«

Ehe Moritz etwas antworten konnte, steckte Heidi, die Sprechstundenhilfe, ihren Kopf ins Behandlungszimmer. »Herr Doktor, ich weiß, es ist noch Mittagspause. Aber eben ist ein junger Mann mit einem ganz schlimmen Husten hereingekommen.« Mitleidig verzog sie das Gesicht. »Klingt schauderhaft …«

»Ich komme schon«, sagte Moritz, nickte Clemens kurz zu. »Wir telefonieren später, ja? Mach's gut!«

Im Grunde war er sogar recht froh, dass ihr Gespräch beendet war. Denn innerhalb von Sekunden hatte er sich endgültig entschieden.

»Ist die Oma immer noch krank?«, fragte die kleine Emma mit betrübter Miene ihre Tante, die eben zur Haustür hereingekommen war.

»Nur noch ein bisschen, mein Schatz!«

Hanna bemühte sich um ein aufmunterndes Lächeln in Emmas Richtung, die unter der hellen Holztreppe in ihrer winzigen Puppenküche hantierte, dabei kratzte jedoch schon wieder ein dicker Kloß in ihrem Hals. Ihre Informationen über Isoldes Gesundheitszustand hatte sie nur von Emil. Ja, kaum zu glauben, seit einigen Tagen war sie bereits wieder in Kitzbühel und ihre Mutter weigerte sich immer noch, mit ihr oder Marie zu sprechen. Sogar ein Telefongespräch mit ihren Töchtern lehnte sie rundweg ab. Hanna empfand es als reine Folter, dass Isolde sich dermaßen abkapselte, eine Änderung schien nicht in Sichtweite. Dankbar dachte die junge Frau an Emil, der sich in dieser schlimmen Situation bemerkenswert ruhig und hilfsbereit verhielt. Ohne lange zu fackeln, hatte er am ersten Morgen einiges von Hannas Kleidung, ein paar persönliche Dinge und ihre Waschtasche aus Isoldes Wohnung geholt, alles zusammen in das kleine Einfamilienhaus von Marie und deren Familie gebracht. Dort schlief Hanna seit ihrer Rückkehr aus München. Nein, schlafen konnte man es wohl nicht nennen, vielmehr warf sie sich Nacht für Nacht hellwach von einer Seite auf die andere. Grübelte darüber nach, warum ihre kranke Mutter so unversöhnlich war, gleichzeitig wälzte sie sich in Schuldgefühlen. »Natürlich ist sie total enttäuscht von mir«, ging es ihr immer wieder durch den Kopf. »Einfach davonzulaufen. Wie mein Vater …« Auch jetzt zog sich diese Endlosschleife durch ihre Gedanken. Die Schere, mit der sie diese durchtrennen konnte, hatte sie bedauerlicherweise noch nicht gefunden.

»Und, wie war es in der ›Alpenrose‹?«, riss sie nun Marie, die eben ihren Kopf aus der echten Küche streckte, aus ihren Grübeleien.

»Viel zu tun«, murmelte Hanna, verbesserte sich jedoch sofort: »Aber keine Sorge! Die Resi, ihre Schwiegertochter und ich haben alles im Griff gehabt.« Bestimmt wollte sie nicht, dass Marie, die vorhin mit Emma um die Mittagszeit ebenfalls im Almwirtshaus ausgeholfen hatte, dann aber auf Hannas Drängen nach Hause gefahren war, ein schlechtes Gewissen bekam.

Zu spät: »Ich hätte doch länger bleiben sollen«, sagte ihre Schwester mit einem tiefen Seufzer. »Tut mir echt leid.«

»Aber geh!«, protestierte Hanna. »Du musst dich doch auch um die Kleine kümmern, die kann doch nicht den ganzen Tag in der Almhütte so nebenbei mitlaufen. Es war wirklich schon phänomenal, dass du zu Mittag da warst.« Sie zwinkerte der Älteren zu. »Und ich hab bestimmt kein schlechtes Gewissen, dass die ›Alpenrose‹ im Moment nicht so lange offen hat.«

»Da hast du recht!«, stimmte Marie ihr lächelnd zu. Mit ernsterem Gesichtsausdruck setzte sie nach: »Und wegen der Mama brauchst du ebenfalls kein schlechtes Gewissen haben. Ist doch absolut kindisch, wie sie sich uns gegenüber benimmt!« Mit jedem Wort war sie lauter geworden, raufte sich nun wütend die blonden Haare. »Wie ein kleines trotziges Kind führt sich diese Frau auf! Redet nichts mehr mit uns, nur über den Emil erfahren wir als Töchter, wie es ihr geht! Also wenn das kein Psychoterror ist, weiß ich es auch nicht!«

Bevor Hanna etwas antworten konnte – seltsamerweise hätte sie ihre Mutter sogar ein wenig in Schutz genommen –, klingelte es an der Tür. Da sie ohnehin noch im Flur stand, öffnete sie bereits vor dem zweiten Läuten, schaute gleich darauf einem etwas irritiert wirkenden Emil ins Gesicht. »Das geht aber schnell bei euch!«, sagte er. »Oder bleibst du die ganze Zeit hinter der Tür stehen, in der Hoffnung, dass ich bald komme?«

Sein breites Grinsen signalisierte ihr, dass seine Frage nicht ernst gemeint war, er wohl auch keine Antwort erwartete. Trotzdem spürte sie seit dem ersten Moment, als sie sich am Bahnhof wieder getroffen hatten, dass Emil sich wünschte, sie beide würden wieder zusammenkommen. Bis jetzt hatte er es zum Glück noch nicht ausgesprochen, sie bloß immer wieder innig angesehen und sich besonders nett benommen. Sie empfand es ja auch wirklich als rührend, dass er sie wie ein rohes Ei behandelte – ihr nicht mal Vorwürfe machte, dass sie am Abend seines erfolglosen Heiratsantrages einfach nach München geflüchtet war. Offenbar fand er, dass der Herzanfall ihrer Mutter und deren abweisende Haltung bereits Strafe genug für sie waren. Kein Zweifel, er benahm sich wirklich großartig. Doch wenn sie an ihre heftigen Gefühle dachte, die sie an nur einem Abend für Moritz entwickelt hatte, konnte sie sich ein Zusammensein mit Emil noch viel weniger vorstellen als vor ihrer Fahrt nach München.

Nun kam auch Marie zur Tür. »Wie geht es unserer Mutter?«

»Schon besser«, antwortete Emil, sah sie dabei jedoch nicht an, sondern winkte Emma zu, die mit stolzem Blick in einem Töpfchen rührte. »Sie denkt sogar, dass sie nächste Woche wieder in der ›Alpenrose‹ arbeiten kann.«

»Das ist doch viel zu früh!«, rief Hanna entsetzt aus. »Ich verstehe ohnehin nicht, warum sie nicht im Krankenhaus liegt. Und danach sollte sie eine Kur machen. Um das zu beurteilen, muss ich nun wirklich keine Ärztin sein.«

Marie nickte mit entschlossenem Blick. »Am liebsten würde ich mal ein Wörtchen mit dem Doktor Jakob sprechen. Seine Vorgehensweise wirkt auf mich wirklich ziemlich fahrlässig.«

»Bitte, tu das nicht!«, sagte da Emil und hob abwehrend die Hand, in der er eine Stofftasche hielt. »Isolde hat klipp und klar erklärt, sie möchte nicht, dass ihr euch da einmischt und mit dem Arzt sprecht.«

Offensichtlich selbst wegen Isoldes strikter Wünsche betreten, stöhnte er auf. »Es gilt ja auch die ärztliche Schweigepflicht. Und außerdem bringt es nichts, wenn Isolde fuchsteufelswild wird und ihr Herz dann wieder rumspinnt.«

»Rumspinnen tut nur eine«, murmelte Marie, strich gleichzeitig ihrer schrecklich unglücklich dreinschauenden Schwester mit der Hand sanft über den Rücken. »Wirst sehen, irgendwann wird sich unsere Mutter wieder einkriegen. Und dann wird es dir guttun, wenn du in der ›Goldenen Harfe‹ arbeitest und sie nicht mehr jeden Tag sehen musst.«

Hanna blinzelte verwirrt. Genau, die »Goldene Harfe« … Die schien plötzlich ganz weit weggerückt von ihr zu sein. Natürlich musste sie sich bald mit dem Tobias Oberreiter unterhalten und ihn bitten, ihr noch ein wenig Zeit zu lassen. Denn jetzt, wo es ihrer Mutter so schlecht ging, konnte sie die auf keinen Fall allein in der »Alpenrose« arbeiten lassen. Sie spürte einen heftigen Stich in der Brust, als ihr ein Gedanke durch den Kopf schoss: »Sie hätte auch tot sein können.«

»Alles okay mit dir?«

Sowohl Marie als auch Emil sahen sie besorgt an. »Ja, ja«, sagte sie leichthin, wollte nun gar nicht mehr an diese schreckliche Möglichkeit denken. Ob sie mit dieser Schuld hätte weiterleben können? Da fiel ihr Blick auf die Stofftasche in Emils Hand. »Hast du mir ein paar von meinen Krimis mitgebracht?«

»Ja, klar. Isolde hatte sie schon zurechtgelegt«, sagte er und hielt Hanna die Tasche hin. »Und ein neuer schwedischer Thriller ist auch dabei. Ist mir vorhin direkt aus der Buchhandlung in die Tasche gehüpft.« Er lächelte Hanna an, strich sich dabei verlegen eine blonde Haarsträhne aus der Stirn.

»Danke, das ist total lieb von dir«, sagte sie, dann sprang sie, sich offensichtlich ihrer guten Manieren erinnernd, zur Seite. »Möchtest du nicht reinkommen? Marie hat Backhendl gemacht, dazu einen Gurkensalat. Ist bestimmt genug für alle da.« Sie streckte ihren Kopf in Richtung Küchentür, in der ihre Schwester eben wieder verschwunden war. »Stimmt's, Marie? Emil kann doch zum Essen bleiben?«

»Aber sicher«, rief ihre Schwester zurück. »Der Robert kommt bestimmt auch jeden Moment nach Hause.«

Hanna sah ihren Exfreund abwartend an. »Willst mit uns essen?«

»Ich weiß nicht so recht.« Er zuckte mit den Schultern, während er ihr einen fast schüchternen Blick zuwarf. »Lieber wäre es mir, wenn wir mal in Ruhe miteinander reden könnten. Vielleicht hast ja Lust auf einen kleinen Spaziergang über die Alm?«

Hanna fuhr zusammen. »Geht es um meine Mutter? Steht es um sie schlimmer, als du uns gesagt hast?«, fragte sie mit tonloser Stimme.

»Nein, nein«, beruhigte er sie sofort. »Mach dir da mal keine Sorgen!« Leise fügte er hinzu: »Ich möchte mit dir gerne über uns sprechen. Es wäre mir wirklich sehr wichtig.«

»Machen wir«, willigte sie sofort ein, obwohl ein immer mulmigeres Gefühl in ihr hochkroch. Natürlich brauchte sie keine Hellseherin zu sein, um zu wissen, dass Emil sie bitten würde, wieder mit ihm zusammenzukommen. Es graute ihr einfach davor, ihren Exfreund erneut mit einer Abfuhr zu verletzen. Dennoch, eine ehrliche Aussprache, damit beide ohne Groll aufeinander ein neues Leben beginnen konnten, war längst fällig gewesen. »Ich sag nur Marie Bescheid«, erklärte sie und stürmte mit glühenden Wangen in die Küche.

»Ich hab's schon mitgekriegt«, sagte ihre Schwester und zog eine Grimasse. »Aber bitte lass dich nicht wieder von ihm einlullen.«

»Bestimmt nicht«, erklärte Hanna im Flüsterton, damit Emil sie nicht hören konnte. Wenn ihre Schwester wüsste, dass sie ihr Herz an einen ganz anderen verloren hatte! Zwar an einen Mann, den sie nie mehr wiedersehen würde, dennoch konnte sie auf keinen Fall mehr in ihre alte Beziehung zurück. »Ich muss dir heute Abend endlich erzählen, was in München passiert ist«, raunte sie Marie noch ins Ohr, als sie sie diese kurz umarmte.

Gleich darauf verließ sie gemeinsam mit Emil das Haus. Sicher, dass ihre Beziehung endgültig der Vergangenheit angehörte.

Sie gingen ein Stück den schmalen Wanderweg entlang, der quer über die Alm führte und von dem aus man einen wunderschönen Ausblick über Kitzbühel hatte. Hanna genoss es, mit ihren leichten Turnschuhen über Wurzeln zu springen, den Boden unter ihren Füßen zu spüren. Saftig grün war das Gras; Gänseblümchen, Alpenveilchen und andere Blumen saßen als hübsche Farbtupfer darauf. Aus einiger Entfernung hörte man Kühe, die sich mit ihrem »Muh« fast melodisch abwechselten. »Landidylle pur. Wie aus dem Ferienkatalog«, dachte Hanna amüsiert, während sie sich mit großen Augen umschaute.

»Schön ist es hier, nicht wahr?«, sagte Emil, der ihrem Blick gefolgt war.

Sie nickte. »Ja, und jetzt, wo die Sonne untergeht und alles in dieses orange-rosa Licht taucht, wirkt die Gegend besonders faszinierend.«

»Hast recht!«

Verwundert schaute sie zu Emil. Sie konnte sich nicht erinnern, dass sie jemals zuvor solche Gespräche über die Schönheit der Bergwelt geführt hätten. Beziehungsweise konnte sie sich sehr gut daran erinnern, wie Emil gelangweilt abgewinkt hatte, wenn sie ihn auf ein niedliches Reh an einem Hang oder eben auf einen besonders schönen Sonnenuntergang aufmerksam machen wollte. Irgendwie schien sich ihr Exfreund verändert zu haben. Nun blieb er abrupt stehen. »Bitte, sei ehrlich! Liebst du ihn?«

So als ob ein Stein gegen ihren Kopf geknallt wäre, fuhr sie zusammen. Emil konnte doch unmöglich von Moritz wissen?! Ehe sie etwas sagen konnte, sprach er weiter: »Ich weiß, dass er ein fescher Kerl ist. Und mit seinem Restaurant auch ganz schön etwas hermacht …«

»Was redest denn da für einen Blödsinn daher!«, unterbrach ihn Hanna aufgebracht, der es langsam dämmerte. »Ich hab doch nichts mit dem Tobias! Und ich bin auch nicht in ihn verliebt. Was für eine absurde Idee!«

»Wirklich nicht?«

»Absolut nicht«, sagte sie, atmete insgeheim auf, dass ihr wahres Geheimnis nicht aufgeflogen war.

Auch Emil wirkte nun äußerst erleichtert, er wurde aber gleich wieder ernst: »Ich möchte mich bei dir für meinen mehr als ungeschickten Heiratsantrag entschuldigen. Es war saublöd von mir, dass ich dich so überfallen habe.«

Nun sah er so bekümmert drein, dass Hanna ihm instinktiv über den Oberarm strich. »He, von mir war es auch absolut kindisch, dir dort eine Szene zu machen und danach wegzurennen.«

Mit einem tiefen Seufzer schüttelte sie den Kopf. »Wie im Kindergarten habe ich mich benommen. Und was danach geschehen ist, wissen wir ja …« Ihre Stimme war mit jedem Wort kratziger geworden. Mit einem energischen Räuspern versuchte sie, ihren Hals wieder freizubekommen, bekam sich allmählich wieder in den Griff. Nicht dass sie vor Emil noch in

Tränen ausbrach. Aber weshalb musste sich dieser Mann auch ausgerechnet jetzt so einfühlsam verhalten?

»Mach dir keine Vorwürfe mehr! Das bringt doch nichts«, sagte er ungewöhnlich sanft. »Deine Mutter hätte jederzeit krank werden können. Daran musst du ganz fest glauben.« Er lächelte ihr zu, dann streckte er ihr seine Rechte entgegen. »Und wir zwei schließen jetzt endlich Frieden, okay?«

»Ja, auf jeden Fall!«, lachte Hanna zurück und schlug kräftig ein. Puh! Wie schön, dass Emil bloß ein gutes freundschaftliches Verhältnis zu ihr suchte. Bestimmt hatte er genau wie sie herausgefunden, dass sie beide gar nicht zusammenpassten. Kurz musste sie an die Maier-Lene denken, Emils ehemalige Schulkollegin. Ein Blinder mit Krückstock konnte erkennen, dass die hübsche junge Frau heftig für den Emil schwärmte. Ungewiss, ob es mit ihr klappen würde, aber zumindest brauchte man sich um den feschen Mann keine Sorgen zu machen. Nun atmete Hanna erleichtert auf, tat aber, nachdem Emil sie fragend angesehen hatte, so, als ob sie ihre Lungen ausgiebig mit der guten Bergluft füllen wollte.

»Setzen wir uns dort drüben hin?«, fragte er und deutete ein Stück weiter auf eine alte Holzbank.

»Gern.«

Kurz darauf saßen sie nebeneinander, schauten eine Weile schweigend ins Tal. Hanna, die ihren Gedanken nachgehangen hatte – zu dumm, wieder musste sie an verschiedene Momente mit Moritz denken –, spürte auf einmal Emils Blick auf sich. Sie wandte den Kopf zu ihm, erkannte einen viel zu innigen Ausdruck in seinem Gesicht. »Hanna, ich muss dir etwas sagen …«, begann er mit rauer Stimme.

Oh, bitte nicht! Er musste doch auch sehen, dass es zwischen ihnen einfach nicht mehr hinhauen würde. Obwohl sie erschrocken zusammengezuckt war, versuchte sie gleich darauf, ihm aufmunternd zuzulächeln. »Danke, dass du uns in dieser Zeit so lieb unterstützt. Das soll ich dir auch von der Marie ausrichten«, erklärte sie.

Ja, vielleicht, wenn sie nicht aufhörte zu reden, vergaß Emil das, was er eben sagen wollte. Das war natürlich absurd, dennoch fügte sie hastig hinzu: »Ist echt toll, wie du die Verbindung zu unserer Mutter bist. Ich wüsste gar nicht, was wir ohne dich tun sollten. Und außerdem …«

Weiter kam sie nicht, denn Emil legte ihr seinen Zeigefinger auf die Lippen. »Pst, meine Schöne!«, raunte er ihr zu. »Ich muss dir das jetzt endlich sagen, sonst platze ich noch.«

Hanna nickte gehorsam, während sich ihr gesamter Körper immer mehr verkrampfte. Auch ihre Mundhöhle fühlte sich auf einmal völlig ausgetrocknet an. Doch das schien Emil gar nicht zu merken, zu konzentriert war er auf seine offensichtlich vorbereitete Ansprache: »Ich liebe dich noch immer. Und auch wenn wir unsere Schwierigkeiten gehabt haben, sind wir doch ein tolles Paar.« Abwartend sah er sie an, sprach aber, da sie ihn bloß mit weit aufgerissenen Augen anstarrte, weiter: »Keine Sorge, wir müssen jetzt gar nicht heiraten. Damit können wir uns noch ewig Zeit lassen. Oder es auch gar nicht tun, wenn du nicht willst. Aber ich möchte dich einfach nicht verlieren.«

Nun sah er Hanna dermaßen flehentlich an, dass es ihr fast körperliche Schmerzen bereitete. Doch noch immer brachte sie kein Wort heraus. Wie denn auch, wenn sie im Moment nicht mal genug Luft zum Atmen hatte? Zumindest fühlte es sich so an. Und Emil tat ihr so unendlich leid. Sie selbst wusste doch nur zu gut, wie weh es tat, jemanden zu lieben und ihn trotzdem loslassen zu müssen. Natürlich würde Emil bald klar werden, dass er ohne sie besser dran war, aber jetzt konnte sie seine Enttäuschung gut nachempfinden. Verzweifelt blinzelte sie in die untergehende Sonne, die sie nun längst nicht mehr als so wunderschön empfand. Zumindest schaffte sie es endlich, ihre Zunge zu bewegen, versuchte, so einfühlsame Worte wie möglich zu finden. »Emil, es tut mir wahnsinnig leid, dass ich dir wehgetan habe. Aber so gern ich dich auch habe, ja, die sechs Jahre sind auch an mir nicht spurlos vorbeigegangen, ich sehe einfach keine gemeinsame Zukunft für uns.«

»Alles klar«, murmelte er, presste danach seine Lippen fest aufeinander.

Hanna hätte sich am liebsten selbst geohrfeigt. Wie naiv von ihr zu denken, die »richtigen Worte« würden irgendetwas besser machen! »Emil!«, konnte sie dennoch nicht aufhören, zu sprechen. Sie hörte selbst, wie flehend ihre Stimme jetzt klang. »Bitte verzeih mir! Oder sei auch eine Weile total wütend auf mich, aber bitte schau nach vorn. Du wirst jemanden finden, der einfach viel, viel besser zu dir passt als ich ...«

»Nein, Hanna«, unterbrach er sie ein wenig von oben herab. »Ich weiß wohl am besten, wer zu mir passt.«

Nun klang er wieder mehr wie der alte Emil, nur um im nächsten Moment in offenkundiger Verzweiflung die Hände vors Gesicht zu schlagen. »Und deine Mutter würde es sich doch so wünschen, dass wir wieder zusammenkommen. Ich möchte gar nicht wissen, wie ihr Herz darauf reagiert, wenn sie es erfährt ...«

»Meine Mutter?«, murmelte Hanna entsetzt.

Alles um sie herum begann sich zu drehen. In dem Moment klingelte ihr Handy. Als sie es mit zitternden Fingern aus ihrer Hose fischte und erkannte, wer anrief, drohte sie vollends von der Bank zu kippen.

Den Blick starr nach vorn gerichtet, eilte Moritz über den Münchner Viktualienmarkt. Besonders jungen Frauen versuchte er nur ja nicht ins Gesicht zu sehen. Es war ohnehin immer das Gleiche: Für den Bruchteil einer Sekunde war er sich absolut sicher, dass Hanna vor ihm stand.

Um im nächsten Moment natürlich zu kapieren, dass es sich um eine Sinnestäuschung und einen völlig fremden Menschen handelte. Vorhin in der Praxis war ihm das ebenso passiert: Nachdem er den jungen Mann mit dem heftigen Husten, der eindeutig auf eine eitrige Bronchitis hinwies, mit einem passenden Rezept und guten Wünschen verabschiedet hatte, war er nach einem kurzen Gespräch mit Heidi wieder ins Behandlungszimmer zurückgekommen. Dort hatte bereits eine junge, dunkelhaarige Frau, den Rücken zu ihm gewandt, gewartet. Und dann war es geschehen: »Hanna!«, war ihm, ohne zu überlegen, laut entfahren, nur um im nächsten Augenblick vor lauter Scham fast im Erdboden zu versinken. Rasch überspielte er seinen Irrtum in der Hoffnung, dass er auf die Patientin nicht allzu seltsam gewirkt hatte. Vielleicht verlor er ja tatsächlich langsam, aber sicher den Verstand.

»Langsam spinnst du wirklich«, hatte schließlich auch Clemens gemeint, als er eben seine Einladung auf ein gemütliches Bier an der Isar ausgeschlagen hatte. »Zuerst versetzt du mich zu Mittag und jetzt noch am Abend.«

Mit zusammengekniffenen Augen hatte er Moritz angesehen, der bloß resigniert mit den Schultern gezuckt hatte. »Tut mir leid, aber heute möchte ich mich zu Hause einfach nur aufs Sofa werfen und den Fernseher einschalten.«

»Na dann viel Spaß, Opa!«, hatte Clemens ihm süffisant zugerufen, bevor er um die nächste Ecke verschwunden war.

Jetzt ärgerte sich Moritz bereits selbst über sein unfreundliches Benehmen. Auch wenn er sich hundeelend fühlte, musste er noch lange nicht seinen besten Freund vergraulen. »Wenn er erst erfährt, dass ich wirklich nach Tirol ziehe …«, schoss es ihm plötzlich durch den Kopf.

Clemens würde total enttäuscht von ihm sein und auch nicht verstehen, dass es einen erfolgreichen Arzt in die Provinz zog, wo man schließlich auch im wohlhabenden München Karriere machen konnte. Doch Moritz war sich sicher, dass das ruhigere Leben auf dem Land ihm guttun würde. Gerade nach den Liebeswirren mit seiner Exverlobten Marion und dem Abend mit Hanna. Herrje, wenn er den Namen »Hanna« auch nur dachte, schmolz er schon innerlich dahin. »Irgendwann wird es überwunden sein, irgendwann glaubst du nicht mehr, sie in jeder Frau zu erkennen«, versuchte er sich in Gedanken selbst aufzumuntern.

Er zwang sich, an das nette Gespräch mit dem alten Tiroler Arzt zu denken. »Ich freue mich sehr, dass Sie meine Nachfolge antreten wollen«, hatte der mit offenbar vor Rührung zitternder Stimme gesagt. »Schon, als wir das erste Mal miteinander telefoniert haben, hatte ich ein richtig gutes Gefühl. Meine Patienten sind bei Ihnen bestimmt in wunderbaren Händen. Das weiß ich einfach, da brauche ich Sie vorher gar nicht persönlich kennenzulernen.«

»Bitte nicht so viele Vorschusslorbeeren!«, hatte Moritz ziemlich verlegen abgewehrt. »Ich brauche sicher Zeit, um mich ordentlich einzuarbeiten. Und ich hoffe, die Menschen gewöhnen sich an mich.«

Da hatte der Tiroler Arzt vergnügt aufgelacht. »Ganz schnell werden sich die Leute an einen so klugen und freundlichen Arzt gewöhnen. Ich hoffe nur für Sie, dass die älteren Damen dann nicht zweimal am Tag vorbeikommen, um mit Ihnen zu flirten!«

»Sprechen Sie da aus eigener Erfahrung?«, hatte Moritz amüsiert zurückgegeben.

Darauf war keine Antwort gekommen, sondern ein erneutes Lachen, bevor sie das Gespräch beendeten. Als Moritz sich jetzt daran erinnerte, fühlte er sich zumindest ein wenig wohler. Gleichzeitig versuchte er, seine allergeheimsten Gedanken weit von sich wegzuschieben. Denn ganz so unrecht hatte der Clemens heute gar nicht gehabt, als er ihn damit aufzog, wie der Prinz im Märchen das Aschenputtel finden zu wollen. Ja, ein kleiner Funken Hoffnung loderte in ihm tatsächlich, dass Hanna und er sich irgendwo in Tirol zufällig begegnen würden. Einfach lachhaft, das wusste er selbst.

»Entschuldigung«, murmelte jetzt ein junger Mann, der ihn eben unsanft angerempelt hatte.

Mit verkniffenem Mund ging Moritz weiter, erbost darüber, dass er in einer Dunkelhaarigen erneut geglaubt hatte, Hanna zu sehen. Vielleicht sollte er sich die Augen verbinden! Besser wäre es wohl! Mit der Absicht, »Äpfel zu kaufen«, lenkte er sich ab, als er an einem Obststand vorbeikam.

Er drehte sich leicht nach rechts – und dort sah er sie. Das charmante Lächeln, als sie vom Verkäufer das Wechselgeld für ihren Einkauf entgegennahm, die im Wind flatternden Haare. Kurz stand Moritz wie erstarrt da, doch dann trafen sich ihre Blicke.

Hanna klopfte das Herz bis zum Hals. So sehr sie sich auch bemühte, tief und ruhig durchzuatmen – ihr Puls schlug einen Salto nach dem anderen. Dennoch lief sie wie beflügelt die Treppe zur Wohnung ihrer Mutter hinauf, angespannt und glücklich zugleich, dass sie endlich miteinander sprechen würden.

»Hallo, Hanna«, hatte Isolde vorhin am Telefon zu ihr gesagt. »Es tut mir leid, dass ich mich von dir und Marie zurückgezogen habe. Bitte komm recht bald vorbei!«

Die versöhnlichen Worte hatten eine wahre Schleuse in Hanna geöffnet, bestimmt eine Viertelstunde lang heulte sie auf der Alm, bis Emil sie sanft an der Hand genommen und hergebracht hatte. Nun trennte sie bloß noch ein Treppenabsatz von ihrer Mutter, als ein untersetzter Mann, der offenbar in Eile von oben kam, sie fast umrannte. »Hanna! Entschuldigung! Ich wollte Sie nicht über den Haufen rennen!«, rief er und stoppte abrupt. Nun erkannte sie in ihm den Tischlermeister, der schon öfter für Isolde gearbeitet hatte.

»Hallo, Herr Temal! Gar keine Ursache!«, beruhigte sie ihn lächelnd. »Ich hätte ja auch besser achtgeben können.«

»Nein, nein, das war schon meine Schuld!«, erklärte der sympathische Mann. »Ich habe Ihrer kranken Mutter ein paar Blumen vorbeigebracht und einfach zu lange mit ihr geplaudert.« Bei den letzten Worten hatten sich seine Wangen sanft gerötet, was Hanna ganz entzückend fand. Oha, seine besondere Sympathie für Isolde war ihr bis jetzt gar nicht aufgefallen. »Ich muss leider weiter zu einem Kunden. Der wartet schon recht ungeduldig«, meinte er jetzt im Vorbeilaufen.

»Wie geht's meiner Mutter denn?«, fragte sie rasch, bevor er endgültig weg war.

»Ich denke, recht gut. Sie sieht gar nicht mehr krank aus. Hat schon schön Farbe im Gesicht!«, hörte sie ihn noch hochrufen, bevor die Haustür ins Schloss fiel.

Erleichtert lief Hanna weiter und drückte gleich darauf auf Isoldes Klingelknopf. Doch als die Tür geöffnet wurde, stockte ihr vor Entsetzen fast der Atem.

Weiß wie ein Gespenst starrte Isolde sie an, wirkte in ihrem grauen Hausanzug ungewohnt verletzlich. Von wegen Farbe im Gesicht! »Da bist du ja, mein Kind«, sagte sie mit schwacher Stimme, als sie hinter ihrer Tochter die Tür schloss.

»Hallo, Mama«, wisperte Hanna, schloss ihre Mutter vorsichtig in die Arme. Während ihr die Tränen kamen, konnte sie einfach nicht anders, als sich immer fester an Isolde zu klammern. »Es tut mir so wahnsinnig leid, bitte verzeih mir«, schluchzte sie.

Isolde schob sie ein Stück von sich weg. »Ist schon gut. Aber bitte mach so etwas nie wieder. Das würde mein Herz wohl nicht ertragen.«

Sie sah Hanna ernst an, dann ging sie langsam vor ihr her ins Wohnzimmer, wo sie, den verschiedenen Polstern und Decken nach zu schließen, wohl die meiste Zeit des Tages auf dem Sofa lag. Kurz ging Hanna durch den Kopf, wie seltsam es war, dass Murat Temal einen dermaßen anderen, ja, einen so guten Eindruck vom Gesundheitszustand ihrer Mutter gehabt hatte. Denn mit diesem schwer kranken Häufchen Elend hatte seine Einschätzung absolut nichts gemeinsam. »Vielleicht wollte er mich bloß beruhigen«, ging es Hanna durch den Kopf.

Bereits in der nächsten Sekunde wurde ihr die Unsinnigkeit dieser Erklärung bewusst. Als sie ihre Mutter dann tatsächlich gesehen hatte, war ihr Schock ja nur umso größer gewesen. »Kann ich dir etwas zu essen bringen?«, fragte sie jetzt Isolde, die sich stöhnend aufs Sofa gelegt hatte.

»Nein, nein, ich habe nur wenig Appetit«, antwortete die andere schwach, klopfte aber auf den freien Platz neben sich.

Gehorsam setzte sich Hanna, betrachtete ihre Mutter, die offenbar noch wahnsinnig geschwächt ihre Augen schloss, mit bangem Blick.

Als diese ihre Augen wieder ruckartig öffnete, zuckte sie regelrecht zusammen. »Hanna, ich kann dich verstehen. Und ich weiß ganz bestimmt, dass du das hier nicht wolltest.« Sie räusperte sich geräuschvoll. »Dein Vater wollte damals vermutlich auch nicht, dass bei uns alles den Bach hinuntergeht. Er ist davongelaufen, weil er sich gedacht hat, woanders und mit einer anderen lebt es sich besser.« Bekümmert verzog sie den Mund. »Er hat wohl einfach nicht mehr an uns gedacht, ja, womöglich den Gedanken an uns verdrängt. Weil er meinte, nun wäre seine Zeit gekommen, in der er nur an sich denken durfte. Und die, die ihm mal wichtig waren, die konnte er ruhig vergessen.«

Entsetzt hielt Hanna den Atem an. Auf einmal kam es ihr so vor, als ob sich der Raum um sie herum drehen würde. »Aber Mama, so war es bei mir nicht«, sagte sie, nach Luft schnappend. »Ich weiß, ich hätte mehr mit dir über meine beruflichen Pläne sprechen sollen. Gut. Aber die Sache mit dem Emil ist doch schon eine ganze Zeit lang schiefgelaufen.«

»Wenn man einfach so aufgibt«, warf Isolde mit ihrer altbekannten harten Stimme ein. »Emil liebt dich. Vielleicht mehr, als du verdient hast.«

Empört wollte ihre Tochter etwas einwenden, doch Isolde sprach ungerührt weiter: »Natürlich hat er auch seine Fehler. Aber ihr zwei passt fabelhaft zusammen. Ich wäre wirklich froh, wenn du das einsehen könntest.« Bevor Hanna etwas sagen konnte, fügte sie hinzu: »Und ich wäre auch froh, wenn du einsehen würdest, dass dein Platz in der ›Alpenrose‹ ist.«

Abwartend sah Isolde ihre Tochter an, die es kaum glauben konnte, was ihre Mutter da von sich gegeben hatte. Hanna musste mehrmals schlucken, bevor sie überhaupt in der Lage war, einzelne Worte zu bilden. »Mama, es tut mir leid, dass du dir so große Sorgen um mich gemacht hast. Und ich werde in den nächsten Wochen natürlich noch in der ›Alpenrose‹ bleiben. Der Tobias Oberreiter lässt da bestimmt mit sich reden.« Mit einem Seufzer fügte sie hinzu: »Aber es noch mal mit dem Emil zu probieren, hätte gar keinen Sinn, glaub mir das! Da ist der Zug endgültig abgefahren.«

Für einen Moment musste sie an den Moritz denken. Sofort zog sich ihre Brust zusammen. Nun musste sie sich regelrecht auf die Lippen beißen, um ihrer Mutter nicht von dieser Begegnung zu erzählen. Davon, dass sie nun verstand, was gegenseitiges Verstehen bedeutete. Dass sie nun wusste, wie tief Gefühle sein konnten und wie sehr man sich bei jemandem geborgen fühlen konnte. Gut, dass sie das für sich behalten konnte, wusste sie doch ohnehin, was Isolde in spöttischem Ton sagen würde: »Und diese tiefe Erkenntnis hast du an einem einzigen Abend gewonnen? Herzlichen Glückwunsch!«

Nein, es hatte keinen Sinn. Und vielleicht war sie selbst ja völlig verrückt geworden. »Mama, verstehst du mich?«, fragte sie leise.

»Nein, Hanna«, kam die Antwort prompt. »Das tue ich nicht.«

Wieder schloss Isolde die Augen, so, als ob es ihr zu viel Kraft abverlangt hätte, sie geöffnet zu halten. Doch sie sprach zumindest weiter: »Aber das ist ja auch nicht nötig. Es ist dein Leben, ganz allein dein Leben …« Nun sah sie Hanna wieder an, ein trauriges Lächeln spielte um ihre Lippen: »Leider werde ich nicht mehr allzu lange daran teilhaben können.«

»Was meinst du denn damit?«, fragte Hanna entsetzt.

»Dass mein Herz sehr viel schlimmer dran ist, als ich es allen gesagt habe.« Resigniert drehte sie sich von Hanna weg. »Aber lass dich davon nur nicht beeinflussen …«

7

Der gesamte Viktualienmarkt drehte sich um Moritz. Zumindest erschien ihm das so, als er hier am Obststand nach gefühlt ewigen Zeiten seine Exverlobte Marion vor sich stehen sah. Kein Zweifel, sie war es, schaute ihn nun mit weit aufgerissenen Augen und einem angedeuteten Lächeln an. »Ja, spinn ich, oder was!? Moritz! Ist ja ewig her, dass wir uns getroffen haben«, sagte sie ehrlich erstaunt.

Er musste sich einige Male räuspern, bevor er seine Stimme wiederfand. »Hallo. Tja, München ist offensichtlich zu groß, um sich einfach so über den Weg zu laufen.«

»Und trotzdem ist es heute passiert«, erwiderte seine Exverlobte, strich sich dabei eine lange honigblonde Haarsträhne hinters Ohr.

Ihre Haare waren heller als früher, gerade dieses unwichtige Detail fiel ihm auf. Doch ansonsten herrschte in seinem Kopf eine Art Vakuum. Oh, Marion sah ihn bereits seit geraumer Zeit fragend an, vermutlich war nun er an der Reihe, etwas zu sagen. »Und … wie geht's dir?«, fragte er die Frau, die ihm damals sein Herz aus der Brust gerissen hatte, in beiläufigem Ton und erwartete sich nichts anderes als eine Antwortfloskel, nach der man sich recht schnell wieder voneinander verabschieden konnte. Es brannte ohnehin alles in ihm, diese Begegnung möglichst rasch hinter sich zu lassen. Da Marion nichts sagte, ihn nur ansah, wollte er sich bereits mit einem »Tschüss!« umdrehen. Äpfel konnte er auch woanders kaufen.

Doch da begann seine Exverlobte zu sprechen: »Weißt du Moritz, mir geht's eigentlich gar nicht so gut.« Sie senkte kurz den Blick, nur um ihn dann gleich wieder unter dicht getuschten Wimpern traurig anzusehen. »Mit Oliver und mir klappt es einfach nicht so richtig ...«

Oliver? Moritz runzelte nachdenklich die Stirn, bis ihm wieder einfiel, dass der Mann natürlich jener Studienkollege von Marion gewesen war, der offensichtlich beim Joggen ihr Herz im Sturm erobert hatte. Ach, wie reizend! Gleich musste er sich übergeben. Doch nach außen hin blieb er möglichst gelassen, hoffte nur, dass Marion nicht fortfahren würde, ihm von den Tücken ihrer Beziehung zu erzählen.

Aber offensichtlich hatte sie das dringende Bedürfnis dazu. »Am Anfang, ja, da war er aufmerksam und hat sich total um mich bemüht. Und natürlich hat es zwischen uns wie verrückt geprickelt«, erklärte sie nicht eben sensibel gegenüber Moritz. »Aber mit der Zeit ist mir klar geworden, dass es wohl nicht immer gut gehen kann mit ihm.«

Ein kleiner Seufzer kam aus ihrer Kehle. Einer von der Sorte, der Moritz in früheren Zeiten dazu bewogen hätte, sie sofort in den Arm zu nehmen, um sie zu trösten. Doch jetzt stand er bloß stocksteif da, hatte Mühe, Luft zu holen. »Das ist natürlich schade«, sagte er mit einer ganz seltsamen Roboterstimme, die er selbst nicht an sich kannte. »Da wünsche ich dir viel Glück, dass es zwischen euch doch noch passen wird.« Er hob bereits die Hand, um ihr zuzuwinken, nicht dass sie noch auf die Idee kam, ihm zum Abschied ein Küsschen auf die Wange zu drücken. Allein bei dem Gedanken daran meldete sich wieder sein Magen.

»Moritz, was ich damit sagen will«, sprach Marion jedoch einfach weiter, hielt ihn dabei am Unterarm fest.

»Oliver ist einfach nicht wie du. Und du fehlst mir. Sehr sogar. Wir zwei hatten doch eine zauberhafte Zeit zusammen, nicht wahr?«

»Aha.«

Marion klimperte mit den Wimpern. »Was meinst du mit ›Aha‹? Kannst du dir nicht auch vorstellen, dass wir mal zusammen einen Kaffee trinken gehen? Und wer weiß, vielleicht wird ja mehr daraus …«

Er glaubte seinen Ohren nicht zu trauen. Lange, lange Zeit hatte er in seinen Wunschvorstellungen immer wieder diese oder eine ähnliche Situation herbeigesehnt: Marion wollte wieder zurück zu ihm! Doch so wunderschön, wie er dies in seinen Tagträumen erlebt hatte, diese Begegnung schmeckte einfach nur bitter. »Und was ist mit Oliver? Wird der so lange warm gehalten, bis du dir bei mir sicher bist?«, fragte er mit kühler Stimme.

Marion schaute ihn erschrocken an. Mit dieser Reaktion hatte sie ganz offensichtlich nicht gerechnet. »Na ja, … ich weiß ja nicht, ob das mit dir und mir wirklich …«, begann sie zu stottern, während sich Moritz nur wundern konnte.

Aber nicht über Marion, sondern über sich selbst. Weshalb musste er dieser egoistischen und berechnenden Frau bloß so lange nachweinen? Wie konnten seine Gefühle jahrelang wegen dieser Person auf Eis liegen, die ihn offenbar so leichten Herzens verlassen hatte, wie sie es jetzt bei Oliver plante? Aber natürlich würde sie niemals das Risiko eingehen, allein dazustehen. Vielmehr wurde die Lage strategisch genau sondiert, um für sich selbst eine optimale Lösung zu finden. Dass andere dadurch wie Spielbälle hin und her durch die Luft geschossen wurden und verdammt hart landeten – eben Pech gehabt! Erstaunt darüber, dass er nicht längst, schon bevor er Hanna kennenlernte, mit seiner Exverlobten abgeschlossen hatte, schüttelte er den Kopf. »Mach's gut!«, sagte er, schaffte sogar ein halbwegs freundliches Lächeln.

Da Marion immer noch seinen Unterarm festhielt, schüttelte er ihre Hand zwar nicht grob, jedoch bestimmt ab. »Aber Moritz! Ich dachte, du liebst mich!«, hörte er sie empört rufen, als er sich bereits einige Schritte von ihr entfernt hatte.

Er drehte sich nicht mal mehr um, fühlte sich mit jedem Meter, den er sich von ihr wegbewegte, ein wenig leichter. Auch der Gedanke, dass er bald nach Kitzbühel umzog, beflügelte ihn. Wieder dachte er an Hanna, dabei konnte er nicht verhindern, dass sich seine Brust schmerzlich zusammenzog. Vermutlich würde er sie niemals wiedersehen, dafür war Tirol einfach zu groß. Und irgendwann dürfte sich sein Herz sogar ein wenig erholen. Zumindest hoffte er das. Aber auf jeden Fall würde er sie als einen Menschen in Erinnerung behalten, der mit offenen Karten spielte und andere nicht manipulierte. »Ach, Hanna«, musste er denken. Sie wäre die Erste, mit der er gerne über diese seltsame Begegnung mit Marion gesprochen hätte.

»Richtig gut siehst du aus!«, sagte Helene zu Hanna, die ihr an diesem heißen Nachmittag in einem schattigen Gastgarten mit Blick auf das Kitzbüheler Horn bereits seit einer ganzen Weile gegenübersaß.

Die kurvige Klara, die neben Hanna eben einen Schluck aus ihrem Wasserglas genommen hatte, nickte zustimmend. »Stimmt. Bist aber ganz schön dünn geworden. Vorhin, als ich dich zum ersten Mal gesehen habe, bin ich fast ein bisschen erschrocken.« Mit einer schiefen Grimasse fügte sie hinzu: »Obwohl das aus meinem Mund vermutlich eher nach Neid klingt.«

Hanna lachte amüsiert auf. »Aber geh! Das glaub ich gar nicht! Und du weißt doch selbst, dass du eine total Hübsche bist!« Sie zwinkerte Helene zu. »Und du natürlich auch!«

»Na, wunderbar! Jetzt haben wir uns aber genug mit Komplimenten überhäuft!«, kicherte die. Dann lächelte sie Hanna liebevoll an. »Schön, dass wir dich wiederhaben. Aber ein bisschen abgekämpft und schmal wirkst du wirklich.«

»Wird schon alles werden«, nickte Hanna mit einem kleinen Lächeln, dann schaute sie dankbar zwischen ihren Freundinnen hin und her. Beide verübelten es ihr nicht, dass sie sich so lange bei ihnen rar gemacht hatte. Und waren sofort und ohne die geringste gehässige Bemerkung gekommen, nachdem Hanna sie um ein Treffen gebeten hatte. Leise seufzte sie nun auf. Vier Wochen waren inzwischen seit der magischen Nacht in München vergangen, fast unwirklich kam ihr die Begegnung mit Moritz nun vor. Auch wenn sie es nicht schaffte, auch nur einen einzigen Tag nicht an ihn zu denken. Wie lange das wohl so weitergehen würde? Ihren Freundinnen hatte sie eben wahrheitsgemäß die Ereignisse der letzten Wochen in kurzen Worten geschildert, dabei nichts beschönigt. Gespannt wartete sie jetzt auf eine Reaktion der beiden – also abgesehen von netten Worten über ihr Aussehen. Nun räusperte sich Klara, fuhr sich durch die langen blonden Locken. »Und du denkst, mit dem Emil wird es klappen?«

Bevor Hanna antworten konnte, mischte sich auch noch Helene ein: »Das frage ich mich auch schon die ganze Zeit: Hat so eine von der Mutter verordnete Beziehung denn überhaupt Bestand? Wir leben schließlich nicht mehr im Mittelalter.«

Unwillkürlich zuckte Hanna zusammen. Ja, so absurd es klang, es entsprach leider die Wahrheit: Der Wunsch ihrer schwer kranken Mutter hatte sie dazu bewogen, wieder mit dem Emil zusammen zu sein. Sie hatte ihm von Isoldes Worten erzählt, ehrlich von ihren eigenen Zweifeln berichtet, aber er war optimistisch gewesen: »Du wirst sehen, wenn du mir nur ein bisschen Zeit gibst, dann werden wir noch das glücklichste Paar der Welt.«

Ihre beiden besten Freundinnen sah Hanna nun fast flehend an. »Es geht meiner Mutter so schlecht, dass ich es einfach probieren musste.«

»Also, wie ich die Isolde vorhin beim Friseur getroffen habe, hat sie aber putzmunter gewirkt. Amüsant und resolut wie immer«, sagte Helene und zog eine Augenbraue in die Höhe. »Kein bisschen krank …«

Hm. Hanna zuckte mit den Schultern. Warum ihre Mutter auf andere gesünder wirkte als auf sie, verstand sie selbst nicht so recht. Vermutlich versuchte Isolde, gegenüber Außenstehenden einfach mehr Haltung zu bewahren. Eine andere Erklärung fiel Hanna im Moment auch nicht ein. Laut sagte sie: »Im Moment freut sie sich ja so, dass die ›Alpenrose‹ von Emils Firma renoviert wird. So geschickt, dass der alte Charme erhalten bleibt – aber ohne die permanente Einsturzgefahr.« Sie zwinkerte in die Runde, erntete prompt ein lautes Lachen.

Dann wurde Helene wieder ernst, fuhr sich fast verlegen durch die kurzen dunklen Haare. »Trotzdem«, murmelte sie. »Sie hat einfach nicht krank auf mich gewirkt.«

»Aber wenn sie es doch ist«, wies Klara sie zurecht, wandte sich danach an Hanna: »Aber jetzt sag endlich, wie es mit dem Emil läuft?«

»Eigentlich recht gut«, sagte diese vielleicht eine Spur zu rasch. »Langsam aber sicher raufen wir uns zusammen.«

»Klingt ja irrsinnig romantisch«, sagte Helene in spöttischem Ton, ließ sich auch durch einen ermahnenden Blick von Klara nicht bremsen. »Wenn ich mich da erinnere, wie du eben von diesem Moritz geschwärmt hast.«

Hanna schluckte einige Male. »Du sagst es, es war eine kindische Schwärmerei. Mehr nicht«, sagte sie schließlich.

»Es war einfach dieser zauberhafte Abend, der mich verwirrt hat. Da wird man eben ein bisschen sentimental.« Hektisch nahm sie einen Schluck vom Apfelsaft, der vor ihr stand. Sie musste unbedingt aufhören zu sprechen, sonst kamen ihr auf der Stelle die Tränen.

Zum Glück kam ihr Klara zu Hilfe: »Du hast bestimmt recht. An einem einzigen Abend kann man doch gar nicht erkennen, was für einen Menschen man vor sich hat. Behalte es einfach als schöne Erinnerung …«

»Und die kannst du dann aus deinem Hirnstübchen holen, wenn du ganz besonders unglücklich bist mit dem Emil!«, ergänzte Helene schmallippig.

Hanna seufzte auf. Wer Helene nicht kannte, würde sie jetzt als ziemlich missgünstig empfinden. Aber sie wusste es besser: Ihre Freundin machte sich einfach Sorgen um sie. Wie die letzten Wochen auch Marie, die fast einen Tobsuchtsanfall bekommen hatte, als sie die Neuigkeiten erfuhr. »Du bist wieder mit dem Emil zusammen?«, hatte sie erbost ausgerufen. »Aber dein Hirn ist schon noch in deinem Kopf, oder?«

Da ihre Schwester nicht geantwortet, sondern nur nach Luft geschnappt hatte, war von ihr noch gekommen: »Und wenn unsere Mutter dir befiehlt von der Bergspitze zu springen – machst du das dann auch?«

»Natürlich nicht«, hatte Hanna geschockt zurückgegeben. Sie hatte gar nicht glauben können, wie herzlos sich Marie gegenüber der sterbenskranken Isolde benahm. Jetzt atmete sie fast ein wenig auf: Marie war am Vortag mit Robert und Emma für zehn Tage nach Mallorca geflogen. Ein Urlaub, zu dem die junge Familie von Isolde geradezu gedrängt wurde. Hanna hatte es nur recht sein können, so kamen wenigstens von dieser Seite keine Vorhaltungen mehr.

Leider schlug Helene in dieselbe Kerbe. »Ich würde mal mit dem Doktor Jakob sprechen«, sagte sie. Und fügte mit einem listigen Lächeln hinzu: »Nur mal so als Idee. Vielleicht kannst du ja sogar noch was tun, damit deine Mutter schneller gesünder wird.«

»Ja, vielleicht mache ich das wirklich«, murmelte Hanna, fühlte sich dabei einfach miserabel.

Eine Stunde später hatten sich die Freundinnen voneinander verabschiedet – diesmal mit dem Versprechen, sich recht bald wiederzusehen. Hanna entschloss sich, noch ein Stück durch Kitzbühel zu spazieren. Zeit hatte sie ausnahmsweise mal genug, durch die Renovierung der »Alpenrose« musste sie dort nicht arbeiten. Zwar half sie dafür bereits seit einer Woche im Büro der Baufirma von Emils Eltern aus – aber auch dort war für heute Feierabend. Scheinbar ziellos schlenderte Hanna in ihren luftigen Sandalen durch die Kitzbüheler Innenstadt, näherte sich dabei unbewusst der Hausarztpraxis von Doktor Jakob. Doch das bemerkte sie erst, als sie mit der Nase fast auf sein Klingelschild stieß. »Soll ich das wirklich tun?«, schoss es ihr schuldbewusst durch den Kopf. »Den Befunden meiner Mutter nachspionieren?«

Nein, das ging natürlich gar nicht, gab sie sich sofort die Antwort. Fast erschrocken wich sie zurück, drehte sich zur Umkehr. Doch bereits ein paar Häuser weiter blieb sie wieder stehen. Dabei drängte es sie zurück zur Praxis des Hausarztes. Sie musste unbedingt mit Doktor Jakob sprechen, sonst kam sie wohl niemals zur

Ruhe. Schlimmstenfalls würde der Verdacht, dass sie ihrer Mutter misstraute, vor dem Arzt an ihr haften bleiben, und der konnte sich jederzeit auf seine ärztliche Schweigepflicht berufen, wenn ihm die Situation Unbehagen bereitete. Doch dann hatte sie es zumindest probiert, wünschte Hanna sich doch in tiefster Seele, dass Isolde beim Arztgespräch einfach etwas falsch verstanden hatte – irrtümlicherweise fürchtete, ihre Stunden seien gezählt, dabei würde sich ihr angeschlagenes Herz wieder erholen.

Diese Gedanken wirbelten in Hannas Kopf herum, doch ihr Entschluss war gefasst. Sie setzte sich in Bewegung und wurde mit jedem Schritt schneller, bis sie an der Hausecke angelangt war. Jetzt nur noch nach rechts und … Ein scharfer Schmerz am Schienbein ließ sie zusammenfahren. Natürlich, in ihrer Eile hatte sie nicht aufgepasst und jemanden angerempelt. Genauer gesagt war sie mit der ziemlich harten Einkaufstasche ihres Gegenübers kollidiert. »Tut mir schrecklich leid«, murmelte sie, während sie sich stöhnend das Bein rieb. Himmel, tat das weh!

Endlich richtete sie sich auf, wagte einen Blick zu ihrem Opfer – nur um in der nächsten Sekunde entsetzt aufzuschreien: »Mama! Hab ich dir wehgetan?«

Isolde, die eben noch ganz normal dreingeschaut hatte, darauf hätte Hanna schwören können, setzte eine gepeinigte Miene auf. »Ist schon gut, mein Kind. Es geht wieder«, sagte sie in leidendem Ton. Und fügte etwas bissiger hinzu: »Wo du nur wieder deine Augen hast!«

»Entschuldige, ich hatte es eilig und bin wirklich wie ein blindes Huhn durch die Gegend gerannt«, gab Hanna bereitwillig zu.

Fast in der gleichen Sekunde erkannte sie den lauernden Ausdruck im Gesicht ihrer Mutter. »Wo wolltest du denn hin?«

»Äh …« Verzweifelt suchte Hanna nach einer plausiblen Erklärung, mit der Wahrheit konnte sie unmöglich rausrücken. »Ich wollte zu meinem Auto und rauf zur ›Alpenrose‹ fahren.« Erleichtert, auf sicherem Terrain gelandet zu sein, fuhr sie rasch fort: »Ich bin doch schon so neugierig, wie die Renovierungsarbeiten vorangehen.«

Isolde lächelte gönnerhaft. »Da komme ich am besten gleich mit dir mit. Es sieht übrigens richtig schön aus. Du wirst mindestens so begeistert sein wie ich. Die neue Holztäfelung im Gastraum, die eleganten Toiletten. Und wenn du erst die moderne Küche siehst! Hach, wenn wir in zwei Wochen wieder aufschließen, werden wir gar nicht mehr aufhören wollen, dort zu arbeiten.«

Sie lachte vergnügt auf, während Hanna auf einmal das Gefühl hatte, jemand drücke ihr die Kehle zu. Für immer in der »Alpenrose« arbeiten … Ein paar Tage nach dem ersten Gespräch mit ihrer Mutter war sie schweren Herzens zum Tobias Oberreiter in die »Goldene Harfe«

gegangen und hatte ihm mit Tränen in den Augen erklärt, dass sie nun leider doch nicht bei ihm zu arbeiten beginnen würde. Als sie jetzt an diese Situation dachte, musste sie wie verrückt blinzeln, um nicht heulend vor ihrer Mutter zu stehen.

»Das ist doch bestimmt nur ein Scherz, oder?«, hatte Tobias in der Restaurantküche geantwortet, sie mit einem verwirrten Lächeln angesehen.

Dabei hielt er immer noch das Fleischmesser in der Hand, mit dem er eben Rindersteaks geschnitten hatte. Für einen Ausstehenden vermutlich eine etwas bedrohlich wirkende Szene, aber Tobias war kein gewalttätiger Mann, das wusste Hanna. »Nein, leider, es ist mein purer Ernst«, sagte sie leise. »Meine Mutter ist sehr krank, und da möchte ich sie in der ›Alpenrose‹ nicht allein lassen.«

Tobias nickte langsam. Ihm war anzusehen, wie betroffen er war. »Hast du es dir wirklich genau überlegt?«

»Ja, habe ich. Ich wünsche dir, dass du recht schnell jemanden findest, der wunderbar für dich kochen wird.« Bei den letzten Worten hatte ihre Stimme immer mehr gewackelt. Nun musste sie sich rasch verabschieden, um nicht völlig die Fassung zu verlieren.

»Hanna? Träumst du?«, holte die leicht gereizte Stimme ihrer Mutter sie wieder in die Gegenwart zurück. »Wir wollten doch in die ›Alpenrose‹ fahren.«

»Ja, sicher«, sagte Hanna eilig und lächelte ihre Mutter an.

Irrte sie sich, oder sah Isolde heute wirklich ziemlich gesund aus? Vielleicht waren es aber auch nur der neue Haarschnitt und die aufgefrischte Haarfarbe, die sie erholt wirken ließen.

»Na, dann gehen wir«, sagte sie bestimmt, wollte den Weg, den ihre Tochter eingeschlagen hatte, fortsetzen.

Da fiel Hanna siedendheiß ein, dass sie ihr Auto ganz woanders geparkt hatte. Mit einem hoffentlich vertrauenswürdigen Gesichtsausdruck hakte sie sich bei der etwas irritiert wirkenden Isolde ein, zog sie in die andere Richtung. Dennoch konnte Hanna nicht verhindern, dass ihre Wangen die Farbe von glühender Lava annahmen.

»Sieht fantastisch aus!«, sagte sie wenig später anerkennend, als sie einen neugierigen Blick durch die geöffnete Eingangstür der »Alpenrose« wagte. Zwar fehlten noch Möbel, auch die Schank war erst halb aufgebaut, aber die neue helle Holzvertäfelung an den Wänden vermittelte bereits einen so gemütlichen und gleichzeitig frischen Eindruck, dass Hanna sich hier tatsächlich auf Anhieb wohlfühlte.

»Nicht wahr?«, sagte Isolde dermaßen stolz, als ob sie hier alles mit ihren eigenen Händen aufgebaut hätte. »Und natürlich kommt das auch in die Lokalpresse. Ist ja schließlich ein Projekt der Hofstätters zur Instandsetzung von alten Gebäuden in unserer Heimat. Würde mich nicht wundern, wenn danach gut doppelt so viele Wanderer bei uns einkehren werden wie bisher.«

Hanna nickte. »Sicher sogar.«

Sie setzte vorsichtig einen Schritt in den Gastraum, dabei bemüht, den Arbeitern, die gerade die Schank aufbauten, nicht allzu sehr im Weg zu stehen. Erneut schaute sie sich um, registrierte, dass hier mit wirklich hochwertigen Materialien gearbeitet wurde. Mit gerunzelter Stirn drehte sie sich zu ihrer Mutter um. »Aber allein das Material kostet doch bestimmt ein Vermögen«, sagte sie verwundert. »Wie schaffst du das? Die Hofstätters können dir schließlich nicht alles schenken. Habt ihr etwa einen günstigen Kredit ausgehandelt?«

Nachdenklich sah Hanna ihre Mutter an. Wie der Umbau finanziell funktionieren sollte, verstand sie nämlich immer noch nicht so recht. Auch den Emil hatte sie mehrmals gefragt, wie hoch die Kosten denn jetzt sein würden. Doch jedes Mal war er ihr ausgewichen, hatte blitzschnell das Thema gewechselt. Und wenn sie weiterbohrte, hatte sein Gesichtsausdruck plötzlich dem eines frisch geborenen Kaninchens geähnelt. Nach dem Motto »Mein Name ist Hase, ich weiß von nichts.« Echt ärgerlich, wie sie fand. Denn natürlich war es sehr großzügig, wenn die Baufirma seiner Eltern Isolde ein gutes Angebot machte, davon war Hanna überzeugt. Aber wenn sie sich hier so umschaute, konnte es leicht sein, dass sich ihre Mutter dennoch finanziell mächtig übernahm. Doch bis jetzt war auch Isolde auf keine ihrer Fragen eingegangen. Innerlich straffte Hanna ihren Rücken. Diesmal würde sie sich auf keinen Fall so einfach abwimmeln lassen. »Wie läuft das mit der Bezahlung?«, fragte Hanna nochmals leise, aber nicht minder eindringlich, denn ihre Mutter hatte ihre Frage offensichtlich überhört, betrachtete konzentriert, wie ein Arbeiter ein großes Brett – vermutlich für den Schankbereich – an die Wand lehnte.

»Wie?«, schreckte Isolde auf. »Die Finanzierung meinst du?«

Umständlich steckte sie sich eine blonde Strähne hinters Ohr, strich mehrmals darüber, so, als ob sie einfach nicht halten wollte. Obwohl sie es sehr wohl tat. »Mama?«, ermunterte Hanna sie erneut. »Wenn ich in der ›Alpenrose‹ arbeiten soll und sie eines Tages auch übernehmen werde, muss ich wissen, welche Zahlungen auf mich zukommen.«

»Natürlich. Die Finanzierung«, sagte ihre Mutter langsam. Im nächsten Moment begannen ihre blauen Augen wütend zu funkeln. »Ein denkbar schlechter Zeitpunkt, um darüber zu sprechen!«, herrschte sie ihre Tochter an. »Oder möchtest du unsere Finanzen hier vor den Arbeitern ausbreiten!?«

Bevor Hanna etwas erwidern konnte, kam Tischlermeister Temal aus der Küche und steuerte auf die beiden Frauen zu. Sofort wechselte

Isoldes Gesichtsausdruck, ein herzliches Lächeln umspielte ihren Mund, als sie in Temals ausgestreckte Hand einschlug. »Murat!«, rief sie entzückt aus. »Was ihr hier macht, wird einfach grandios!«

»Danke!«, sagte der Mann und schüttelte nun auch Hanna mit einem freundlichen Augenzwinkern die Hand. »Mit der Baufirma Hofstätter habe ich schon öfters zusammengearbeitet. Wir sind ein eingespieltes Team.« Mit einer einladenden Geste zeigte er um sich. »Wenn ihr wollt, kann ich euch einen genauen Überblick geben, wie weit wir sind.«

»Aber gerne doch!«, antwortete Isolde für Hanna und sich, ohne ihre Tochter dabei auch nur eines Blickes zu würdigen.

Der jedoch war die Freude über das frisch renovierte Almgasthaus gründlich vergangen. »Macht es gut, ich fahre dann lieber mal«, verabschiedete sie sich in die Runde. »Herr Temal kann dich doch später bestimmt nach Hause bringen, oder?« Sie sah abwechselnd ihre Mutter und den Tischlermeister fragend an.

»Natürlich!«, sagt er lächelnd.

»Danke«, erwiderte Hanna und drehte sich um.

Aus dem Augenwinkel sah sie noch, dass Isolde ihr erneut einen missbilligenden Blick zuwarf, doch das war ihr diesmal sogar herzlich egal. Krankheit hin oder her, sie musste sich nicht alles gefallen lassen. Und erneut stieg ein Gefühl in ihr hoch, als ob hier seltsame Dinge vor sich gingen. »Sprich endlich mit Doktor Jakob!«, mahnte eine leise Stimme in ihrem Hinterkopf.

Als Hanna in ihren hellblauen Käfer stieg, war sie dazu fest entschlossen.

Auf der Terrasse seines Elternhauses schaute Emil zum wohl x-ten Mal auf seine Armbanduhr. Hanna wollte sich doch bloß auf einen Sprung mit ihren Freundinnen treffen, danach gleich nach Hause kommen. Selbstzufrieden lächelte der junge Mann vor sich hin. Natürlich mochte er die dummen und wohl auch ein wenig männerfeindlichen Hühner nicht besonders, die seiner Hanna nur dumme Flausen in den Kopf setzten. Aber in der Zeit der Trennung war ihm klar geworden, dass er seine Freundin nur halten konnte, wenn er Zugeständnisse machte. Was bedeutete, sogar Klara und Helene zu ertragen. Und wenn er sich sehr bemühte, würde er es an diesem Abend auch schaffen, sich abschätzige Bemerkungen gegenüber den beiden ach so superklugen Frauen tunlichst zu verkneifen. Nachdenklich ließ er seinen Blick über den mit zwei hohen Kerzen beleuchteten Tisch wandern. Schüsseln mit verschiedenen Antipasti und ein Korb mit knusprigem Weißbrot standen bereit, alles zusammen hatte er vorhin noch im Feinkostladen geholt. So wie es ihm seine Mutter geraten hatte. »Überrasche Hanna doch mal mit einem romantischen Abend, das wird sie freuen«, hatte sie erst am Vorabend zu ihm gesagt. »Morgen gehen Papa und ich ohnehin zu einem Konzertabend, da habt ihr das ganze Haus für euch.«

Perfekte Idee. Erneut rückte er die Champagnergläser zurecht, prüfte die Flasche im Kühler. Alles okay. Jetzt fehlte nur noch Hanna. Wieder wollte er lächeln, doch auf einmal fiel es ihm richtig schwer. So sehr er sich auch sein Liebesglück schönredete, einfach hatten sich die letzten Wochen für sie beide nicht gestaltet. Gut, Hanna war zu ihm zurückgekommen. Jedoch nicht, ohne ihm vorher klipp und klar zu erklären, dass der Hauptgrund dafür Isoldes schwacher gesundheitlicher Zustand wäre. Ob er sich auf solch ein Experiment überhaupt einlassen wollte? Ja, er wollte. Auch wenn er sich ein romantischeres Zusammenfinden gewünscht hätte. Doch noch siegte der Optimismus, dass auch Hanna ihn bald wieder richtig lieben würde. Und ihn vor allem nicht mehr länger mit diesem resignierten Ausdruck in ihren Augen wie ein todgeweihtes Rehkitz anschaute. In dem Moment fiel ihm ein, dass sein Handy noch in der Küche lag, vielleicht hatte Hanna ja angerufen. Tatsächlich, kurz darauf las er eine Nachricht: »War mit meiner Mutter kurz in der ›Alpenrose‹. Komme aber gleich. Kuss, Hanna.«

Na also, für alles gab es eine Erklärung. Sogar einen Kuss hatte sie ihm geschickt. Erneut kam er ins Grübeln. »Aus Vernunft wurde Liebe« – hörte man das denn nicht immer wieder, wenn alte Ehepaare vom Lauf ihrer Beziehung erzählten?

Natürlich, bei ihnen würde das auch so werden. Daran durfte er einfach nicht zweifeln. Und um die Dinge ein wenig zu beschleunigen, war ihm am Morgen beim Aufwachen ein grandioser Einfall gekommen. Jetzt grinste er doch übers ganze Gesicht. Ja, nicht nur Isolde konnte perfekte Pläne schmieden.

Am nächsten Morgen, nachdem Hanna sich geduscht und die Zähne geputzt hatte, griff sie, wie immer um diese Zeit, fast schon automatisch in ihre Handtasche, um eine Antibabypille rauszuholen. Verwundert stutzte sie. Normalerweise steckte die Packung in einer der kleinen seitlichen Innentaschen, gemeinsam mit ihrem Lippenstift. Doch hier war sie nicht. Ein wenig verwirrt, da offenbar noch verschlafen, untersuchte sie nun die gesamte Handtasche. Sie fand zwar allerhand, jedoch nicht die Packung mit der Pille.

»Ist alles in Ordnung, Liebling?«, fragte da Emil, der eben ins Wohnzimmer getreten war. »Heute Nacht war es traumhaft mit dir. Sollten wir ab jetzt wieder öfters machen …«

Er umarmte sie von hinten, drückte sie an sich. Sie zuckte darauf zusammen und ärgerte sich sofort über sich selbst. Ihr Körper könnte sich nun wirklich langsam wieder daran gewöhnen, dass sie mit Emil zusammenlebte. Und er bemühte sich so lieb um sie. Allein die romantische Überraschung, die er ihr am Vorabend geboten hatte, war reizend gewesen. Und was danach geschah, hatte ihr schließlich auch gefallen.

Irgendwie. Vielleicht war sie ein ganz klein wenig verspannt gewesen, hatte sich nicht so richtig fallen lassen können. Doch das stimmte sie nicht weiter verwunderlich, nachdem Emil und sie nach vielen Wochen wieder das erste Mal miteinander geschlafen hatten. »Stimmt irgendwas nicht?«, fragte Emil nun erneut.

»Doch, doch«, sagte sie rasch, während sie sich an ihn lehnte. »Ich kann nur meine Pille nicht finden.«

Achselzuckend drehte sie sich zu ihm um. Für einen Moment hatte sie das Gefühl, als ob ein winziger Funke in seinen Augen aufblitzen würde. Aber sofort war er wieder verschwunden, nun glaubte sie auch sicher, ihn sich bloß eingebildet zu haben. Außerdem schaute ihr Freund sie jetzt richtiggehend mitleidig an. »Das ist ja blöd«, sagte er. »Gerade jetzt, wo dein Gynäkologe die nächsten Wochen auf Urlaub ist.«

»Stimmt«, erwiderte Hanna, die daran noch gar nicht gedacht hatte, mit einem tiefen Seufzer. »Unpassender geht's echt nicht.«

Emil drückte ihr einen leichten Kuss auf den Scheitel. »Aber es ist auch kein Weltuntergang, meine Süße.«

Als sie ihn fragend ansah, fügte er mit einem Augenzwinkern hinzu: »So ein Baby wäre doch etwas für uns …«

Sie schüttelte entschieden den Kopf. »Nicht jetzt. Wir sind doch gerade erst wieder zusammengekommen. Und dann noch meine kranke Mutter …«

Sie konnte geradezu sehen, wie ihr Freund bei ihren Worten zusammengesackt war. Himmel, musste sie ihn denn schon wieder verletzen? Zerknirscht streichelte sie ihm über die Wange, beugte sich danach rasch wieder über ihre Tasche. Doch so hektisch sie auch darin herumkramte, die Pillenpackung tauchte einfach nicht auf. »Irgendwo muss sie doch sein …«

»Ich helfe dir suchen«, bot sich Emil da an und ging vor ihr in die Knie, um unter dem Couchtisch nachzusehen.

»Hm … hier ist leider auch nichts.«

Hanna kniff die Augen zusammen. »Sie kann sich doch nicht einfach in Luft aufgelöst haben.«

»Keine Ahnung«, erklärte er schulterzuckend. »Vielleicht ist sie dir ja gestern im Lokal rausgefallen, als du dich mit Helene und Klara getroffen hast.«

Eine ganze Weile sah sie ihn nur an, schließlich sagte sie: »Gute Idee. Ich werde vorm Büro dort rasch mal nachsehen.« Schon schlüpfte sie in ihre Schuhe, strich sich noch einmal über ihre noch ein wenig feuchten Locken.

»Und was ist mit einem gemeinsamen Frühstück?«, fragte Emil sie vorwurfsvoll.

»Muss heute leider ausfallen«, erwiderte sie mit einem entschuldigenden Lächeln. »Wir sehen uns später im Büro.«

Schnell noch ein kleiner Kuss, dann stand sie auch schon vor der Tür. »Besser so«, dachte sie ein wenig schuldbewusst. Sonst hätte ihr Emil den kleinen Schwindel womöglich noch von der

Nasenspitze abgelesen. Schließlich hatte sie im Moment andere Pläne, als auf dem Boden des Gastgartens herumzukriechen.

»Tut mir leid, aber Herr Doktor Jakob ist nicht mehr hier«, erklärte ihr wenig später die manchmal ein wenig hektische Sprechstundenhilfe. Auch jetzt bedachte sie Hanna mit einem Blick, der nicht gerade vor Verständnis triefte.

Diese jedoch dachte gar nicht daran, einfach so auf der Stelle kehrtzumachen. »Nicht mehr da?«, fragte sie mit verwirrter Miene.

Die Ordinationszeit hatte jetzt am Morgen doch erst begonnen – und schon war der Arzt in der Pause oder sonst wo? Resigniert stöhnte die junge Frau auf. Sie hatte sich vorgestellt, Herrn Doktor Jakob anstelle ihres verreisten Gynäkologen um ein Pillenrezept zu bitten. Und ganz nebenbei wollte Hanna sich dann auch noch nach den Befunden ihrer Mutter erkundigen. Beim Herlaufen hatte sie bereits innerlich die Fäuste geballt, fest entschlossen, sich nicht so leicht abwimmeln zu lassen. Schließlich war ihre Mutter schwer krank, da wollte man als Tochter doch wissen, wie es genau um sie stand. Überdies wollte sie dem Arzt ins Gewissen reden, ihre Mutter endlich auf Kur zu schicken. Dass die Frau nach der Renovierung gleich wieder als Wirtin in der »Alpenrose« stehen wollte, war doch der reine Wahnsinn! »Wann kommt Doktor Jakob denn wieder?«, fragte sie, bemüht, nicht allzu ungeduldig zu wirken.

Die Sprechstundenhilfe rollte mit den Augen, dann stöhnte sie laut auf. »Wissen Sie es denn noch gar nicht?«, sagte sie schließlich nicht eben freundlich zu Hanna. »Doktor Jakob befindet sich mit seiner Frau auf einer Mittelmeerkreuzfahrt und genießt seinen Ruhestand.« Sie ließ die immer verdutztere Hanna gar nicht zu Wort kommen, sprach, während sie auf ihre Tastatur einhämmerte, einfach weiter: »Aber wir haben jetzt einen neuen Arzt, den Doktor Meissner. Der ist auch sehr nett. Zu dem können Sie gerne gleich reingehen.«

»Ja, danke, mache ich«, murmelte Hanna und steckte ihre Versicherungskarte, die die Sprechstundenhilfe eben aufs Pult gelegt hatte, mit zitternden Fingern zurück in ihre Geldbörse.

Sie musste sich ohnehin das Pillenrezept ausstellen lassen, nur erst einmal verdauen, dass sie nicht mit Doktor Jakob sprechen konnte.

»Frau Wagner, bitte sehr!«, wurde sie keine drei Minuten später tatsächlich aufgerufen.

Hanna, die, ohne einzelne Buchstaben zu erkennen, über eine Illustrierte gebeugt saß, hob den Kopf und schaute in Richtung des Behandlungszimmers, durch dessen geöffnete Tür die Männerstimme sie gerufen hatte. Irgendwie war ihr diese Stimme bekannt vorgekommen – als sie aufblickte, wusste sie auch woher. Fassungslos schaute sie Moritz ins ebenso verdatterte Gesicht. Tatsächlich, Moritz aus München stand vor ihr. Oder hatte sie bereits Halluzinationen?

Gut, sie hatte in letzter Zeit tatsächlich wenig gegessen und auch kaum geschlafen – aber reichte das aus, um Wahnvorstellungen zu entwickeln? Mit wackeligen Knien stand sie auf, musste sich prompt an der Wand abstützen. Eine ältere, selbst ziemlich gebrechlich wirkende Frau fasste nach ihrer Hand. »Soll ich Ihnen helfen?«, fragte sie mitleidig.

Hanna lehnte dankend ab. In einer anderen Situation hätte sie sich vielleicht darüber amüsiert, dass jemand, der selbst ohne Stock wohl kaum ein paar Schritte machen konnte, sie stützen wollte, aber jetzt war ihr absolut nicht zum Lachen zumute. Leicht wankend steuerte sie auf die Tür des Behandlungszimmers zu. Mit einem Gefühl, als ob sie sich durch dichten Nebel kämpfen musste. Ein Schritt, dann noch ein Schritt. Und noch einer. Schließlich stand sie vor Moritz, der sie immer noch mit geweiteten Augen anstarrte. Schließlich räusperte er sich. »Hanna?«, fragte er leise. »Bist du es wirklich?«

Ihr Mund war zu trocken, um irgendetwas zu sagen. Sie konnte nur nicken. Und dabei unmöglich den Blick von Moritz' blauen Augen wenden.

8

Emil wollte an diesem Morgen eben das Haus verlassen, um in die Baufirma zu fahren, da klingelte sein Handy. Isolde. Als er das Gespräch annahm, klang seine – so sah er es zumindest – zukünftige Schwiegermutter ziemlich aufgekratzt: »Guten Morgen, mein Lieber!«, flötete sie ins Telefon. »Geht's dir auch so gut wie mir?«

Emil klimperte mit dem Autoschlüssel in seiner Hand, dachte an die vergangene Nacht mit Hanna. Es war einfach umwerfend gewesen. »Ja, mir geht's sogar sehr gut«, sagte er mit einem breiten Grinsen im Gesicht. »Du hattest recht, alles entwickelt sich prächtig.«

»Na, siehst du. Jetzt werden alle glücklich.« Mit einem nicht zu überhörenden Triumph in der Stimme fügte sie hinzu: »Auch mein kleines Küken, das leider manchmal furchtbar stur ist. Und dem man, bevor es noch ins tiefe Wasser plumpst, einen Schubs in die richtige Richtung geben musste.«

Angesichts dieses Vergleichs konnte Emil gar nicht anders, als erneut zu grinsen. »Ja, unser widerspenstiges Küken …«

Gemeinsam lachten sie auf. Dann meinte Isolde: »Ich freue mich übrigens riesig darüber, wie rasch die Renovierung der ›Alpenrose‹ vorangeht. Wunderschön wird mein Almgasthaus sein! Und für die Eröffnungsfeier in zwei Wochen hab ich schon tausend Ideen im Kopf.«

»Die wird super werden«, sagte Emil, dem als Programmpunkte sowohl eine zünftige Blasmusikkapelle als auch eine moderne Band vorschwebten. Er kratzte sich nachdenklich am Kopf. Genaueres musste er alsbald mit Isolde absprechen.

Die räusperte sich nun einige Male, sagte schließlich: »Danke dir und deinen Eltern, dass ihr das alles möglich gemacht habt. Und natürlich auch dafür, dass für mich kaum Kosten entstehen.«

»Ist schon in Ordnung«, meinte Emil gutmütig. »Bleibt ja schließlich alles in der Familie.« Und fast übermütig fügte er hinzu: »Übrigens habe ich für dich eine Überraschung parat. Eine sehr, sehr schöne …«

Ungefähr zur selben Zeit drohte Hanna in der Arztpraxis angesichts ihrer Überraschung fast das Herz aus der Brust zu springen. Moritz. Er stand tatsächlich vor ihr. Instinktiv hob sie den Arm, wollte ihm über die Wange streichen. Gerade noch im letzten Moment fiel ihr ein, wie unpassend das aussehen würde. Sie war wohl von allen guten Geistern verlassen … Rasch ließ sie den Arm fallen, folgte stattdessen Moritz auf Beinen, weich wie gekochte Spaghetti, ins Behandlungszimmer. »Vorsicht, dass Sie nicht fallen«, hörte sie die hilfsbereite alte Dame noch rufen, bevor Moritz hinter ihnen die Tür schloss. Endlich fand sie ihre Sprache wieder. »Was machst du hier?«, fragte sie mit heiserer Stimme.

»Arbeiten. Ich bin der Nachfolger von Doktor Jakob«, sagte Moritz leise und schaute sie unablässig an.

Dabei lag in seinem Blick dermaßen viel Zärtlichkeit, dass sie sich zurückhalten musste, ihn nicht einfach in den Arm zu nehmen. Unwillkürlich dachte sie an seine Küsse im Englischen Garten, bei denen sie fast abgehoben war. Auch jetzt in der Erinnerung bekam sie noch am ganzen Körper Gänsehaut ... In der nächsten Sekunde waren ihre Gedanken bei der letzten Nacht mit Emil. Lichtjahre schienen dazwischenzuliegen. »Ja, der macht gerade eine Kreuzfahrt«, murmelte sie völlig unsinnig vor sich hin, offensichtlich hatte der Schock ihr Hirn in Brei verwandelt.

Moritz nickte. »Ja. Vermutlich klettert er gerade auf der Akropolis rum.«

»Die soll ja wahnsinnig beeindruckend sein«, hörte sich Hanna daraufhin selbst plappern, völlig fassungslos darüber, welche Belanglosigkeiten sie da von sich gab.

Zumindest Moritz schien bei klarerem Verstand zu sein. »Es ist reiner Zufall, dass wir uns hier treffen. Ich habe dir doch in München davon erzählt, dass ich ein Angebot aus Tirol habe ...«

»Und dann ist es tatsächlich Kitzbühel … nicht zu fassen …«, sagte sie mit einem versonnenen Lächeln. »Wie sagt man so schön: Die Welt ist ein Dorf.«

»Tatsächlich. Planen hätte man das nicht können.«

Wieder schauten sie sich eine Weile einfach nur an. Hanna hatte das Gefühl, dass alles um sie herum versank. Nur Moritz und sie waren noch hier. Der Mann, der seit Wochen in ihrem Kopf herumspukte. Unglaublich! Und auch jetzt drohte sie dahinzuschmelzen, wenn sie nicht achtgab. »Aufwachen! Du bist schließlich erwachsen!«, wies sie da eine innere Stimme scharf zurecht. »Dann benimm dich auch so! Es war bloß ein einziger, zugegebenermaßen recht netter Abend gewesen. Du interpretierst da nur so viel hinein, weil du damals völlig von der Rolle gewesen bist. Da hätte dich wohl jeder begeistert.«

Und bei Moritz, der ihr damals doch lang und breit erklärt hatte, wie sehr ihn Beziehungen abschreckten, war es bestimmt nicht anders gewesen. Sie schluckte mehrmals hintereinander. Genau, so sah es aus. Nicht mehr und nicht weniger. Und zwar unter der Bedingung, dass sie sich nicht noch einmal in irgendwelche absurden kindischen Gefühle hineinsteigerte. Schließlich war sie mit dem Emil zusammen und ziemlich glücklich mit ihm. Kurz zog sich ihr Magen zusammen. Rasch versuchte sie, dieses unangenehme Gefühl zu verdrängen. Jawohl, sie war glücklich mit Emil! Und wie! Nun ja, zumindest befand sie sich auf einem sehr guten Weg dorthin. Sie blinzelte einige Male, dann lächelte sie Moritz, wie sie hoffte, gleichzeitig freundlich und sachlich an. Dabei streckte sie ihm die rechte Hand entgegen. »Entschuldige, ich habe wohl meine Manieren vergessen: Also, herzlich willkommen in Kitzbühel! Ich freue mich sehr, dass du unser neuer Hausarzt bist.«

»Danke dir! Ich freue mich auch«, sagte Moritz mit einem vielleicht ein wenig irritierten Blick und ergriff ihre Hand.

Ein Stromschlag durchfuhr ihren Körper, rasch ließ sie Moritz' Hand los und trat einen Schritt zurück. »Wir sollten weitermachen. Im Wartezimmer sitzen schließlich noch etliche Patienten«, sagte sie mit einem gespielt heiteren Gesichtsausdruck. Übertrieben schwungvoll ließ sie sich auf den Patientenstuhl vor dem Schreibtisch fallen. Ups, prompt kippelte der Stuhl ein wenig nach hinten.

»Natürlich«, murmelte Moritz in geschäftsmäßigem Tonfall, nahm auf der anderen Seite des Tisches Platz, dann schien er sich einen Ruck zu geben. »Hanna«, sagt er. »Seit wir uns in München begegnet sind, vergeht kein Tag, ehrlich gesagt, keine Stunde, in der ich nicht an dich denke.«

»Es war doch nur ein einziger Abend …«, stammelte sie verzweifelt.

Doch Moritz sprach einfach weiter: »Ich bin fast wahnsinnig geworden, als du an dem Morgen einfach fort gewesen bist. Der Gedanke, dass ich dich vermutlich niemals wiedersehen werde …« Mit gesenktem Blick fügte er hinzu: »Aber natürlich respektiere ich deine Entscheidung, die ja eindeutig war.«

»Du sagst es. Eindeutig«, sagte Hanna mit bemüht fester Stimme. »Und auch vernünftig!«

»Wirklich? Wir hatten uns doch ineinander verliebt. So wie wir uns geküsst haben … Also, zumindest ich habe mich in dich verliebt.« Leiser, aber nicht weniger eindringlich fügte er hinzu: »Und ich bin immer noch total verliebt in dich. Mehr als ich überhaupt in Worte fassen kann.«

Moritz langte über den Tisch nach ihrer Hand, doch bevor er sie erreichen konnte, zog Hanna sie rasch weg. Auch wenn in ihr drinnen alles bebte, versuchte sie, nach außen hin gelassen zu wirken. »Ich denke, du steigerst dich da in etwas hinein. Vielleicht war es ein Strohfeuer, aber bestimmt nicht mehr«, erklärte sie so kühl, dass es sie fröstelte. »Für mich war es ein Ausnahmezustand. Ich habe dir doch von meinen Problemen erzählt …«

»Natürlich«, nickte Moritz. »Ich hoffe, die haben sich geklärt …«

»Na ja …«

Kurz überlegte sie, ob sie ihm überhaupt alles erzählen sollte. Doch dann tat sie es einfach, merkte, wie er bei ihrer Schilderung gleich mehrmals zusammenzuckte. Verständlicherweise, als sie vom Herzanfall ihrer Mutter erzählte, vielleicht sogar noch mehr, als sie von Emil sprach.

»So, so, dann seid ihr also wieder zusammen«, meinte er abschließend. »Da muss ich dir wohl gratulieren …«

»Musst du nicht«, sagte sie schärfer als beabsichtigt. Nun ärgerte sie sich bereits ein wenig über Moritz, der einfach in ihr Leben geschneit kam und so tat, als ob sie ihm irgendeine Erklärung schuldig wäre. »Wie gesagt, dieser eine Abend in München hatte für mich wirklich keine große Bedeutung. Ich bin dir dankbar, dass ich dir damals mein Herz ausschütten durfte, und es waren wirklich sehr nette, ein wenig verrückte Stunden …«, fügte sie in distanziertem Ton hinzu.

»Okay«, sagte Moritz nun auch sehr sachlich, setzte offenbar sein mildes Doktorlächeln auf. »Dann sag mir doch bitte, was ich als Arzt für dich tun kann?«

»Also …« Sie wollte völlig souverän wirken. Konnte jedoch nicht verhindern, dass ihre Ohren zu glühen anfingen, als sie von ihrem »Pillenproblem« berichtete.

»Kein Problem«, antwortete Moritz distanziert höflich und tippte etwas in seinen Computer. »Ein neues Rezept kann ich dir jetzt gleich ausstellen.«

Keine zwanzig Sekunden später holte er das Schriftstück aus dem Drucker und unterschrieb es. »Hier, bitte.«

»Danke dir und noch einen schönen Tag!«, sagte sie rasch und schnappte sich das Rezept.

Wie von der Tarantel gestochen, sprang sie von ihrem Stuhl auf. Als sie bereits an der Tür war, rief Moritz ihr nach: »Dir auch! Und wenn du mal jemanden zum Reden brauchst – ich bin für dich da. Rein freundschaftlich.«

Mit Tränen in den Augen, die sie hektisch wegzublinzeln versuchte, drehte sie sich um. »Danke, das ist sehr nett. Und wenn du hier einen Freund brauchst, in der Fremde …«

Hilfe, warum redete sie denn jetzt auch noch so gestelzt daher! »In der Fremde« – peinlicher ging es nun wirklich nicht. Hilflos verzog sie den Mund zu einer komischen Grimasse, obwohl es eigentlich ein freundliches Lächeln hätte werden sollen. »… Dann ruf gerne an. Meine Telefonnummer steht in deinem Computer.«

»Vielleicht komme ich sogar mal darauf zurück … Rein freundschaftlich«, setzte er schnell nach.

»Sehr gut. Dann ist ja alles klar«, sagte sie tonlos, ihr verkrampftes »Lächeln« tat ihr bereits weh.

Hektisch fasste sie nach dem Türgriff, als Moritz ihr hinterher rief: »Und ich wünsche gute Besserung für deine Mutter!«

»Danke! Sehr nett von dir«, sagte sie, als plötzlich ein ganz bestimmter Gedanke durch ihren Kopf schoss.

Vielleicht konnte ja Moritz ihr weiterhelfen … Mit blitzenden Augen drehte sie sich zu ihm um.

Robert, der auf seiner Sonnenliege bereits halb eingenickt war, schreckte verwirrt hoch, als er neben sich ein lautes Stöhnen hörte. »Was ist denn los?«, fragte er verschlafen, musste sich kurz orientieren, wo er eigentlich war.

Ach ja, Urlaub auf Mallorca, neben ihm auf der zweiten Liege saßen Marie und Emma im Bikini und puzzelten zusammen. Eine Bauernhofszene mit Kühen, Schweinen und noch einer Menge anderer Tiere. Er zwinkerte seiner Tochter zu. »Na, ist das Puzzle zu schwer für die Mama?«

»Vielleicht ein bisschen«, sagte das Mädchen ernsthaft, während es konzentriert die Lippen zusammenpresste.

»Vielleicht hilft ja Üben«, lachte er und blickte, Zustimmung heischend, zu seiner Frau hinüber – die jedoch kein bisschen mitlachte.

Wieder einmal schaute sie drein, als ob sie kein Frühstück bekommen hätte. Und stöhnte erneut auf. Am liebsten hätte nun auch Robert aufgestöhnt, denn Marie hatte bereits schlechte Laune, seit sie hier vor zwei Tagen im Hotel auf Mallorca angekommen waren. Vermutlich machte er, obwohl er sich redlich Mühe gab, irgendetwas falsch. Nur wusste er beim besten Willen nicht was, da seine Frau ihm nicht auf die Sprünge half. »Schatz, was ist denn los mit dir?«, versuchte er erneut, ihren Gefühlszustand zu erkunden.

Ein schwieriges Unterfangen für einen Mann, wie er sich schon oft gedacht hatte. Denn so liebenswert seine Angetraute auch war – manchmal erschien sie ihm wie ein Buch mit sieben Siegeln. Sieben? Ach was! Im Grunde konnte man ruhig noch eine Null dranhängen. Zumindest begann Marie aber diesmal zu sprechen, wiegelte nicht wieder ab. »Ich mache mir totale Sorgen um Hanna«, sagte sie leise, wohl, damit Emma nichts mitbekam.

Doch die schien Ohren wie ein Luchs zu haben. »Ist die Hanna auch krank? Wie meine Oma?«, fragte sie mit ängstlichem Blick.

»Nein, nein«, sagte ihre Mutter schnell. »Sie ist ganz gesund.« Wahrheitsgemäß fügte sie hinzu: »Aber im Moment nur ein bisschen traurig.«

»Ja«, murmelte Emma, während sie ein passendes Puzzleteil – ein Stück von einem gefleckten Hund – einfügte.

»Der Emil ist wohl nicht der richtige Freund für sie. Sie freut sich gar nicht mal so richtig, wenn sie ihn sieht.«

Verwirrt über diese Kinderweisheit runzelte Marie die Stirn. »Wie kommst du denn darauf?«

»Na, wenn sie mich begrüßt, strahlen ihre Augen wie glänzende Kastanien und lachen tut sie auch ganz viel. Und beim Emil lächelt sie nur ganz wenig.« Die Kleine versuchte, es nachzumachen, was bei ihr gleichzeitig niedlich und gequält aussah. Und ziemlich genau den Punkt traf …

Völlig perplex tauschten ihre Eltern Blicke aus. »Vielleicht wird Emma ja einmal Paartherapeutin …«, raunte Robert seiner Frau zu und schnitt dabei eine komische Grimasse.

Weil sie darauf jedoch nicht einging, immer noch total betrübt wirkte, strich er ihr sanft über die nackte Schulter. »He, ich verstehe dich. Was da bei Hanna und Emil *und* deiner Mutter abläuft, ist schon sehr seltsam …«

Marie nickte traurig. »Hanna wird von den beiden wie eine Puppe behandelt, die man dort hinstellt, wo es einem passt! Wenn ich nur sehe, wie unsere Mutter sie manipuliert! Und Hanna wird immer unglücklicher und unglücklicher …«

Robert verdrehte leicht die Augen. »Ja, das stimmt schon. Die Hanna ist aber auch ein erwachsener Mensch, der nicht auf den Mund gefallen ist. Und dumm ist sie auch nicht.«

»Nein, auf keinen Fall«, pflichtete Marie ihm bei. »Aber unsere Mutter übt, seit Hanna klein ist, eine ganz perfide Macht auf sie aus. Immer diese Vergleiche mit unserem Vater, all die Schuldgefühle, die sie ihr einredet …«

Sie warf Robert einen ernsten Blick zu. »Versprich mir: Sollte ich jemals so werden wie Isolde, dann verlass mich auf der Stelle!«

»Meinst du damit auch die blauen Augen und die blonden Haare?«, fragte er ganz unschuldig und erntete auf diese Frage prompt einen festen Hieb gegen seinen Oberarm.

Doch zumindest lächelte Marie wieder. Ein so warmherziges Lächeln, das er seit dem ersten Tag ihres Kennenlernens wie verrückt an ihr liebte. »Was hältst du davon, wenn du Hanna später anrufst?«, fragte er sie.

»Mach ich«, flüsterte sie, zog den weltbesten Mann aller Zeiten an sich und küsste ihn.

Natürlich musste sich ausgerechnet jetzt Emma umdrehen. Sofort zog sie eine beleidigte Schnute. »Mir ist total langweilig!«, jammerte sie.

Albern kichernd wie Teenager stoben ihre Eltern auseinander, hielten aber noch Händchen. Da rief Robert gespielt verblüfft aus: »Dir ist langweilig? Mir auch!«

Schon sprang er auf und fischte Emmas Schwimmflügel unter der Sonnenliege hervor. »Deshalb möchte ich ja auch in den Pool springen und die größte Wasserratte aller Zeiten finden.«

»Die bin ich!«, krähte Emma begeistert und streckte ihrem Papa beide Arme entgegen, damit er ihr die Schwimmflügel überstreifen konnte.

Gleich darauf stapfte sie Hand in Hand mit ihm im gleißenden Sonnenlicht Richtung Schwimmbecken. Marie folgte ihrer kleinen Familie lächelnd. Aber wenn sie an Hanna dachte, machte sich in ihrem Bauch sofort wieder ein mulmiges Gefühl breit.

Mit pochendem Herzen stand Hanna vor der Arztpraxis auf der Straße, holte immer wieder tief Luft. Das hier eben war kein Traum gewesen, auch wenn sie es immer noch nicht so richtig fassen konnte. Moritz … Erst langsam drang es in ihr Bewusstsein, dass sie tatsächlich Moritz wiedergetroffen hatte. Der Mann, nach dem sich jede Faser ihres Körpers sehnte, Tag für Tag … Entsetzt schluckte sie. So einen Unsinn dachte sie doch jetzt nicht wirklich? Natürlich sehnte sie sich nicht nach Moritz. Der Abend in München war natürlich romantisch gewesen, und sie hatten sich gut verstanden. Aber – und das durfte sie auf keinen Fall vergessen – sie war mit Emil zusammen und nunmehr fest entschlossen, alles zu tun, damit diese Beziehung gut gehen würde. Schließlich liebte Emil sie, war immer ehrlich zu ihr und tat alles zu ihrem Glück. Entschlossen nickte sie. Ja, auch wenn nicht alles immer gut gelaufen war zwischen ihnen, auch sie liebte ihn. Vielleicht noch nicht genug, aber ihre Zuneigung würde wachsen, davon war sie überzeugt. Vermutlich sollte sie ihrer Mutter sogar dankbar sein, dass diese sie wieder sanft in die Arme von Emil gedrängt hatte. »Wem willst du hier etwas vormachen!«, flüsterte ausgerechnet jetzt eine leise Stimme ihr ein. »Du bist doch so verliebt in Moritz, dass es schon wehtut …«

»Gar nichts tut weh!«, rief Hanna halblaut empört auf, ignorierte dabei die feinen Stiche, die ihre Brust wie ein Nadelkissen durchdrangen.

Sie war erwachsen, hatte Verantwortung zu tragen. Und würde sich von kindischen Sentimentalitäten – Himmel, eine Nacht in München unterm Sternenhimmel, in der außer ein paar dummen Küssen nichts passiert war! – ganz bestimmt nicht aus der Bahn werfen lassen. Für Moritz konnte sie nur hoffen, dass er das in Kürze genauso sah. Sie glaubte sicher, dass er ihr keine falschen Gefühle vorgespielt hatte, aber der Gute wusste ja selbst nicht, was ihm guttat. Vielmehr war er durch die Trennung von seiner Exverlobten wohl immer noch völlig durch den Wind. Einigermaßen erleichtert darüber, dass sie ihr Weltbild wieder gerade rücken konnte, atmete Hanna auf. Nun war sie auch mehr als froh darüber, Moritz nicht nach den Befunden ihrer Mutter gefragt zu haben. Im letzten Moment noch hatte sie ihren völlig absurden Gedanken korrigieren können, stattdessen dem Arzt erklärt, dass sie demnächst mit Isolde zu ihm in die Sprechstunde kommen wollte. Da diese sich leider stur stellte und sich gegen eine Nachbehandlung in einer Reha-Klinik wehrte. »Dabei wäre das doch sicher wichtig für sie, oder?«, hatte Hanna gesagt, Moritz dabei fragend angesehen. »Du als Arzt kannst bestimmt einen stärkeren Einfluss auf sie ausüben.«

Moritz hatte genickt. »Ich werde mich bemühen. Natürlich könnt ihr jederzeit zu mir kommen.« Mit einem professionellen Lächeln hatte er hinzugefügt: »In der Zwischenzeit werde ich mir die Krankenakte deiner Mutter ansehen, damit ich mit dem Fall schon mal vertraut bin.«

Kurz war Hanna zusammengezuckt. Es hatte ihr auf der Zunge gelegen, ob sie nicht gemeinsam einen Blick in die Unterlagen von Doktor Jakob werfen könnten. Aber sie hatte sich zurückgehalten und war nun froh darüber, Moritz nicht in eine unmögliche Situation gebracht zu haben. Abgesehen davon fühlte sie sich jetzt noch schändlich, wenn sie daran dachte, wie sie ihrer eigenen Mutter misstraut hatte ... Mit einem tiefen Seufzer strich sie sich eine Locke aus der Stirn, wollte endlich gehen. Da spürte sie von hinten eine Hand auf ihrer Schulter. »Hanna!«

Blitzschnell drehte sie sich um, schaute in die blauen Augen von Moritz. Dabei schien die Zeit stillzustehen. Nur einige Sekunden lang, dann hatte Hanna sich wieder im Griff. »Ja?«, fragte sie in freundlich neutralem Ton. »Willst du noch etwas von mir?«

»Ja«, sagte Moritz, streckte gleichzeitig seine Arme nach ihr aus. »Ich will dich.«

Ehe sie es verhindern konnte – oder wollte sie es gar nicht verhindern? Diese Frage stellte sie sich später unentwegt – hatte er sie an sich gezogen. »Ich liebe dich«, flüsterte er ihr ins Ohr. »Und ich spüre doch, dass du auch etwas für mich empfindest.«

Bevor ihre dummen Lippen noch »Ja« sagten, biss sie sich so fest darauf, dass sie Blut schmeckte. »Nein, so ist das nicht«, sagte sie gleich darauf hektisch. »Außerdem habe ich einen Freund, mit dem ich sehr glücklich bin.«

Moritz sah sie eindringlich an. »Du siehst aber nicht glücklich aus. Du hast Ringe unter den Augen, und seit wir uns in München begegnet sind, hast du stark abgenommen ...«

Trotzig verzog sie das Gesicht. »Was weißt du schon! Vielleicht mag ich es, wenn ich schlanker bin?«

»Du warst vorher bereits schlank. Jetzt siehst du allerdings so aus, als ob du kaum einen Bissen runterkriegst.«

Peinlich berührt blinzelte sie. Es stimmte tatsächlich, dass ihr Appetit verschwunden zu sein schien. Sogar von dem leckeren italienischen Abendessen, mit dem Emil sie am Vorabend überrascht hatte, vermochte sie nicht mehr als eine Gabel zu probieren. Auch die Ringe unter den Augen wunderten sie nicht, wo sie doch meist die halben Nächte wach lag. Prompt meinte Moritz jetzt: »Und du siehst aus, als ob du kaum schlafen würdest.«

Zorn stieg in ihr auf. Was erlaubte sich dieser Mensch hier so einfach? »Ich war nur bei dir wegen eines Rezepts«, sagte sie mit einem erbärmlichen Zittern in der Stimme, das sie leider nicht unterdrücken konnte – und welches sie gleich noch mal so ärgerlich machte. »Und es ist natürlich sehr freundlich von dir, wenn du gleich eine Ganzkörperuntersuchung hinterherschickst. Aber die habe ich gar nicht verlangt. Also lass es lieber gut sein!«

»Ich hab's kapiert«, sagte er mehr traurig als beleidigt. »Und ich verspreche dir, dass ich dich ab sofort in Ruhe lasse. Und nur noch dein Arzt bin.« Mit hochgezogenen Augenbrauen fügte er hinzu: »Und in Zukunft gibt es natürlich nur noch Diagnosen von mir, wenn danach gefragt wird.«

»Perfekt«, antwortete sie schnippisch. »Mach's gut!«

Kurz nickte sie ihm zu, dann drehte sie sich um und eilte mit klopfendem Herzen davon. Herrje, mit jedem Schritt rannen ihr mehr Tränen über die Wangen, langsam war sie halbblind. Mit einer hektischen Bewegung fuhr sie sich mit dem Handrücken übers Gesicht, verschaffte sich so wieder einigermaßen Sicht. Gut so, denn um ein Haar wäre sie in die ihr langsam entgegenspazierende Maier-Lene hineingerannt. Im letzten Moment sprang Hanna mit einem gewaltigen Satz zur Seite. »Oh, Entschuldigung«, stammelte sie, während sie gleichzeitig Lenes kühlen Blick registrierte. »Na, Hanna, alles in Ordnung bei dir?«

»Ja, ja, danke …«, sagte sie, bemühte sich, den abfälligen Ton in der Stimme von Emils ehemaliger Schulkollegin gar nicht zu beachten. »Ich hab's jetzt aber ziemlich eilig. Muss rasch ins Büro zu den Hofstätters.«

Lene schürzte die Lippen, schaute Hanna vielsagend an. »Da möchte ich dich ganz bestimmt nicht davon abhalten. Wenn ich richtig gesehen habe, hattest du ja bereits jetzt am Morgen jede Menge zu tun …«

Kurz überlegte Hanna, ob sie irgendwie erklären sollte, warum ein Mann im weißen Arztkittel sie auf der Straße umarmt hatte – denn natürlich spielte Lene auf diese Szene an, die sie offenbar beobachten konnte. Doch sie entschied sich dagegen. Ganz bestimmt war sie der Lene keine Rechenschaft über ihr Handeln schuldig. »Schönen Tag noch!«, sagte sie distanziert und lief weiter.

»Tschüss!«

Lene schaute ihr noch eine Weile nach, dann wusste sie, was sie zu tun hatte.

So sehr sich Isolde auch anstrengte, an diesem Morgen bekam sie ihr Grinsen einfach nicht mehr aus dem Gesicht. Offenbar waren die Arbeiter in der »Alpenrose« ihre gute Laune nicht gewöhnt, zumindest traf sie so mancher erstaunte Blick. Danach kam ein etwas verlegenes Lächeln, welches sie zumindest heute vergnügt erwiderte. Zu glücklich machte sie Emils Überraschung. Sie musste sich richtig zusammennehmen, um niemandem davon zu erzählen. Zum Beispiel Murat Temal, der an diesem Tag ebenfalls emsig in der »Alpenrose« werkte. Aber es war noch zu früh und schließlich wusste niemand besser als sie selbst, dass man Geheimnisse für sich behalten musste … Nachdem sie eine Weile den Einbau der neuen Küchengeräte überwacht hatte, war sie vor die Hüttentür gegangen, um den Blick über die herrliche Bergwelt ringsherum wandern zu lassen. Wirklich eine Schande, dass sie wegen der vielen Arbeit kaum dazu kam, ihre prachtvolle Umgebung zu bewundern. Dabei war es hier auf der Alm so was von schön, ja, auch so was von friedlich. Mit einem zufriedenen Seufzer ließ sie sich auf eine der neuen Holzbänke fallen, dachte mit einem angenehmen Schaudern daran, dass sie sich nach der Eröffnung der »Alpenrose« vor hungrigen Wanderern und anderen Gästen gar nicht mehr würden retten können. Aber die Hanna und die Resi würden die Arbeit in der Küche schon gut bewältigen. Während ihr selbst Resis recht fleißige Schwiegertochter beim Servieren helfen konnte. Nachdenklich rieb sich Isolde die Nase. Vielleicht sollte sie jemanden für die Schank einstellen, nur fürs Wochenende. Aber darüber konnte sie noch beizeiten nachdenken. Irgendein Schüler würde den Job bestimmt machen. Isolde seufzte leise auf, schloss genießerisch die Augen. Es lief einfach alles bestens! Und sie hatte doch tatsächlich ein paar Tage lang ein schlechtes Gewissen geplagt, wegen des Schwindels mit dem Herzanfall gegenüber ihren Töchtern. »Dumme, sentimentale Kuh«, murmelte sie vor sich hin. »Hanna hätte doch nichts Besseres passieren können, als dass man sie zu ihrem Glück ein bisschen zwingt.«

In einem Familienunternehmen musste man doch zusammenhalten! Und nicht in einem fremden Haus schuften, weil es daheim wohl nicht gut genug war! Der Emil arbeitete doch auch gerne in der elterlichen Firma mit! Als Isolde daran dachte, dass Hanna sie tatsächlich hatte im Stich lassen wollen, um in der »Goldenen Harfe« anzufangen, stieg erneut Zorn in ihr auf, der die Gewalt einer riesigen Flutwelle besaß. Ja, wenn irgendjemand Schuld trug, dass er belogen worden war, dann keine andere als Hanna selbst. Isolde schüttelte leicht den Kopf. Aber sie würde ihrer Tochter verzeihen und sich darüber freuen, dass bestimmt bald ein weiteres Enkelkind in die Familie kam, so wie Emil es beabsichtigte. Der gute Kerl hatte doch tatsächlich ein wenig zerknirscht gewirkt wegen des kleinen Streichs mit der Pillenpackung. Dabei war es doch einfach nur süß, wie sehr er die Hanna liebte … »Nach allem, was sie sich geleistet hat«, schoss es Isolde durch den Kopf.

Wenn sie da nur an den Korb dachte, den ihre bockige Tochter ihm bei seinem feierlichen Heiratsantrag gegeben hatte. Kein Zweifel, Emil bedeutete für Hanna und die gesamte Wagner-Familie geradezu ein Geschenk des Himmels. Stolz schaute sie sich um. Man konnte bereits mehr als erahnen, in welch neuem Glanz demnächst die »Alpenrose« erstrahlen würde. Ja, sie selbst hatte sich das alles hier nach ihrem schweren Leben und all dem Schuften einfach verdient. Ganz bestimmt würde sie sich ihr Glück von einem egoistischen und eigensinnigen Gör nicht verderben lassen.

Plötzlich bemerkte sie einen Schatten neben sich. Sie schaute auf, erkannte Murat Temal, der ihr ein fast schüchternes Lächeln zuwarf. »Darf ich mich zu dir setzen?«, fragte er.

»Natürlich«, erwiderte sie möglichst beiläufig, spürte dabei jedoch, wie ihr Puls ähnlich einer startenden Rakete in die Höhe sauste.

»Danke.« Als er saß, sah Murat sie mit seinen dunklen Augen eine Weile an, keiner von ihnen sagte etwas.

»Eindeutig zu lange Pause«, musste Isolde denken. Aber so sehr sie sich auch bemühte, ihr wollte im Moment einfach kein zusammenhängender Satz einfallen, den ihre Lippen auch noch hätten formen können.

Zum Glück räusperte sich nun Murat. »Ich wollte es dir eigentlich schon vor einer ganzen Weile gestehen …«, begann er leise, den Blick immer noch auf sie gerichtet.

»Ja?«, fragte sie atemlos, während ihr Herz klopfte, als ob sie noch mal siebzehn wäre.

»Ich mag dich furchtbar gern«, sprach er weiter. »Nun ja, ehrlich gesagt, sogar noch viel mehr als das.«

»Das ist schön …«, murmelte sie, spürte, wie er seine kräftige Hand mit den vielen Schwielen auf ihre viel kleinere legte.

»Du bist eine so beeindruckende Frau. Ehrlich und stark. Und im Inneren ganz sanft, da bin ich mir sicher … Das sind Eigenschaften, die mir wirklich viel bedeuten.«

Ein wenig musste Isolde schlucken, als Murat von »ehrlich« sprach. Ein langweiliger Moralapostel würde womöglich ihren Schwindel mit dem Herzanfall verurteilen. Aber sie hatte schließlich gute Gründe gehabt. Und in Zukunft würde sie natürlich ehrlich sein, zumindest dann, wenn nichts dazwischen kam. »Ich mag dich auch sehr gern«, sagte sie mit einem fast mädchenhaften Seufzer.

Murats Hand drückte ein wenig fester zu, gleichzeitig näherten sich ihre Köpfe. »Himmel, wann bist du das letzte Mal geküsst worden?«, schoss es ihr durch den Kopf. Dann dachte sie gar nichts mehr, fühlte nur Murats erstaunlich weiche Lippen auf ihrem Mund …

Eine kleine Ewigkeit schien zu vergehen, bis sie ein immer lauter werdendes Räuspern über sich wahrnahm. Ihre Köpfe fuhren auseinander, und als Isolde hochschaute, erkannte sie das tomatenrote Gesicht eines Lehrlings aus Murats Handwerksbetrieb. »Chef, ich wollte Ihnen … äh … nur die neuen … äh … Küchenschränke zeigen …«, stammelte er mit geradezu glühenden Ohren. »Ich kann aber … äh … auch später …«

»Ist schon gut«, lachte Murat gar nicht mehr verlegen. »Ich komme ja schon.«

Er sprang auf, zwinkerte Isolde, die sich noch wie in Zuckerwatte verpackt fühlte, zu und eilte davon. Selig lächelnd schaute sie ihm nach, hoffte, bestimmt total kindisch, auf ein weiteres klitzekleines Zeichen seiner Zuneigung. Und tatsächlich, an der Hüttentür drehte er sich noch mal um und warf ihr eine Kusshand zu.

Wo Hanna nur so lange blieb? Eine Runde durch den Gastgarten zu machen und die blöde Pillenpackung zu suchen – und natürlich nicht zu finden –, konnte schließlich nicht so lange dauern. Zunehmend nervös kratzte sich Emil am Kopf, ärgerte sich über seine eigene Unsicherheit. Schließlich waren Hanna und er doch wieder ein Paar und fester zusammen als jemals zuvor.

Trotzdem, irgendein dummes Gefühl mahnte ihn zur Vorsicht ... Sein Handy ertönte, was ihn prompt zusammenzucken ließ. Hach! Ein bisschen besser könnte er sich wirklich im Griff haben! Sein Nervenkostüm ähnelte ja dem einer überreizten Operndiva! Über sich selbst den Kopf schüttelnd, schaute er aufs Display. Aha, Lene. Bestimmt rief sie wegen des geplanten Klassentreffens an. »Hallo«, sagte er nun wieder besser gelaunt ins Telefon. »Schön, dass du anrufst!«

»Servus Emil«, sagte Lene am anderen Ende der Leitung, man konnte ihrer Stimme anhören, dass die Frau lächelte. »Hoffe, ich störe nicht.«

Er lachte. »Du störst grundsätzlich nie! Sag doch, was gibt es Neues zu unserem Treffen? Weißt du schon einen Termin und ein Lokal?«

»Na ja ...«

Nun klang sie nicht mehr ganz so fröhlich. »Ehrlich gesagt rufe ich wegen etwas anderem an ...«

Eine kurze Pause folgte, in der Emil leicht irritiert die Stirn runzelte. Endlich fragte er nach: »Was gibt's denn?«

Zuerst hörte er nur einen tiefen Seufzer, dann sprach Lene endlich weiter: »Es tut mir ja leid, dass ich dir das sagen muss. Aber ich wollte es einfach nicht für mich behalten. Schließlich sind wir uralte Freunde, und du liegst mir wirklich am Herzen ...«

Langsam wurde er ungeduldig. »Um was geht's denn?«

»Hanna ... äh ... Ich habe heute gesehen, wie sie einen Mann im Arztkittel auf der Straße umarmt hat. Sogar sehr innig, da lag richtig was in der Luft zwischen den beiden.«

»Aha ...«

Verwundert kniff er die Augen zusammen. Was die Lene ihm immer so erzählte ... Zuerst hatte sie ihn mit dem Oberreiter-Tobias ganz verrückt gemacht, was sich zum Glück als völlig verkehrt herausstellte. Und jetzt? Rasch kombinierte er, dass Hanna vermutlich bei Doktor Jakob war, um sich ein neues Pillenrezept ausstellen zu lassen. Warum der ältere Herr die Hanna dann so herzlich umarmt hatte, verstand er zwar auch nicht so recht. Aber eines wusste er auf jeden Fall: Hanna würde sich ganz sicherlich nicht in diesen Methusalem verlieben. Allein die Vorstellung klang ja schon lachhaft! Langsam schüttelte Emil den Kopf. Denn nun dämmerte ihm, was Lene für einen Plan verfolgte: Sie wollte Hanna und ihn offenbar auseinanderbringen, weil sie selbst in ihn verliebt war. Kurz wusste er nicht, ob er sauer sein oder sich geschmeichelt fühlen sollte. Er entschied sich für Letzteres. »Danke, dass du mir das sagst, Lene. Aber da steckt nichts Schlimmes dahinter.«

»Natürlich«, sagte sie rasch. »Ich wollte die Hanna auch ganz bestimmt nicht schlecht machen. Ich hab mir ja nur gedacht ...«

»Ist schon recht, Lene. Du hast alles richtig gemacht.« Kurz dachte er nach, um sogleich hinzuzufügen: »Und weißt du, womit du mir eine Riesenfreude machen würdest?«

»Ja?« Ihre Stimme klang ziemlich erwartungsvoll.

»Am Samstag in einer Woche wird doch die ›Alpenrose‹ nach der Renovierung neu eröffnet mit einem großen Fest. So ab drei Uhr am Nachmittag. Dazu würde ich dich sehr gerne einladen.«

»Da komme ich sehr gern! Ich freu mich schon!«

»Und ich mich erst! Bis dann!«, verabschiedete er sich.

Genau zur rechten Zeit, denn in der nächsten Sekunde betrat Hanna das Büro. »Entschuldige, dass ich so spät bin, ich war nur schnell in der Praxis vom Doktor Jakob wegen eines neuen Pillenrezepts.«

»Aha.« Innerlich klopfte sich Emil auf die Schulter, er hatte völlig richtig kombiniert. Nur schade, dass Hanna seinen Kinderwunsch im Moment nicht teilte. Aber das würde schon werden, da wollte er auf jeden Fall optimistisch bleiben.

»Na, dann gehe ich mal schnell an die Arbeit«, meinte Hanna jetzt und setzte sich hinter ihren bereits eingeschalteten Computer. Dort rief sie das Buchhaltungsprogramm auf, um genau wie am Vortag Rechnungen für Kunden zu schreiben. Dafür, dass sie keine gelernte Buchhalterin war, lief es gar nicht mal so übel. »Du machst das so gut, als ob du dein gesamtes Leben nichts anderes getan hättest«, hatte Gerda sie erst am Vortag gelobt.

Natürlich hatte sich Hanna über die netten Worte sehr gefreut. Sie durfte nur nicht daran denken, wie es jetzt wäre, in der Küche der »Goldenen Harfe« zu stehen. Oh, oh, wieder mal spürte sie Tränen aufsteigen. In letzter Zeit hatte sie ja so was von nah am Wasser gebaut! Es war zum Aus-der-Haut-fahren. Wie gut, dass in diesem Augenblick ihr Handy klingelte. Marie ... aus Mallorca ... Hanna schluckte aufgeregt. Hoffentlich war nichts Schlimmes passiert. Nein, ihre gute Schwester wollte ihr nur erneut ausreden, mit dem Emil zusammen zu sein und in Zukunft in der »Alpenrose« zu arbeiten. Nicht mal die vielen, vielen Kilometer, die sie voneinander trennten, konnten ihre Sorge verringern. Hanna stöhnte entnervt auf. »Marie, das ist alles sehr lieb von dir, aber ich weiß ganz genau, was ich tue!«

»Offensichtlich nicht!« Sie hörte ihre Schwester schwer atmen. »Offensichtlich bist du einer Gehirnwäsche unterzogen worden und benimmst dich wie ein ferngesteuerter Roboter!« Glücklicherweise war Emil kurz aus dem Büro gegangen, denn Marie wurde immer lauter: »Du wirst so nicht glücklich werden, das wissen wir doch beide! Du gehörst in die ›Goldene Harfe‹, und Emil ist auch nicht das Richtige ...« Nun sprach sie wieder leiser: »Du hast mir doch von diesem Moritz aus München erzählt. Was da mit dir geschehen ist. Genauso muss sich Liebe anfühlen …«

Hanna gefror, als sie an die Begegnung in der Arztpraxis dachte, das Blut in den Adern. Zumindest fühlte es sich so an … Nicht auszudenken, was Marie sagen würde, wenn sie von Moritz' Auftauchen in Kitzbühel wüsste … »Das ist doch völliger Blödsinn!«, protestierte sie, allerdings mit verdächtig schwacher Stimme.

Auf einmal erstarrte sie vor Schreck, denn Emil stand in der Tür. »Ist ja schön, dass es Emma so viel Spaß im Wasser macht«, wechselte sie willkürlich das Thema. »Ich muss jetzt aber wirklich weiterarbeiten. Schönen Urlaub noch!«

Bevor Marie noch weitere weise Sprüche von sich geben konnte, drückte Hanna entschlossen auf die Aus-Taste. Dann warf sie Emil, der sie fragend ansah, einen bemüht unschuldigen Blick zu. »Marie. Offenbar hat sie ein bisschen Heimweh, sonst hätte sie wohl nicht angerufen …«

»Die hat vielleicht Sorgen«, murmelte ihr Freund mit einer schiefen Grimasse und spazierte mit einem Aktenordner erneut zur Tür hinaus. »Bin bei einem Kundengespräch!«

»Ja! Bis später!«, rief Hanna ihm gespielt fröhlich hinterher.

Erst als er die Tür hinter sich ins Schloss gezogen hatte, verbarg sie ihr Gesicht in den Händen und begann hemmungslos zu weinen. Natürlich wollte sie das nicht, verzweifelt versuchte sie, sich wieder zu beruhigen. Erfolglos. Sie schluchzte so laut, dass sie fast ihr Handy nicht gehört hätte. Bestimmt wieder Marie! Mit tränenverschleiertem Blick traf sie mehr schlecht als recht die Annahmetaste und schrie mit sich überschlagender Stimme ins Telefon: »Lass mich doch bitte in Ruhe! Warum glaubst du, dass du besser weißt als ich, was richtig für mich ist!?«

In der nächsten Sekunde erstarrte sie. »Hanna? Bist du es?«, hörte sie eine bekannte Stimme fragen.

Es war die von Moritz.

9

»Ist alles in Ordnung?«

»Ja. Natürlich. Entschuldige.« Schlagartig waren ihre Tränen versiegt. Nun wand sie sich richtiggehend vor Scham. »Es ist wirklich alles in Ordnung. Ich war nur ein wenig traurig, weil meine Mutter sehr krank ist. Ich hab dir doch vorhin davon erzählt.«

»Ja, stimmt. Das tut mir wirklich sehr leid. Ich werde mir noch heute ihre Krankenkartei ansehen, damit wir mit ihr gemeinsam einen optimalen Behandlungsweg finden.« Aufmunternd fügte er hinzu: »Du brauchst wirklich nicht so schwarzzusehen. Auch bei schweren Herzerkrankungen gibt es oft ganz tolle Heilerfolge.«

»Hm.«

Erneut schämte sie sich. Was war sie bloß für eine gemeine Schwindlerin! Zu erzählen, sie hätte sich gerade jetzt um ihre Mutter Sorgen gemacht! Die Tränen, die sie eben geheult hatte, waren aus einem völlig egoistischen Grund geflossen: Ihr Herz drohte zu zerreißen, weil sie einen Mann liebte, mit dem sie einfach nicht zusammen sein durfte. Unmöglich würde das gehen. Ja, es wäre völlig falsch. Erneut drang Moritz' Stimme an ihr Ohr: »Hanna, ich wollte mich noch mal bei dir entschuldigen. Es war wirklich furchtbar, dich so mit meinen Gefühlen zu überfallen.« Leiser fügte er hinzu: »Ich würde mich einfach darüber freuen, wenn wir gute Freunde werden.«

»Ich mich auch«, antwortete Hanna wahrheitsgemäß, während ein warmes Gefühl durch ihren Brustkorb strömte. »Das wäre wirklich sehr schön.«

Plötzlich fiel ihr etwas ein. »Was hältst du davon, wenn du übernächsten Samstag zur Eröffnungsfeier in die ›Alpenrose‹ kommst? Ich würde dich sehr gerne einladen. Es gibt Musik und gutes Essen.«

Am anderen Ende der Leitung hörte sie Moritz fröhlich auflachen. »Also, allein wenn ich ›gutes Essen‹ höre, kann mich nichts mehr halten …«

Nun lächelte auch Hanna. »Ich hoffe, dass es dir schmecken wird. Ich werde gemeinsam mit der Resi, einer sehr lieben älteren Frau, einer richtigen Küchengöttin, zusammen kochen.« Schelmisch fügte sie hinzu: »Wir werden uns bemühen!«

»Glaub ich dir!«, sagte Moritz mit einem Grinsen in der Stimme. »Mir läuft jetzt schon das Wasser im Mund zusammen!« Ernster setzte er nach: »Ich freue mich sehr über deine Einladung. Vielen Dank. Und noch mehr freue ich mich darüber, dass wir einfach gute Freunde werden.«

»Das wird schon klappen«, sagte sie. »Mach's gut!«

Nachdem sie das Gespräch beendet hatte, seufzte sie zwar auf, aber diesmal eher vor Erleichterung. Es hatte einfach gutgetan, mit Moritz zu sprechen.

Den ganzen Tag war die Praxis voll gewesen, ein Patient nach dem anderen gekommen. Fast ein wenig erstaunlich, nachdem ihm Doktor Jakob versichert hatte, im Sommer wären die meisten Leute auf Urlaub, und kaum einer würde zum Hausarzt gehen. Deswegen wäre es auch in Ordnung, wenn er sogleich zu seiner Kreuzfahrt aufbrach und seinen jungen Nachfolger nicht mehr einarbeiten konnte. Seine Frau würde es nach all den Jahren, in denen er nicht nur unter der Woche, sondern auch an vielen Wochenenden im Einsatz war, einfach nicht mehr erwarten können, endlich mit ihm wegzufahren. Mit einem wahren Dackelblick hatte der alte Herr Moritz angesehen, sodass der gar nicht anders konnte, als seinen Segen zu den Reiseplänen zu geben. »Kein Problem. Ich arbeite schon recht lange selbstständig, da habe ich überhaupt keine Befürchtungen, dass etwas nicht klappen wird«, hatte Moritz seinem Vorgänger versichert und ihm eine schöne Reise gewünscht.

Und tatsächlich, er fühlte sich gleich von Beginn an vollkommen sicher in seiner Arbeit. Fast empfand er, in Kitzbühel bereits ewig eine Praxis zu führen. Was bestimmt auch an den durchweg freundlichen Patienten lag, die ihm mit großer Sympathie entgegentraten. Und vielleicht war es ja die Neugier auf den neuen Arzt aus München, die so viele in den ersten Tagen kommen ließ. Jetzt am Abend grinste Moritz vergnügt, als er sich all die neugierigen Blicke in Erinnerung rief. Einige hatten ihn auch richtiggehend ausgefragt. Sich nach einer Gattin, Kindern erkundigt. Bereitwillig antwortete Moritz, nur gab es eben auf diesem Gebiet nichts zu erzählen.

Plötzlich fühlte Moritz ein beklemmendes Gefühl in sich aufsteigen. Mist! Warum musste er nur schon wieder an Hanna denken? Gute Freunde! Dass er nicht lachte! Nein, im Moment hatte er keinen blassen Schimmer, wie er seine Liebe jemals in freundschaftliche Gefühle umwandeln sollte. Um nicht völlig in Schwermut zu verfallen, schnappte er sich rasch die Krankenakte von Isolde Wagner aus dem Schrank. Die hatte er sich schon vorhin ansehen wollen – aber, wie gesagt, es war einfach zu viel zu tun gewesen. Nun allein in der Praxis, nachdem auch seine Sprechstundenhilfe nach Hause gegangen war, legte er die Beine auf den Tisch, lehnte sich zurück und begann zu lesen … Er überblätterte die grippalen Infekte der letzten Jahrzehnte, eine Magenentzündung vor ein paar Jahren. Herzbeschwerden hatte die Frau zumindest früher nicht gehabt. Doch auch als er am Ende der Akte angekommen war, fand er nicht das Geringste über einen Herzanfall oder gar einen Infarkt. »Doktor Jakob hat sich in dieser

Nacht um meine Mutter gekümmert«, hatte er Hannas Worte noch im Ohr.

Doch kein einziger Satz beschrieb dieses Ereignis. Nachdenklich fuhr sich Moritz durch die kurzen Haare. Der urlaubsreife Doktor Jakob war womöglich ein wenig hektisch zu seiner Reise aufgebrochen. Aber anhand der anderen Patientenakten hatte Moritz absolut nicht feststellen können, dass der alte Arzt schlampig arbeitete. In gar keiner Weise. Und hier bei Isolde Wagner stand nun mal als letzter Eintrag in ihrer Akte eine Rachenentzündung im letzten Winter. Schmerzhaft, aber nach zehn Tagen ausgeheilt. Punkt. »Seltsam«, murmelte Moritz und ließ seinen Blick aus dem Fenster wandern. Die kleinen niedlichen Häuser mit den grünen Fensterläden, weiter dahinter war der berühmte Hahnenkamm zu erkennen … Plötzlich richtete sich Moritz auf. Glasklar lag die Antwort vor ihm: eine gemeine Lüge, um Hanna gefügig zu machen. Seine Schultern fühlten sich auf einmal ganz schwer an, so sehr bedrückte ihn die Gewissheit, dass die Frau, die er liebte, hintergangen worden war. Schon griff er zum Telefon auf seinem Schreibtisch, ließ seine Hand jedoch gleich wieder sinken. Er trug immer noch die Verantwortung als Arzt, hatte sich immer noch an seine Schweigepflicht zu halten. Das galt auch dann, wenn er rettungslos verliebt war. Oder etwa nicht?

Als Hanna eine gute Woche später mit ihrer Mutter in deren Wohnung letzte Besorgungslisten für die Eröffnungsfeier der »Alpenrose« schrieb, sprühte Isolde geradezu vor Vorfreude. »Das Fest muss einfach grandios werden!«, rief sie aus. »Auf keinen Fall dürfen wir etwas Wichtiges vergessen.«

»Nein, Mama, tun wir nicht«, sagte Hanna, die ihr gegenüber am Küchentisch saß, lächelnd. »Ich gehe gleich los und gebe die letzten Bestellungen auf.«

»Gut so.« Isolde schaute nachdenklich drein. »Du musst beim Bäcker nachfragen, ob die Torte rechtzeitig geliefert wird. Vermutlich musst du da ein bisschen Druck machen. Und vergiss ja nicht die Bestellung beim Fleischer …«

»Vergess ich nicht, Mama, keine Sorge!«

Hanna tätschelte Isolde die Hand. Ein warmes Gefühl keimte in ihr auf. Wenn sie ihre Mutter so anschaute, hatte sie doch tatsächlich die Hoffnung, dass diese wieder ganz gesund werden würde. Frisch und unternehmungslustig wirkte die Hüttenwirtin, mit diesem ganz besonderen Glanz in den Augen, den nur Verliebte haben. Vergnügt vor sich hin grinsend, dachte Hanna an Murat Temal, den neuen Freund ihrer Mutter. Der sympathische Tischler tat Isolde einfach gut, anders konnte man es nicht sagen. Wie schön, dass Isolde – jahrelang allein und geradezu in Abwehrhaltung gegenüber Männern – nun einen wirklich liebenswerten Partner gefunden hatte. Während Isolde sich eifrig Notizen machte, musterte Hanna sie von der Seite. Wenn die Eröffnungsfeier vorbei und wieder etwas Ruhe in der »Alpenrose« eingekehrt war, würde sie ihre Mutter überzeugen, eine Kur zu machen. Leise seufzte Hanna auf. Isolde verdrängte ja leider ihre Krankheit, wollte gar nicht mehr darüber sprechen. Aber sie sah einfach schon viel besser aus, und daran musste man sich festhalten. Plötzlich schaute sie auf, ihre Blicke trafen sich, und der eben noch so fröhliche Ausdruck in Isoldes Gesicht löste sich quasi in Luft auf. Stattdessen presste sie ihre Lippen zusammen, so als ob sie starke Schmerzen hätte.

»Alles in Ordnung, Mama?«, fragte Hanna ängstlich.

»Geht schon«, stöhnte ihre Mutter, strich sich dabei mit der rechten Handfläche über ihr Brustbein.

»Soll ich einen Arzt rufen?«

»Nein. Das ist jetzt eben so bei mir«, sagte Isolde ruppig. »Daran kann kein Arzt etwas ändern.«

Hanna atmete tief durch, dann sagte sie möglichst entschlossen: »Ich weiß, du willst darüber nicht sprechen. Aber ich möchte einfach nicht glauben, dass alles hoffnungslos ist. Unser neuer Hausarzt, der Doktor Meissner, wird sich um eine Kur für dich kümmern …«

Sie schluckte, hoffte, dass ihre Stimme beim Nennen von Moritz' Namen nicht allzu sehr gewackelt hatte. Zumindest war sie nun in Fahrt gekommen, sprach eilig weiter: »Und er wird dich zu Spezialisten überweisen, die sehr wohl etwas für dich tun können.«

Sie war beim Reden immer lauter geworden, obwohl sie das gar nicht gewollt hatte. Als sie den erzürnten Gesichtsausdruck ihrer Mutter bemerkte, fügte sie sanfter hinzu: »Mama, ich möchte doch nur, dass du wieder gesund wirst.«

»Ja, Kind, das wollen wir alle«, sagte Isolde, schaute ihre Tochter mit hochgezogenen Augenbrauen an. »Aber gegen manche Krankheit ist eben noch kein Kraut gewachsen. Und ich weiß leider ganz genau, dass es bei mir äußerst übel aussieht. Da brauche ich deine Unterstützung nun wirklich nicht. Und Ärzte können mir da auch nicht mehr helfen.«

Mit einer abrupten Kopfbewegung wandte sie sich wieder der Einkaufsliste zu. »Und bitte, tu mir einen Gefallen: In Zukunft möchte ich nicht mehr darüber reden.«

Als Hanna kurz darauf mit der Liste durch Kitzbühel eilte, lief das Gespräch mit ihrer Mutter wie ein Film in ihrem Kopf ab. Immer wieder, quasi in Endlosschleife. »Wie kann man nur so stur sein!«, murmelte sie, nachdem sie aus dem Weinladen trat, in dem sie eben einige Kisten Sekt für Samstag bestellt hatte.

Zumindest konnte sie einen weiteren Punkt ihrer Liste abhaken, was sie im Moment jedoch nur am Rande interessierte. Wie konnte sie es nur schaffen, dass Isolde ihre Herzkrankheit nicht weiterhin verdrängte? Denn nichts anderes tat die Frau doch! In Gedanken versunken, überquerte Hanna einen kleinen Platz, bog danach viel zu rasch um eine Ecke. »Oh, Entschuldigung!«, rief sie aus, nachdem sie recht unsanft einen großen Mann gerammt hatte.

In letzter Zeit wurde sie wohl immer mehr zum Verkehrshindernis. »Alles gut«, lachte der Mann, in dem Hanna in der nächsten Sekunde Tobias Oberreiter erkannte.

Sofort färbten sich ihre Wangen vor schlechtem Gewissen tiefrot. »Hallo Tobias«, sagte sie mit kratziger Stimme. »Geht's dir gut?«

Er zuckte mit den Achseln. Dann sagte er geradeheraus: »Geht so. Ich bin immer noch enttäuscht, dass du nicht bei mir arbeiten willst.«

Sie nickte mit einem dicken Kloß im Hals. Musste der Mann aber auch so direkt sein? Obwohl gerade das eine Eigenschaft war, die sie an ihm immer besonders geschätzt hatte. Ein Chef, der offen sagte, was er von einem verlangte. Nicht lange um den heißen Brei rumredete, wenn er mal etwas nicht so gut fand. Dabei aber nie ausfallend oder bösartig wurde. »Mir tut es auch leid, aber du weißt ja, dass ich nicht anders kann«, sagte sie mit gedämpfter Stimme.

»Natürlich.« Nun schaute er betreten drein. »Entschuldige, ich wollte dir kein schlechtes Gewissen machen. Natürlich musst du in einer so schwierigen Situation für deine Familie da sein, verstehe ich ja.«

»Danke«, sagte sie. »Die Entscheidung ist mir auch nicht leichtgefallen.« Bemüht heiter fügte sie hinzu: »Gibt es denn schon einen neuen Koch? Bist du zufrieden?«

Er nickte geistesabwesend. »Wird sich alles finden.«

Eine unangenehme Pause entstand, in der beide aneinander vorbeisahen. Tobias schien den Buchsbaum, der in einem Blumenkübel hinter Hanna stand, mit seinem Blick geradezu hypnotisieren zu wollen. Endlich sprach er weiter: »Es ist schon alles okay. Gerade stellen sich einige sehr begabte Köche bei mir vor. Einer wird schon dabei sein. Aber jemanden wie dich habe ich noch nicht gefunden.«

»Ach, komm!«, warf sie verlegen ein. »Ich muss doch auch noch ganz viel lernen!«

»Sicher. Aber du hast ein Talent, mit dem du echt Karriere machen kannst. Das ist etwas Besonderes in unserem Beruf, das gibt's nicht so oft.«

Glücklich und beschämt zugleich lachte sie auf. »Vielen Dank für die Blumen! Aber manchmal spielt das Leben eben anders …«

»Stimmt. Na, dann mach's gut!«

»Du auch.«

Sie umarmten sich freundschaftlich, dann setzte Tobias seinen Weg mit eiligen Schritten fort. Sie blieb noch stehen, schaute ihm mit klopfendem Herzen nach. Geradezu übermächtig wurde das Gefühl, als ob ein riesiger Felsbrocken auf ihrer Brust säße, auch nachdem sie einige Male tief durchgeatmet hatte, schien er sich nicht wegrollen zu lassen.

»Ach, Hanna!« Tobias war stehen geblieben, drehte sich zu ihr um. »Mir fällt ein, ich habe vor ein paar Tagen deine Mutter im Supermarkt getroffen. Sie hat sehr gut ausgesehen. Absolut nicht krank.« Die letzten Worte hatte er mit seltsamem Nachdruck gesagt.

Hanna schluckte, dann ging sie auf ihn zu. »Sie möchte nicht bemitleidet werden«, sagte sie zwar leise, jedoch mit scharfer Stimme. »Deshalb bewahrt sie trotz ihres schlimmen Herzleidens Haltung.« Tränen traten in ihre Augen. »Oder traust du mir eine dumme Lüge zu, nur weil ich nicht bei dir arbeiten möchte? Denkst du wirklich, dass ich zu feige bin, es direkt zu sagen, wenn es denn so wäre?«

Tobias war wieder näher an sie herangetreten. »Nein, Hanna, bestimmt nicht. *Dir* traue ich eine Lüge tatsächlich nicht zu.«

Mit einem fassungslosen Kopfschütteln war Hanna weitergegangen, hatte ihre Liste mechanisch abgearbeitet. Dass Tobias so verständnislos war, enttäuschte sie mehr, als sie es sich eingestehen wollte. Nur weil sie nicht um jeden Preis Karriere machen wollte, war sie in seinen Augen vermutlich eine gutmütige Idiotin. Sollte er doch so denken – sie wusste zumindest, was sie tun musste. Vor einem Schuhgeschäft blieb sie stehen, betrachtete in der warmen Sonne ihr Spiegelbild. Ihre Wangen waren tatsächlich etwas eingefallen, aber das würde wieder werden. Demonstrativ lächelte sie sich zu, es kam ihr zwar mehr wie das Grinsen eines Vampirs vor, aber es war zumindest ein Anfang. Ja, sie bereute die Entscheidung, ihrer kranken Mutter weiterhin in der »Alpenrose« zu helfen, tatsächlich nicht. »Und was ist mit Emil? Hat doch auch deine Mutter in der Hand«, flüsterte es leise in ihrem Kopf.

»Nein, so ist das nicht«, antwortete eine zweite Stimme resolut.

Natürlich hatte Isolde den Ausschlag gegeben, es noch einmal mit ihm zu versuchen. Aber jetzt lief ihre Beziehung sehr gut. Sie war von Respekt und Vernunft geprägt. Erwachsen eben. Hanna sah in der Schaufensterscheibe ihr eifriges Nicken. Und dann sah sie hinter sich noch etwas.

Lene Maier saß hinter ihrem Schreibtisch in der Kitzbüheler Bankfiliale, in der sie seit einigen Jahren arbeitete und ärgerte sich. Über Emil, über Hanna und am meisten über sich selbst. Es sah doch ein Kleinkind, dass diese Hanna nicht gut für den hinreißenden Emil war. Offensichtlich hatte diese Frau an jedem Finger einen Geliebten sitzen, während sie es sich bei ihrem wohlhabenden Freund gut gehen ließ. »Luder!«, zischte Lene zwischen den Zähnen hervor, während sie sich auf einen Kreditantrag zu konzentrieren versuchte.

Schwer möglich, wenn es in einem loderte. Mit einer zornigen Handbewegung beförderte sie die Akte auf den Ablagestapel, rief auf ihrem Computer stattdessen das Geschäftskonto der Baufirma Hofstätter auf. Das gesamte Material und alle Arbeiter für den Umbau der »Alpenrose« bezahlte diese Firma, ausgenommen die der Tischlerei Temal, an die keine Zahlung ergangen war. Dabei wusste Lene, dass Temal und seine Leute sich ebenfalls in der »Alpenrose« abrackerten. »Noch so ein Depp, der vermutlich gratis für die Wagners arbeitet«, murmelte sie erbost.

Auch auf das Konto der Hofstätters hatte die Familie Wagner bisher noch nichts eingezahlt. Offenbar schaffte es diese Weiberwirtschaft vortrefflich, sich von anderen aushalten zu lassen. Sie dachte an Emil, sofort zog es wieder in ihrer Brust. Er war der richtige Mann für sie, das spürte sie genau. Entschlossen griff sie noch einmal zum Telefon. »Hallo, Lene!«, wurde sie sogleich von Emil freundlich begrüßt. »Alles gut bei dir?«

»Na ja«, sagte sie mit demonstrativ bedrückter Stimme. »Ich glaube, ich brauche dringend deine Hilfe für die Organisation des Klassentreffens. Hast du vielleicht heute Abend Zeit?«

»Passt nicht so gut. Hanna und ich wollten noch mal das Fest in der ›Alpenrose‹ durchsprechen …«

»Verstehe, verstehe«, sagte sie rasch, aber in einem Ton, als ob sie sich im nächsten Moment aus dem Fenster stürzen würde. »Ich hatte aber ohnehin nur an eine einzige Stunde gedacht.«

Kurzes Schweigen am anderen Ende der Leitung, dann hatte sich Emil offenbar einen Ruck gegeben. »Okay, eine Stunde ist kein Problem.«

»Supi«, sagte Lene ehrlich erfreut, »dann komm doch am besten um sieben zu mir.«

In Gedanken sortierte sie bereits, was sie anziehen würde – ein kurzes Trägerkleidchen mit tiefem Ausschnitt geisterte in ihrem Kopf herum. Und natürlich musste sie auch noch überlegen, wie sie Hanna ganz beiläufig und unschuldig in einem besonders schlechten Licht dastehen lassen konnte.

»Hallo, Moritz«, sagte Hanna mit einem gezwungenen Lächeln. Ihr war ein wenig schwindelig geworden, nun musste sie achtgeben, nicht wie ein schwerer Sack gegen die Schaufensterscheibe des Schuhgeschäfts zu kippen. »Schön, dich zu sehen!«

»Wir sind einfach gute Freunde. Wir sind einfach gute Freunde …«, lief dabei in ihrem Kopf als Hintergrundton ab. Ja, sie sollte sich nun wirklich zusammennehmen. Wieder normal atmen und freundschaftlich lächeln.

Zum Glück stieg Moritz sofort auf den ungezwungenen Ton ein. »Hi!«, sagte er mit einem lässigen Grinsen und deutete auf die Tüte in seiner Hand. »Ich hab mir eben eine Wurstsemmel vom Fleischer geholt. Mittagspause.«

Hanna zog eine Grimasse, die hoffentlich witzig wirkte. »Klar, auch ein fleißiger Arzt muss sich mal erholen. Sonst müssen ihn noch die Patienten versorgen, falls er vor Schwäche umkippt.« Sie musterte die Wurstsemmelpackung. »Aber steht denn gar kein Obst auf dem Speiseplan, Herr Doktor?«

»Aber sicher doch!« Mit einem geheimnisvollen Gesichtsausdruck, ähnlich wie ein Zauberer auf der Bühne, kramte er in der Tüte, zog schließlich einen glänzenden grünen Apfel daraus hervor. »Ta-ra!«

Ihre Blicke trafen sich, und gleichzeitig begannen sie zu lachen. Für einen Moment fühlte sich Hanna ganz leicht. »Und wie läuft es mit den Vorbereitungen für die Eröffnungsfeier?«, fragte Moritz.

»Recht gut. Aber einiges muss ich noch organisieren.« In dem Augenblick fiel ihr ein, dass sie unbedingt noch mit der Sängerin der Band besprechen musste, welchen Platz vor der »Alpenrose« sie für den Auftritt vorbereiten sollten. Sie lächelte Moritz mit einem kleinen Seufzer an. »Eben ist mir ein weiterer Punkt eingefallen, den ich erledigen muss.«

»Dann möchte ich dich gar nicht länger aufhalten. Auf jeden Fall freue ich mich schon sehr auf die Party.«

Wieder ein langer Blick. »Ich mich auch«, riss sie sich endlich los. »Ist wirklich schön, dass du kommst.«

»Gerne doch.«

»Na dann. Noch eine schöne Mittagspause!« Sie hob kurz eine Hand zum Gruß, bevor Moritz noch auf die Idee kam, sie zu umarmen. Das

Bild von schmelzender Schokolade schob sich vor ihre Augen. Natürlich völlig unpassend.

»Wie geht's denn eigentlich deiner Mutter?«, fragte er da plötzlich.

Es klang völlig neutral, dennoch sauste sofort ein Schauer über ihren Rücken. »Sie wirkt recht gesund, so als ob sie ihre Krankheit nicht zeigen möchte«, sagte sie langsam. Mit einem Zittern in der Stimme fügte sie hinzu: »Hast du womöglich etwas ganz Schlimmes erfahren?«

Fast erschien Moritz ihr so, als ob er für einen Moment einen heftigen inneren Kampf ausfocht, gleich darauf lächelte er jedoch. »Nein, nein, nichts Schlimmes. Mach dir bitte keine Sorgen!« Er nickte Hanna aufmunternd zu. »Wenn ihr gemeinsam in meine Praxis kommt, werde ich deiner Mutter sehr gut helfen können.«

Da seufzte Hanna auf. »Das ist es eben. Ich weiß ja nicht, was Doktor Jakob zu ihr gesagt hat. Aber sie ist der festen Überzeugung, dass ihr kein Arzt mehr helfen kann.« Resigniert zuckte sie mit den Schultern. »Also werde ich sie kaum dazu bringen, sich bei dir sehen zu lassen.«

»Verstehe«, sagte er mit einem langsamen Kopfnicken.

Sie kniff verwirrt die Augen zusammen. Irrte sie sich oder wirkte Moritz so, als ob er mit dieser oder einer ähnlichen Antwort bereits gerechnet hätte?

Allerdings hatte sie keine Zeit, lange über das Gespräch mit Moritz nachzugrübeln. Viel zu viel war zu tun in den letzten Tagen vor der Eröffnungsfeier. Allein die unzähligen Speckknödel, die sie gemeinsam mit der Resi vorbereiten musste! Dazu würden noch Platten mit Käse und Schinken vom Fleischer kommen, selbst gebackene Apfelstrudel, die wunderschöne Torte aus der Konditorei, auf der als besondere Überraschung für Isolde eine kleine Almhütte aus Marzipan stehen würde. Und dergleichen …
Als Hanna am Samstag bereits sehr früh aufwachte, schwirrte ihr immer noch der Kopf. »Es wird traumhaft werden!«, sprach sie sich im Bett selbst Mut zu.

Neben ihr lag Emil, im Schlaf auf ihre Seite herangerückt, schnarchte er leise und regelmäßig. Sie drehte ihren Kopf zu ihm, betrachtete sein Gesicht mit den geschlossenen Augen, den langen Wimpern. Ja, sie hatte ihn wirklich sehr gern, keine Frage. Und war ihm unendlich dankbar, wie viel er für ihre Familie tat. »Aber du liebst ihn nicht!«, krähte wieder einmal eine freche, mahnende Stimme in ihrem Hinterkopf.

»Hast du auch mal einen anderen Text?«, gab sie im Geiste pampig zurück.

Langsam aber sicher nervte ihr miesepetriges Unterbewusstsein, welches nicht einsehen wollte, dass sie ein äußerst zufriedenes Leben führte. Entschlossen presste sie die Lippen aufeinander. Ja, genauso war es! Damit sie Emil nicht weckte, glitt sie vorsichtig aus dem Bett, huschte auf Zehenspitzen in die Küche. Dort stellte sie mit einem kleinen Schmunzeln die Kaffeemaschine an. Auch wenn sie sonst keine allzu große Kaffeetrinkerin war – an diesem Tag brauchte sie einfach viel Koffein. Bereits in einer knappen Stunde würde sie sich mit ihrer Mutter und Marie, die erst am Vortag aus Mallorca zurückgekommen war, zu letzten Vorbereitungen in der »Alpenrose« treffen. Unschlüssig verzog Hanna nun den Mund. Ihrer Schwester hatte sie bei dem knappen Telefongespräch am Vorabend noch gar nicht die Überraschung mit Moritz erzählt. Ob der heutige Tag mit all seinem Trubel dafür geeignet war? »Mal sehen«, murmelte sie zerstreut, fing an, in ihrer Handtasche zu kramen. »Herrje!« Es war kaum zu glauben, aber ihre Pillenpackung war an diesem Morgen erneut verschwunden. Fassungslos schüttelte Hanna den Kopf.

»Guten Morgen, mein Schatz!«, hörte sie in dem Augenblick Emil hinter sich sagen, er musste geradezu lautlos in die Küche gekommen sein. »Alles okay bei dir?«

Erschrocken fuhr sie herum, zuckte dann mit den Schultern. »Langsam glaube ich wirklich an Kobolde. Ich kann meine Pille nicht finden.«

»Vielleicht ist es ja ein Zeichen, dass wir möglichst schnell ein süßes Baby basteln sollten«, erwiderte er mit einem verschmitzten Grinsen.

Hanna gab ihm einen flüchtigen Kuss auf die Wange. »Ein bisschen Zeit würde ich uns dafür noch gerne geben. Wir zwei müssen uns doch erst wieder so richtig aneinander gewöhnen«, sagte sie. Daraufhin seufzte er so laut, dass sie hinzufügte: »Lass mich erst wieder in der ›Alpenrose‹ ankommen, dann sprechen wir weiter. Ich möchte ja auch meine Mutter nicht schocken.«

Emil legte den Kopf schief. »Ach, ich habe so das Gefühl, als ob Isolde das gar nicht mal so übel finden würde …«

»Du hast vielleicht Ideen«, wunderte sich Hanna.

Nach einem Blick auf die Uhr entschloss sie sich, die Suche aufzugeben. Bestimmt lag die Pillenpackung irgendwo tief unten in ihrer Tasche vergraben. Da konnte sie in der »Alpenrose« in einer hoffentlich freien Minute weitersuchen. Schnell goss sie sich Kaffee ein, nippte daran und beschloss, sich erst einmal zu duschen und anzuziehen.

Eine knappe halbe Stunde später stand sie geschminkt und geföhnt in einem neuen rot-weiß gemusterten Dirndl da und trank im Stehen ihre Tasse leer. Emil, der eben noch am Küchentisch in der Morgenzeitung geblättert hatte, warf ihr einen bewundernden Blick zu. »Du wirst heute eindeutig die Schönste sein!«

»Aber geh!«, sagte sie verlegen. »Mir reicht es schon, wenn ich halbwegs ordentlich ausschaue.«

Emil lachte. »Das tust du, meine Süße!«

Er war aufgestanden, nahm sie jetzt in den Arm und küsste sie. »Es fühlt sich nicht gut an«, schoss es Hanna durch den Kopf, ihr ganzer

Körper wollte sich instinktiv losmachen. Nur mit Mühe blieb sie eine Weile ruhig stehen, während sich ihr vor Widerwillen und schlechtem Gewissen gleichzeitig fast der Magen umdrehte. »Liebling, ich muss fahren. Wir sehen uns später«, sagte sie jedoch nach einer gefühlt endlos langen Zeit, die vermutlich nicht länger als eine halbe Minute gedauert hatte.

Mit gesenktem Blick schnappte sie sich ihre Handtasche, sprintete fast zur Tür hinaus. »Was ist denn nur los mit mir?«, fragte sie sich im Stillen, als sie in ihrem VW-Käfer den Zündschlüssel umdrehte.

»Bestimmt nur der Stress«, gab sie sich wie aus der Pistole geschossen selbst die Antwort. Dann versuchte sie, an alles Mögliche zu denken, nur nicht an Emil.

»Das gibt's doch nicht!«, kreischte kurz darauf Marie auf, mit der sie rot-weiß karierte Tischdecken auf die neuen Holztische vor der »Alpenrose« legte.

Isolde kontrollierte zum Glück hinter der Almhütte letzte, noch nachbestellte Getränkekisten, die eben geliefert worden waren. So konnten sich die beiden Schwestern zumindest kurz unter vier Augen miteinander unterhalten. »Wenn das kein Schicksal ist!«, rief Marie, die sich offensichtlich gar nicht mehr einkriegen konnte, begeistert aus.

Aufgeregt zupfte sie an ihrem neuen Dirndl herum. Es war fast das gleiche Modell wie jenes von Hanna – nur grün-weiß gemustert. Zur Feier des Tages hatte Isolde ihren Töchtern Trachten spendiert und sich auch selbst eine in hellblau-weiß zugelegt. Amüsiert zog Hanna nun eine Augenbraue in die Höhe. »Schicksal ist wohl etwas übertrieben. Ich würde es lieber einen beachtlichen Zufall nennen«, meinte sie lächelnd.

»Ja, ja«, sagte Marie, während sie eifrig Tischdecken verteilte. »Schicksal oder Zufall. Ist ja auch egal …« Sie sah Hanna eindringlich an. »Was du daraus machst, ist wichtig.«

»Was ich daraus mache? Gar nichts natürlich!«, rief diese vermutlich eine Spur zu empört auf. »Moritz und ich könnten gute Freunde werden. Aber bestimmt nicht mehr.«

Da ihre Schwester sie anschaute, als ob ihr Stroh aus dem Kopf quellen würde, fügte sie energisch hinzu: »Es war ein einziger verrückter Abend mit ihm. Einfach lächerlich, da auch nur die winzigste Kleinigkeit hineinzuinterpretieren.«

Gerne hätte sie noch gesagt, dass sie außerdem mit dem Emil äußerst glücklich war und bestimmt nicht nach einem anderen Mann Ausschau halten würde. Doch jetzt verkniff sie sich das lieber. Immer wenn sie in den vergangenen Wochen die Beziehung mit Emil gegenüber Marie vehement verteidigte, hatte deren hübsches Gesicht einen dermaßen säuerlichen Ausdruck angenommen, als ob sie in eine Zitrone gebissen hätte. Diesen Anblick wollte sie sich diesmal ersparen. Außerdem stand auf einmal Isolde vor ihnen, Hand in Hand mit Murat Temal, der eben angekommen sein musste. »Wer ist denn bitte Moritz?«, fragte sie fröhlich.

Dennoch glaubte Hanna einen besorgten Unterton in der Stimme ihrer Mutter herauszuhören. »Unser neuer Hausarzt«, sagte sie deshalb betont locker. »Um genau zu sein, er heißt Moritz Meissner und kommt heute zur Eröffnungsfeier.«

Murat Temal nickte zustimmend. »Das ist ja schön!« Er wandte sich an Isolde. »Ein sehr guter Mediziner. Ich war erst vor ein paar Tagen bei ihm. Er hat mir mit meinem lästigen Ischias richtig gut geholfen.«

»Schön, wenn der Nachfolger von Doktor Jakob keine zwei linken Hände hat«, bemerkte Isolde bereits deutlich weniger interessiert.

Da zeigte Murat zum Himmel. »Im Moment ist ja richtiges Kaiserwetter, aber später könnte Regen kommen.«

Isolde warf ihm einen koketten Blick zu. »Aber geh, das Wetter wird halten!«

Mit einem weichen Gesichtsausdruck, den Hanna und Marie kaum an ihrer Mutter kannten, nahm sie ihren Freund an der Hand, und zusammen gingen sie raschen Schrittes in die Almhütte. Auch wenn Hanna sich dabei total verrückt vorkam, atmete sie so laut auf, als ob sie ein kleines Mädchen wäre, dessen Zuckerstückdiebstahl in der Küche unbemerkt geblieben war. Durch den Themenwechsel war sie wohl gerade noch davongekommen.

»Man kann es dir an der Nasenspitze ablesen«, raunte ihr Marie im nächsten Augenblick zu.

Hanna fühlte sich ertappt. Sie setzte ihre unschuldigste Miene auf. »Ich habe keine Ahnung, wovon du sprichst.«

Später war zu Hannas Erleichterung keine Zeit mehr, um sich miteinander in Ruhe zu unterhalten. Oder besser gesagt, dem strengen Verhör von Marie unterzogen zu werden. »So was von lächerlich auch«, dachte sie verärgert, als sie am Nachmittag vor der Almhütte die ersten Gäste begrüßte. Sie war nun wirklich keine siebzehn mehr, um irgendwelchen unvernünftigen Träumen nachzujagen. Und schon gar nicht ähnelte sie charakterlich ihrem verstorbenen Vater, der sein persönliches Glück über das seiner Familie gestellt hatte. Unwillkürlich musste sie bei dem Gedanken schlucken, wischte ihn hastig fort, um mit einem breiten Lächeln Hände zu schütteln und Blumensträuße entgegenzunehmen.

»Hanna, du siehst wunderschön aus in dem Dirndl!«, hörte sie da die Stimme von Moritz, der versteckt hinter einem älteren Ehepaar in der Schlange der Gratulanten stand. Lächelnd trat er zu ihr und überreichte ihr einen kleinen Rosenstock in einem Töpfchen, an dem mit Klebeband ein Briefumschlag befestigt war. »Der Rosenstock steht natürlich für die ›Alpenrose‹«, erklärte er. »Und in dem Kuvert steckt ein

Gutschein für eine Küchenboutique in Kitzbühel. Vielleicht müsst ihr ja noch das eine oder andere besorgen.«

»Danke«, sagte Hanna gerührt. »Das wäre doch nicht notwendig gewesen.«

Mist, jetzt zitterte ihre Stimme doch so sehr, als ob sie vor Kälte schlottern würde. Was an diesem heißen Sommertag nicht so recht möglich war. Leise seufzte sie auf. Sie hatte doch vorgehabt, Moritz völlig gelassen gegenüberzutreten. In ihm einfach nur den guten Freund sehen wollen, der er ja auch war. Aus dem Augenwinkel registrierte sie, wie Marie zu ihnen herüberschaute. Nein, auch ihre Schwester sollte bitte, bitte nichts Romantisches in die rein freundschaftliche Begrüßung hineindeuten. Zum Glück umarmte Moritz sie nicht auch noch, schüttelte ihr nur lächelnd die Hand. »Dann wünsche ich dir viel Spaß heute«, sagte Hanna, die sich nun wieder einigermaßen gefasst hatte, in geschäftsmäßigem Ton. »Getränke gibt es an der Schank. Teller mit Apfelstrudel stehen auf den Tischen. Später gibt es noch etwas Warmes. Aber auch kalte Platten. Und die Musik, eine junge Band aus Brixen, beginnt auch gleich und …«

Na toll, sie redete ja wie aufgezogen! Souveränes Verhalten sah vermutlich anders aus. Prompt wurde sie von Moritz unterbrochen. »He, eigentlich ist es mir egal, was hier heute geboten wird«, sagte er leise. »Ich bin einfach froh, dich zu sehen.«

Entsetzt starrte sie ihn an. War er denn völlig irregeworden, wie er so daherredete! »Was soll das?«, zischte sie ihm zu, während sie sich vorsichtig nach Emil umschaute.

Es fehlte ihr noch, dass Moritz hier bei der Feier ihren Freund eifersüchtig machte. Zum Glück unterhielt der sich gerade ein Stück weiter angeregt mit Lene Maier. Die trug ebenfalls ein Dirndl – allerdings ein sehr kurzes, das ihr nicht mal bis zur Hälfte der Oberschenkel reichte. Lachend fuhr sie sich durch die langen Haare, während sie ohne Unterlass auf Emil einredete. Keine Frage, sie nahm ihn völlig in Beschlag. »Tut mir leid. Es ist mir einfach so rausgerutscht«, sagte da Moritz leise zu Hanna. »Ich bin wirklich ein totaler Idiot.« Laut meinte er: »Wunderschön ist es hier. Ich kann es gar nicht erwarten, mir die Almhütte von drinnen anzusehen.«

Er nickte ihr kurz zu, dann stapfte er ein wenig steif in Richtung Hüttentür. Sie zwang sich, ihm nicht nachzusehen, obwohl alle ihre Halsmuskeln ihren Kopf wenden wollten. Zum Glück wurde sie in dem Moment von Yasemin, einer der Töchter von Murat, herzlich umarmt. »Schön ist es hier geworden!«, rief sie aus. »Da könnt ihr wirklich stolz sein!«

Hanna zwinkerte ihr zu. »Du kannst auf deinen Papa stolz sein. Der hat doch ganz viel hier gemacht.«

»Stimmt«, lachte Yasemin und zwinkerte zurück. »Aber die Gemütlichkeit, die bringst du hier rein, Stiefschwester!«

Beide sahen sich wissend an, lachten dann übermütig auf. Hanna freute sich ehrlich, dass die Familie von Murat und ihre eigene sich in Zukunft wohl näherkommen würden. Sowohl Yasemin als auch ihre ältere Schwester waren einfach total nette Frauen. Dankbar, dass Yasemin sie von der Begegnung mit Moritz ein wenig abgelenkt hatte, zog sie sie noch mal an sich. »Hab viel Spaß heute!«

Kurz danach begrüßte sie mit der kleinen Emma zusammen Klara und Helene, die mit einem üppigen Rosenstrauß vor ihr standen. »Herzlichen Glückwunsch zur Neueröffnung!«, sagten beide mechanisch im Chor, so als ob sie kleine Mädchen wären, die zusammen ein Gedicht aufsagen mussten.

Prompt lösten sie damit einen Heiterkeitsausbruch bei Hanna aus, die ihre Freundinnen nacheinander lachend umarmte. »Danke euch, ihr verrückten Hendln!«.

»Ich möchte auch ein verrücktes Hendl sein!«, rief Emma und rannte gackernd zu ihrem Vater, der ein Stück weiter weg stand.

Amüsiert schauten die drei Freundinnen ihr nach, doch auf einmal wurde Helene ernst. »Wenn du mit deinem Leben glücklich bist, dann bin ich es auch.«

»Ja«, stimmte Klara mit ein.

»Ich hoffe halt nur, dass du wirklich den richtigen Weg gehst.« Offensichtlich erschrocken über ihre eigenen doch recht forschen Worte schlug sie sich mit der flachen Hand auf den

Mund. »Sorry, ich hab schon ein Glas Sekt getrunken«, sagte sie hastig. »Da neige ich zu peinlichen Weisheiten.«

»Ist schon gut«, sagte Hanna betont fröhlich, doch das Lächeln wollte ihr nun nicht mehr so recht gelingen.

Lene Maier, die mit ihrem Sektglas in der Nähe der Hüttentür stand, musterte mit zusammengekniffenen Augen ihre Umgebung, während ihre Laune immer mehr sank. So schön hatte sie sich diesen Tag ausgemalt. Emil würde sie sehen und – peng! – einfach hingerissen von ihr sein. »Bah«, kam es frustriert von ihren Lippen.

Emil hatte sie zwar freundlich begrüßt und ihr artig zugehört – »artig« traf es wohl genau – doch ziemlich bald dämmerte ihr, dass er einfach nur höflich sein wollte, ihrem weiblichen Zauber aber ganz und gar nicht erlegen war. »Nur wegen dieser blöden Hanna«, dachte sie verärgert.

Dabei biss sie sich fest auf die Unterlippe, um hier nicht auch noch loszuheulen. Der Abend der »Vorbereitungen zum Klassentreffen« mit Emil hatte sich schließlich auch schon als mittleres Desaster erwiesen. Wenn sie nur an ihren Auftritt im roten Minihängerchen ohne BH dachte, hätte sie jetzt noch vor lauter Scham im Almboden versinken mögen. Emil hatte wegen ihres sexy Outfits zwar kurz gestutzt und auch gelächelt, war aber nach einem tiefen Atemzug sofort wieder zum eigentlichen Thema zurückgekehrt.

»Wo drückt der Schuh?«, hatte er fröhlich ausgerufen, so als ob er mit einem kleinen Kind sprechen würde, dem die Spielzeugeisenbahn kaputtgegangen war.

Hoffnungslos dieser Mann. Einfach hoffnungslos. Frustriert trank sie nun ihr Glas in einem Zug leer, schaute sich dann auf der Suche nach weiterem Sekt um. Da sah sie ihn: Doktor Moritz Meissner, den neuen Allgemeinmediziner in Kitzbühel. Ein hübsches Kerlchen, wie sie fand. Und mit ihr vermutlich die Mehrheit der Frauen aus Kitzbühel. Natürlich erkannte Lene in ihm den Mann im Arztkittel, der Hanna vor gar nicht langer Zeit mitten auf der Straße umarmt hatte. Nachdenklich fuhr sie sich durch die langen blonden Haare. Moritz Meissner stand ganz allein da, offensichtlich in Gedanken versunken. Einer plötzlichen Eingebung folgend, ging sie auf ihn zu. Es würde bestimmt kein Problem sein, den feschen Münchner in ein Gespräch zu verwickeln. Damit konnte sie auch gleich zwei Fliegen mit einer Klappe schlagen: Erstens würde sie erfahren, warum dieser Mann Hanna so innig umarmt hatte. Und zweitens konnte sie mit einem kleinen Flirt den halsstarrigen Emil hoffentlich eifersüchtig machen. Leise schnalzte sie mit der Zunge. Man sagte schließlich nicht umsonst, dass die Hoffnung zuletzt sterben würde.

Auch wenn Hanna gar nicht hinsehen wollte, bemerkte sie nach kurzer Zeit, wie angeregt sich die Maier-Lene mit Moritz unterhielt. Beide hatten ihre Köpfe zusammengesteckt, waren offensichtlich in ein sehr persönliches Gespräch versunken. Hektisch zwang sich Hanna, woanders hinzuschauen. Sie hatte in dem Gewirr der Gäste auch wirklich genug zu tun. An einem Tisch servierte sie ein Tablett mit frisch gefüllten Sektgläsern; der Sängerin, die gerade ihr erstes Lied sang, hatte sie eben noch geholfen, das Mikrofon anzuschließen. *Come Away With Me* interpretierte die junge Frau gekonnt sanft den berühmten Norah-Jones-Song.

»Geh fort mit mir«, ja, das würde sie am liebsten auch zu Moritz sagen, musste Hanna auf einmal denken, während sie Kuchengabeln für den Apfelstrudel verteilte. Auf einmal fühlte sie sich in der Menschenmenge völlig benommen, und Moritz und Lene ertrug sie im Moment auch nicht. Nach einem kurzen Rundumblick, bei dem sie sich davon überzeugte, dass die Gäste zufrieden waren, lehnte sie ihr Tablett drinnen im Almgasthaus an die Schank und schlüpfte zur Hintertür hinaus. Offenbar war sie nicht die Einzige, denn auch hier hörte sie Gläserklirren, so, als ob zwei miteinander anstoßen würden. Später hätte sie gar nicht mehr sagen können, warum sie sich hinter dem Holzstapel verbarg. Es war ein ganz seltsames Bauchgefühl gewesen, welches sie daran hinderte, sich zu erkennen zu geben. Dabei standen höchstens zwei Meter von ihr entfernt Isolde und Emil und prosteten sich mit eindeutig triumphierenden Gesichtern zu.

10

Hanna schluckte einige Male. Natürlich war es völlig lächerlich, was sie hier tat! Sich wie ein kleines Mädchen zu verstecken, um dem Gespräch der Erwachsenen zu lauschen! Schon machte sie einen kleinen Schritt nach vorn, als Emil zu sprechen begann. »Super ist alles gelaufen«, sagte er lächelnd.

»Und wie«, stimmte ihm Isolde zu. »Besser hätte unser Plan nicht aufgehen können.«

Verwirrt zog sich Hanna wieder zurück, hielt nun regelrecht die Luft an. Worüber sprachen die beiden denn nur?

»Ehrlich gesagt, habe ich gar nicht so recht daran geglaubt, dass es klappen wird«, gab Emil jetzt zu. Grinsend klopfte er Isolde auf die Schulter. »Ich bin aber ausgesprochen froh, dass du nicht wirklich einen Herzanfall hattest.«

Kichernd zwinkerte Isolde ihm zu. »Danke. Aber wir haben es ja auch so geschafft, unsere Hanna zur Vernunft zu bringen. Und irgendwann wird es dann eben eine Wunderheilung geben.«

Ihrer Tochter schnürte es in ihrem Versteck nun geradezu die Luft ab. Gedanken schwirrten wie Fliegen durch ihren Kopf. All die Momente, in denen sie Verdacht geschöpft hatte, bauten sich zu einem riesigen Berg vor ihr auf. Himmel, war sie naiv gewesen, sich dermaßen belügen zu lassen! Warnungen waren von allen Seiten gekommen, die Spatzen hatten es ja geradezu von den Dächern gepfiffen. Aber nein, sie war wie ein kleines dummes Lämmchen fröhlich zur Schlachtbank spaziert! Gerade wollte sie hervortreten, als Emil übermütig weitersprach: »Tja, und ich denke, dein nächstes Enkelkind lässt jetzt wirklich nicht mehr lange auf sich warten. Heute Nacht habe ich Hannas Antibabypille erneut versteckt. Da kommt ihr Zyklus bestimmt völlig durcheinander – und zack!«

»Sehr geschickt eingefädelt«, sagte Isolde lächelnd und nippte an ihrem Sektglas.

»Ja, tatsächlich«, sagte Hanna mit tonloser Stimme. Sie stand nun vor ihnen, blickte fassungslos von einem zum anderen. »Ihr habt das wirklich geschickt eingefädelt.«

»Aber …«, stammelte Isolde, aus deren Gesicht jede Farbe gewichen war.

»Diesmal kann sie also auch ohne Puder blass werden«, dachte Hanna richtiggehend angeekelt.

Eher resigniert als wütend schaute sie ihre Mutter an. »Herzlichen Glückwunsch! Du hast wirklich alle Register gezogen. Mich dauernd daran zu erinnern, dass ich meinem verantwortungslosen Vater so ähnlich wäre. Dich vor mir als Sterbende darzustellen. Nur damit ich in der ›Alpenrose‹ arbeite und mit Emil, der guten Partie, zusammenbleibe.« Fast unmerklich schüttelte sie den Kopf. »Dabei bist du doch meine Mutter.«

»Hanna, ich glaube, du hast da etwas falsch verstanden«, sagte Emil, der nun nicht mehr ganz so selbstsicher wirkte. »Wir haben das alles hier gar nicht so gemeint. Haben bloß dumme Scherze gemacht.« Hilfe suchend sah er hinüber zu Isolde, die jedoch wie versteinert wirkte.

»Hör bitte auf zu lügen«, sagte Hanna statt ihrer. »Hört doch beide einfach auf zu lügen!«

Sie hätte noch viel mehr sagen können. Von den Gewissensbissen, den Sorgen, den zerplatzten Hoffnungen erzählen können. Aber jedes Wort, das sie bis jetzt gesprochen hatte, tat ihr ohnehin bereits körperlich weh. Sie ließ die zwei Menschen, die sie so getäuscht hatten, einfach stehen und lief mit zitternden Beinen um die Almhütte zum Parkplatz. Als sie in ihren alten Käfer stieg, fielen die ersten Regentropfen.

Tränen verschleierten ihren Blick, als sie eine Kurve nahm. Hektisch fuhr sie sich mit der rechten Hand über die Augen, merkte dabei, wie rutschig die Bergstraße durch den immer heftiger einsetzenden Regen wurde. Nun kamen riesige Tropfen vom Himmel, klatschten gegen die Windschutzscheibe. »Einfach nur weg«, dachte Hanna verzweifelt nach Luft schnappend.

Ja, fast hatte sie ein Déjà-vu zu dem Abend nach Emils Heiratsantrag, nur fühlte sie sich jetzt noch schrecklicher als damals. Wie eine leblose Hülle kam sie sich vor, mit der andere Puppentheater spielten, sich hinter ihrem Rücken über ihre Dummheit lustig machten. »Du warst aber auch zu dämlich!«, sagte sie laut, als sie mit quietschenden Reifen eine weitere Kurve nahm. »So blind zu sein!«

Dabei hatte sie es doch irgendwie immer geahnt. Sich sogar dafür geschämt, solch schlimmen Verdacht zu hegen ... Ein Schluchzen schüttelte ihren Körper, als ihr bewusst wurde, was alles verloren war. Die Arbeit in der »Goldenen Harfe«, eine mögliche Zukunft mit Moritz. Und vor allem das Vertrauen in ihre Mutter ... Plötzlich wurde ihr auch etwas anderes klar: Mit Emil wäre es ohnehin nicht gut gegangen. So sehr sie sich auch beide angestrengt hatten, so viele fiese Tricks Emil auch aus der Kiste geholt hatte, um sie zu halten. Irgendwann wäre sie ausgebrochen – oder wie eine welke Blume eingegangen. Trotzdem konnte sie auf ihn nicht so wütend sein wie auf ihre Mutter, in deren Verhalten sie nur blanken Egoismus erkannte. Wieder schluchzte sie, merkte dabei, wie ihr Käfer auf der nassen Straße rutschte. Normalerweise hätte sie nun gebremst– für gewöhnlich fuhr sie ohnehin eher langsam, galt als die »Schnecke« der Familie – doch jetzt in ihrer Aufregung reagierte sie völlig anders. Sie wollte weg von der »Alpenrose«, so rasch wie möglich. Mit aller Kraft stieg sie aufs Gas. Eine fatale Entscheidung, denn auf einmal geschah alles rasend schnell. Der kleine Wagen begann zu schlingern, kam bei der nächsten Kurve von der Straße ab und schoss wie eine Rakete über die Böschung. Nachdem sich das Auto zweimal überschlagen hatte, kam es inmitten einer Herde muhender Kühe zum Stillstand. Das registrierte Hanna noch, schaute wie durch einen Nebelschleier in die großen blauen Augen einer braun-weiß-gescheckten Kuh. Eigentlich tat ihr gar nichts richtig weh, vielmehr fühlte sie sich wie in Watte gepackt, so, als ob sie eine Flasche Sekt in einem Zug ausgetrunken hätte. Nur schemenhaft bekam sie mit, dass etwas Warmes stetig auf ihre linke Schulter tropfte. Mit den Fingern der rechten Hand, die im Gegensatz zu ihrer linken nicht unter dem Lenkrad eingeklemmt war, tastete sie über die Flüssigkeit. Dann hielt sie ihre Finger vor die Augen, die eine Weile brauchten, um halbwegs scharf zu sehen. Aha, leuchtend rot waren ihre Finger, als ob sie mit Farbe gespielt hätte. Während sie noch überlegte, ob das Blut sein könnte, trudelte ihr Bewusstsein wie ein abgeschossener Vogel in kleinen Kreisen ins Nichts. Dann sah sie nur noch pechschwarze Nacht.

Piep. Pause. Nach einer Weile wieder: Piep. Dann wieder Pause. Seltsame Geräusche, die da an ihr Ohr drangen. Träumte sie dieses Piepen oder war es echt? Hanna versuchte, sich zu konzentrieren, was angesichts ihres schmerzenden Kopfes alles andere als einfach war. Wieder glitt ihr Bewusstsein davon, ganz leicht, wie Kufen eines Schlittens übers Eis. Weg war es. Um gleich darauf erneut aufzutauchen aus einem scheinbar kilometertiefen Meer. Piep. Pause. Piep. Pause. Hanna spürte, wie ihre Lider flatterten. Aua! Sogar das tat weh. Irgendjemand musste ohne Pause mit einem Hammer auf ihren armen Kopf einschlagen. Ob davon das piepende Geräusch stammte? Ein piepsender Hammer ... Seltsam ... Gedankenfetzen zogen durch ihr Hirn, wollten sich aber in ihrem halb wachen Zustand nicht einfangen lassen. Gerade wenn Hanna dachte, sie hätte einen gefasst, war er ihr bereits wieder entwischt. Jetzt traten zu den Piep-Tönen noch Stimmen an ihr Ohr. »Sie bewegt sich«, hörte sie eine bekannte Frauenstimme sagen. »Himmel, sie bewegt sich tatsächlich!«

Eine andere Frau, diese Stimme kannte Hanna ihres Wissens nach nicht, sagte: »Ein wirklich sehr gutes Zeichen. Sieht so aus, als ob sie aufwacht. Ich gebe dem Arzt Bescheid.«

Wieder spürte Hanna ihre Lider flattern. Dummerweise völlig ohne ihr Zutun, so, als ob sie gar nicht ihr gehören würden. Mit aller Kraft versuchte sie, diese zu kontrollieren, zerrte an den Muskeln, ... bis ihre Augen auf einmal offen standen. Gleißendes Licht blendete sie so sehr, dass sie sie sofort wieder schloss. Herrje, wo war sie denn hier hingeraten? War sie etwa entführt worden? Und die Stimmen, die sie gehört hatte, gehörten den Verbrechern? Leise seufzte Hanna auf. Das alles ergab einfach keinen Sinn. Wieder nickte sie kurz weg, um gleich darauf wieder aufzuwachen. Das Letzte, an das sie sich erinnern konnte, war die Fahrt mit dem VW-Käfer gewesen. Im Regen. Riesige Regentropfen hatten gegen ihre Windschutzscheibe getrommelt. Dann stand sie mit ihrem Wagen plötzlich inmitten einer Kuhherde. Mit blutroten Fingern. Entsetzt öffnete sie die Augen, ließ sie trotz des Lichts zumindest einen Spalt offen. »Hanna, da bist du ja, meine Süße«, hörte sie die bekannte Stimme zärtlich über sich sprechen.

Als sich ihre Augen an das Licht gewöhnt hatten, erkannte sie Marie. Leichenblass sah die Arme aus, so, als ob etwas Schlimmes passiert wäre. Hektisch ließ Hanna ihren Blick umherwandern, sie merkte nun, dass es hier gar nicht so hell war. Im Gegenteil. Ein dämmriges Licht beleuchtete nur spärlich den Raum, der eindeutig ein Krankenzimmer war. »Wir sind im Krankenhaus«, krächzte sie mit einer ganz fremden Stimme. »Ist alles in Ordnung mit dir?«

»Mit mir schon«, sagte ihre Schwester mit einem kleinen Lächeln. Sie strich Hanna über die Wange. »Und du wirst auch wieder ganz gesund werden.«

»Ich?« Ängstlich blickte sich Hanna nun genauer um. Tatsächlich, *sie* lag hier im Bett. Das regelmäßige Piepen stammte von *ihrem* Überwachungsgerät. Langsam dämmerte ihr, was geschehen war. »Ich habe einen Autounfall gehabt, nicht wahr?«, fragte sie stockend.

»Ja. Gestern auf der Bergstraße runter nach Kitzbühel. Dein alter Käfer hat sich überschlagen …« Jetzt brach Maries Stimme. Ungehalten wischte sie sich die Tränen weg, die über ihre Wangen liefen, schaffte es offenbar nur unter großer Anstrengung weiterzusprechen: »Du hattest eine stark blutende Platzwunde am Kopf und eine Gehirnerschütterung, die sich gewaschen hat. Aber zum Glück hat dich Moritz gefunden.«

»Moritz?«, wiederholte Hanna, spürte, wie für einen Augenblick die Schmerzen im Kopf nachließen.

»Ja. Er hat dich auf der Eröffnungsfeier gesucht. Hat dann gesehen, dass dein Käfer nicht mehr dastand und ist dir nachgefahren …« Leise fügte sie hinzu: »Zum Glück.«

Wieder kamen ihr die Tränen, was so herzzerreißend auf Hanna wirkte, dass diese trotz ihrem seltsamen Gefühl der Schwere ihrer Schwester vorsichtig über den Arm strich. Aua, ihr eigener Arm tat beim Bewegen auch ziemlich weh.

»Das sind nur Prellungen«, sagte da Marie, die ihre Gedanken zu erraten schien. »Alles wird gut.«

In der nächsten Sekunde schlug sie die Augen nieder, sah Hanna erst nach einem ewig lang währenden Moment wieder an. »Kannst du dich noch erinnern, was in der ›Alpenrose‹ geschehen ist?«

Kurz musste Hanna überlegen, dann war alles wieder da: Die Szene hinter der Hütte, als ihre Mutter und Emil triumphierend über ihr Komplott geredet hatten. Ihre eigene Fassungslosigkeit, als sie mit den beiden gesprochen hatte. Nun liefen ihr selbst Tränen über die Wangen. Unablässig. Der Betrug tat ihr so weh in der Brust, dass dadurch sogar noch ihre immensen Kopfschmerzen in den Schatten gestellt wurden. »Warum weißt du es?«, fragte sie schließlich.

»Emil hat alles erzählt. Es tut ihm unsagbar leid. Er wartet draußen. Wenn du möchtest, kann ich ihn gerne reinholen. Unsere Mutter sitzt übrigens neben ihm.«

Beim letzten Satz war Maries Stimme schärfer geworden. Doch darauf wollte Hanna jetzt nicht eingehen. »Lieber später«, flüsterte sie stattdessen.

Sie bemerkte an der Wand neben sich ein von Kinderhand gezeichnetes Bild. Eine grüne Alm mit blauem Himmel, eine große Figur mit dunklen Locken und eine kleine Blonde hielten Blümchen in der Hand. »Das Bild hat Emma für dich gemalt«, sagte Marie. »Ich soll dich ganz lieb von ihr grüßen. Morgen kommt sie mit dem Robert vorbei und erzählt dir dein Lieblingsmärchen.«

Hanna lächelte die aufsteigenden Tränen fort. »Wie süß. Kannst du ihr sagen, dass ich mir noch nicht ganz sicher bin?«

»Was meinst du?«

»Entweder Schneewittchen oder Aschenputtel.«

Die beiden Frauen lachten sich an, dann traute sich Hanna noch etwas anderes zu fragen: »Kannst du für mich Moritz anrufen und mir dann das Telefon ans Ohr halten? Ich möchte mich bei ihm bedanken.«

Sie sah, wie Marie den Kopf schüttelte. »Möchte er nichts mehr mit mir zu tun haben?«

»Nein, so ist es nicht. Moritz sitzt seit gestern mit mir gemeinsam an deinem Bett. Und gerade jetzt ist er rausgegangen, um Kaffee zu holen.«

»Schlechtes Timing«, sagte Hanna.

In der Sekunde öffnete sich die Tür, und Moritz stand über das ganze Gesicht strahlend mit zwei Plastikbechern vor ihr. »Wenn ich das gewusst hätte …«

»… dann hättest du mir auch einen Kaffee mitgebracht?«, ergänzte sie, während sie ihren Blick nicht von seinen blauen Augen lösen konnte.

Auch wenn es wehtat, ihre Mundwinkel zogen sich nach oben, wollten nirgendwo anders hin.

»Ihr zwei Hübschen, ich lass euch allein«, sagte da Marie mit einem verschwörerischen Grinsen.

»Aber du kannst ruhig bleiben …«, stammelte Hanna schuldbewusst. Dass ihre Schwester sich wie das fünfte Rad am Wagen fühlte, wollte sie nun wirklich nicht.

»Ich weiß«, sagte da Marie. »Aber ich muss mir unbedingt die Füße vertreten.« Umständlich streckte sie ihre Arme und Beine, so, als ob ihre Glieder eingerostet wären, und huschte zur

Tür. Dort drehte sie sich noch einmal um. »Ich kann euch doch schon allein lassen, meine lieben Kinder?«, fragte sie breit grinsend.

Wie abgerichtet antworteten Hanna und Moritz im Chor: »Natürlich, Frau Lehrerin!«

Alle drei lachten los, dann war Marie zur Tür hinaus. Und Hanna verzog schmerzlich das Gesicht. »Im Moment ist Lachen nicht ideal für mich«, flüsterte sie, als sie Moritz' besorgten Blick auf sich spürte.

Er hatte sich einen Stuhl an ihr Bett gezogen, hielt nun ganz leicht ihre Hand. Es fühlte sich so an, als wollte er das für den Rest seines Lebens tun – und als würde sie sich für den Rest ihres Lebens nichts anderes wünschen. Fasziniert von dieser Einsicht, schmiegte sie ihre Finger in seine. »Da erzähle ich dir wohl besser traurige Geschichten«, sagte er auf einmal.

Ein wenig verwirrt schaute sie ihn an, dann kapierte sie. »Ach, so. Wegen der Kopfschmerzen.« Schwerfällig deutete sie mit ihrer freien Hand Richtung Kopf. »Das gute Stück funktioniert noch nicht so richtig. Oder zumindest noch recht langsam.«

»Du wirst wieder ganz gesund werden. In zwei, drei Wochen ist alles wieder gut. Und deine Haare wachsen auch wieder nach.«

»Meine Haare?«, quiekte sie auf, strich sich nun mit der flachen Hand, auch wenn es anstrengend war, über ihre dunklen Locken. Tatsächlich. An der linken Seite ertastete sie an einer etwa sechs Zentimeter langen und ebenso breiten Stelle nur ihre Kopfhaut. Und eine lange Narbe mit Fäden. Als sie diese auch nur leicht berührte, zuckte sie vor Schmerz zusammen.

»Die Platzwunde musste genäht werden. Und dazu wurde ein kleines Stück deiner Haare abrasiert. Wird wieder.«

Sie lächelte. »Und bis dahin laufe ich eben mit einer halben Igelfrisur durch die Gegend. Oder besser gesagt, liege damit im Bett rum.«

»Steht dir ziemlich gut«, sagte er und schaute sie dabei unentwegt an.

Auch sie konnte nicht anders, als seinen Blick zu erwidern. Endlich riss sie sich los, schließlich musste sie etwas Wichtiges vorbringen. »Ich danke dir, dass du mich gerettet hast«, sagte sie zärtlich. »Offenbar bist du immer mein Retter in der Not.«

»Nichts zu danken«, antwortete er, fügte mit einem Seufzer hinzu: »Ich ärgere mich, dass ich nicht gesehen habe, wie du zum Auto gerannt bist. Dann wäre der Unfall bestimmt gar nicht passiert.«

Angesichts seiner rührenden Besorgtheit musste sie lächeln. »Du hast doch nicht überall Augen! Oder habe ich da etwas übersehen?«

»Hast du nicht«, sagte er leise. »Aber ich denke, dass du etwas anderes übersehen hast …«

»Ja?«

»Und zwar, dass ich dich von Herzen liebe. Es ist kein Strohfeuer, es ist keine Ablenkung wegen meiner Exverlobten, und ich möchte dich auch nicht ins Bett kriegen – denn da liegst du ohnehin schon drin.«

Wieder lachte sie, dass ihr der Schädel dabei brummte. Aber es war immer noch besser, als vor Rührung in Tränen auszubrechen. Denn genau die lauerten gefährlich in ihren Augenhöhlen. »So ist das also«, sagte sie schließlich, drückte dabei seine Hand. »Und jetzt wirst du vermutlich wissen wollen, was ich denke.«

»Ganz genau.«

Er sah sie zärtlich an, und eben wollte sie ihm sagen, dass sie ihn mehr liebte, als sie jemals mit Worten ausdrücken konnte. Doch dazu kam sie gar nicht. Denn in dem Moment wurde die Tür zum Krankenzimmer aufgerissen, und Marie rief herein: »Unsere Mutter möchte unbedingt mit dir sprechen – und lässt sich einfach nicht aufhalten.«

Keine zwei Minuten später stand Isolde tatsächlich vor Hannas Bett, die beiden Frauen waren allein im Zimmer. Ja, Moritz hatte sich angeboten, ihre Mutter aufzuhalten, aber Hanna winkte ab. Irgendwann musste sie ja mit ihr sprechen, auch wenn sie diesen Zeitpunkt gerne aufgeschoben hätte. Doch im Grunde wusste sie, dass ihre ramponierte Seele nur gesund werden konnte, wenn sie sich die Erklärungen ihrer Mutter zumindest anhörte. »Hanna, es tut mir furchtbar leid, dass du diesen Unfall hattest«, sagte Isolde mit Tränen in den Augen.

Unbeholfen strich sie ihrer Tochter über die Hand, die still auf der Bettdecke lag. »Und es tut mir auch sehr leid, dass ich dich belogen habe. Aber ich wollte wirklich nur das …« Die letzten Worte wurden von einem Schluchzer übertönt.

Hanna sah ihre Mutter ernst an, wunderte sich selbst, dass ihr die Frau, die sie wie ein Wesen ohne eigene Gefühle oder Sehnsüchte behandelt hatte, tatsächlich leid tat. »Was hast du gesagt?«, fragte sie nach.

»Dass ich nur das Beste für dich wollte«, wimmerte Isolde. »Der Emil ist doch ein Superkerl. Und die ›Alpenrose‹ ist nach der Renovierung in aller Munde.«

»Hm«, sagte Hanna. »Es ist halt nur so, dass ich den Emil nicht mehr liebe. Daran kann ich auch nichts ändern. Glaub mir, die letzten Wochen hatte ich es wirklich versucht.«

Isolde nickte, als könnte sie ihre Tochter tatsächlich verstehen.

Die sprach weiter: »Und die ›Alpenrose‹ ist bestimmt ein sehr schönes Almwirtshaus, aber in Zukunft arbeite ich nicht mehr dort.«

»Und wo willst du dann arbeiten? Die Stelle in der ›Goldenen Harfe‹ ist bestimmt nicht mehr frei!«, sagte Isolde plötzlich in scharfem Ton, alles Mitgefühl schien innerhalb des Bruchteils einer Sekunde von ihr abgefallen zu sein.

»Es gibt noch andere Restaurants«, sagte da Hanna ruhig, aber bestimmt. »Ab jetzt gehe ich endlich meinen Weg.«

»Schön«, zischte ihre Mutter. »Mach das nur und lass mich im Stich! So wie es schon dein …«

Obwohl ihr dabei der Schädel dröhnte, unterbrach Hanna sie brüsk: »… Vater gemacht hat. Wie oft denn noch? Kommst du dir mit dieser alten Geschichte nicht selbst schon lächerlich vor?«

Auf einmal hatte Hanna das Gefühl, als ob ein Schalter in ihrem Kopf umgelegt worden wäre. Zwar ohne Piepen, dafür mit einem lauten Knall. Sie war weder egoistisch noch unvernünftig. Es war höchste Zeit, sich von Isolde nicht länger unterbuttern zu lassen – auch wenn die sie jetzt wütend anstarrte. »Wie redest du eigentlich mit mir? Hast du schon vergessen, was ich alles für dich gemacht habe? Offensichtlich!«

Sie redete sich immer mehr in Rage: »Aber die alte Mutter soll halt sehen, wo sie bleibt! Da wird ein Drama daraus gemacht, wenn der einmal ein winziger Fehler unterlaufen ist.«

»Ein winziger Fehler?«, murmelte Hanna ungläubig.

Das hier konnte doch nicht wirklich passieren, vielleicht war sie ja wieder in eine Art Bewusstlosigkeit zurückgesunken. Eine, in der sie ganz besonders schlimme Träume quälten. Doch als sie mehrmals geblinzelt hatte, war sie über jeden Zweifel erhaben: Isolde und ihr peinlicher Auftritt waren echt. »Und wenn es dich glücklich macht, kann ich dir auch gern erzählen, dass Murat mit mir Schluss gemacht hat«, zischte sie schließlich. »Weil er mit jemandem wie mir nicht zusammenleben kann.«

Die letzten Worte trieften vor Selbstmitleid, weckten jedoch diesmal kein Mitgefühl bei Hanna. Und auch nicht bei Marie, die eben das Krankenzimmer betreten hatte. »Mama, hörst du eigentlich selbst, was du hier so von dir gibst!«, sagte sie mit vor Wut bebender Stimme. »Hanna hätte tot sein können, und du sorgst dich nur um dich selbst! Ich verstehe Murat sehr gut, dass er von dir enttäuscht ist.« Leise fügte sie hinzu: »Wie wir alle …«

»Aber …«, begann Isolde, überlegte es sich jedoch offensichtlich anders. »Gute Besserung, Hanna!«, sagte sie in Richtung ihrer jüngeren Tochter, bevor sie mit gerümpfter Nase aus dem Raum stolzierte.

»Ein hoffnungsloser Fall«, sagte Marie kopfschüttelnd. »Wirklich ein hoffnungsloser Fall.«

Vier Wochen waren seit dem Autounfall vergangen, als Hanna an einem Freitagnachmittag durch die Innenstadt von Kitzbühel eilte. Inzwischen tat ihr der Kopf kaum mehr weh, auch ihre Platzwunde war gut verheilt. Einzig und allein die Haarstoppeln, die an dieser Stelle erst nachwuchsen und ihr, wenn man die längeren Locken wegstrich, die für gewöhnlich darüber fielen, ein leicht punkiges Aussehen verliehen, erinnerten noch an den Unfall. Nun ja, ihren geliebten VW-Käfer hatte sie auch geschrottet, aber das konnte sie verschmerzen. Jetzt war sie zwar ein bisschen spät dran, dafür gab es wunderbare Neuigkeiten zu berichten.

»Hanna!«, hörte sie da jemanden ihren Namen rufen. Niemand war zu sehen, doch gleich darauf kam Moritz aus dem Hauseingang seiner Arztpraxis, vor der sie eben anlangte, gerannt und schloss sie sofort in seine Arme. »Ich bin vor Sehnsucht fast gestorben«, sagte er und drückte sie an sich.

»Es waren doch nur vier Stunden«, protestierte sie lachend, dabei war es ihr ehrlich gesagt gar nicht anders ergangen. Fast hatte sie das Gefühl, vor lauter Glück von innen heraus zu leuchten, weil Moritz und sie tatsächlich ein Paar geworden waren.

»Bin ich froh, dass wir jetzt zusammenwohnen«, sagte er gerade.

»Stimmt«, antwortete sie.

Ja, es war tatsächlich alles sehr rasch gegangen. Nach der Entlassung aus der Klinik hatte sie ein paar Nächte bei Marie geschlafen, bis Moritz und ihr klar wurde, dass sie eigentlich keine Nacht mehr getrennt sein wollten. »Sonst kriege ich Entzugserscheinungen«, hatte Moritz mit gespieltem Ernst behauptet.

»Bist du etwa süchtig nach mir?«, war es amüsiert, aber auch sehr gerührt von Hanna zurückgekommen.

Jetzt schlenderten sie Arm in Arm durch die kleinen Gassen, warfen sich immer wieder verliebte Blicke zu. Ja, genauso musste sich das anfühlen, wenn man jemanden liebte. Einfach ganz und gar richtig. Moritz stupste sie leicht in die Seite. »Und wie war das Gespräch mit dem Tobias?«

»Wie kommst du darauf, dass ich mit ihm gesprochen habe?«, spielte sie, um es spannend zu machen, die Ahnungslose.

»Vielleicht weil er in den letzten Wochen andauernd angerufen hat?«

Hanna gab sich geschlagen. »Ja, es klappt!«, rief sie aus. »Nächste Woche beginne ich in der ›Goldenen Harfe‹.« Sie lächelte Moritz an. »Bis jetzt konnte sich Tobias für gar keinen Koch entscheiden. Ein Freund aus einem anderen Restaurant hat bloß ausgeholfen. Er hat mir gesagt, dass er eigentlich immer hoffte, dass ich zurückkomme.«

»Kann ich verstehen, meine Superköchin!«, sagte Moritz stolz und mit so viel Liebe in den Augen, dass Hanna ihn auf der Stelle mitten auf der Straße küssen musste. Als sie seine weichen Lippen spürte, explodierte ein kleines Feuerwerk in ihrem Körper. Oder schmolz sie doch eher wie heißer Nugat in seinen Armen dahin? Egal, denn vermutlich würde sich dieses Hochgefühl, das nur Moritz in ihr wecken konnte, nie ändern, aber es gab wirklich weitaus Schlimmeres. Als sie sich endlich voneinander gelöst hatten und Hanna aufschaute, zuckte sie kurz zusammen. Eben trat Emil aus einem Feinkostladen. Er sah sie offensichtlich auch, runzelte die Stirn. Kurz musste Hanna schlucken. Emil und sie hatten sich ausgesprochen und waren erstaunlicherweise tatsächlich halbwegs im Frieden auseinandergegangen. Natürlich hätte sie allen Grund gehabt, wahnsinnig wütend auf ihn zu sein. Aber das schaffte sie gar nicht so recht. Vielleicht deshalb, weil Emil sich bei ihr sehr glaubwürdig entschuldigt hatte. Offenbar war er im Nachhinein über sich selbst entsetzt gewesen. Und dann gab es noch einen anderen Grund: Hanna wusste nur zu gut, wie weh es tat, jemanden gehen zu lassen, den man liebte. Und trotz seiner Lügen war sie es wohl, die ihm mit der Trennung das Herz gebrochen hatte. Jetzt versuchte sie ein Lächeln, auch wenn es nur sehr zaghaft gelang. Dann hob sie die Hand, um ihm zuzuwinken. Mit einer winzigen Verzögerung zogen sich auch seine Mundwinkel nach oben. Und als er ihr zuwinkte, trat noch jemand mit einer am Handgelenk baumelnden Papiertasche aus der Tür des Delikatessenladens. Lene Maier, die sich sofort an ihn schmiegte. Lächelnd legte er seinen Arm um sie, nahm ihr kavaliersmäßig die Tasche ab. Ohne nochmals in Hannas Richtung zu sehen, stieg er schließlich ein Stück weiter mit Lene in seinen schwarzen Sportwagen und fuhr davon.

»Wie war es für dich?«, fragte eine Woche später Tobias Oberreiter, als Hanna nach ihrem ersten Einsatz gegen Mitternacht in der »Goldenen Harfe« die Arbeitsflächen der Küche polierte. Zwar war sie zum Umfallen müde und mitsamt ihrer schicken schwarzen Kochkleidung völlig verschwitzt – dennoch fühlte sie sich wie auf Wolken. »Es war einfach nur toll. Fast so, als ob ich nie von hier fort gewesen wäre«, schwärmte sie mit einem seligen Lächeln im Gesicht.

Da Tobias sie nur ansah, jedoch nichts sagte, fügte sie mit einem besorgten Blick hinzu: »Habe ich mich auch nicht zu tollpatschig angestellt?«

Ihr neuer Chef schüttelte entschieden den Kopf. »Überhaupt nicht. Im Gegenteil, die Gäste waren total begeistert.« Freundschaftlich klopfte er ihr auf die Schulter. »Ich bin wirklich stolz auf dich. So viel Talent auf einem einzigen Haufen.«

Verlegen über so viel Lob, beugte sie sich erneut über die Arbeitsfläche, wischte mit dem Schwamm so energisch darüber, als ob ihr Leben davon abhängen würde.

Tobias durchschaute sie sofort. »He, du brauchst dein Licht wirklich nicht unter den Scheffel zu stellen! Wenn du so weitermachst, darf sich die ›Goldene Harfe‹ vielleicht sogar einmal über einen Stern freuen«, lachte er. »Außerdem gibt es noch mehr Menschen, die dich gut finden.« Er zwinkerte ihr zu. »Zum Beispiel steht gerade jetzt jemand im Restaurant und möchte mit dir sprechen.« Mit einem eindringlichen Blick deutete er ihr an, diesen jemand nicht zu lange warten zu lassen.

»Ich geh ja schon«, lachte sie und legte den Putzschwamm zur Seite.

Nachdem sie sich noch die Hände gewaschen hatte, ging sie aus der Küche, suchte das ansonsten leere Lokal nach Moritz ab. Ja, tatsächlich, an der Bar stand er, zwei Hocker neben ihm lag ein wunderhübscher Wildblumenstrauß. Als er ihre Schritte hörte, schaute er auf. Sofort lag ein zärtlicher Ausdruck in seinem Gesicht. Hanna hätte heulen können vor Glück, so sehr liebte sie diesen Mann. »Herzlichen Glückwunsch zum ersten Arbeitstag«, sagte er, ging auf sie zu und schloss sie in seine Arme. Gleich darauf raunte er ihr zu: »In deinem schwarzen Kochoutfit siehst du übrigens echt sexy aus.«

»Wenn du meinst.«

Sie lachte auf, wurde jedoch gleich darauf wieder ernst. Mit weit aufgerissenen Augen starrte sie das Schmuckkästchen an, das Moritz aus seiner Jackentasche gezogen hatte. Dann blickte sie wieder in seine unwahrscheinlich blauen Augen, während ihr Puls sich fast überschlug. Einige Sekunden lang sagte keiner von ihnen etwas. Stumm nahm Moritz einen schmalen Goldring mit einem funkelnden Rubin aus dem Etui. Fasziniert betrachtete Hanna den wunderschönen Ring, dann schaute sie wieder zu Moritz. Der räusperte sich umständlich, begann schließlich mit erstaunlich fester Stimme zu sprechen: »Ich weiß, es ist wahnsinnig früh. Und bestimmt hältst du mich für einen Idioten, aber wenn ich eines weiß, dann ist es das: Ich möchte mein ganzes Leben mit dir zusammen sein. Und natürlich kannst du ›Nein‹ sagen, und ich bin dir dann auch überhaupt nicht böse. Aber ich muss dich trotzdem fragen, sonst ersticke ich noch daran …«

Er machte eine kleine Pause, währenddessen Hanna die Luft anhielt. »Sei mir nicht böse, aber jetzt wird es gleich furchtbar kitschig«, sprach er mit einer kleinen Grimasse weiter. »Du, die Liebe meines Lebens, liebe Hanna, möchtest du mich heiraten?«

Vor ihren Augen begann sich plötzlich alles zu drehen, wie auf einem Karussell. Schon wieder ein Heiratsantrag. Der letzte war noch im gleichen Sommer gewesen und doch schien er Lichtjahre entfernt. Und eines wusste sie ganz sicher: Dieser Antrag fühlte sich einfach richtig an. Im Grunde hatte sie ein Gefühl, als ob sie gleich zu schweben beginnen würde. Endlich merkte sie, dass Moritz sie unsicher ansah, aber als sie lächelte, begann auch er zu strahlen. »Ja!«, sagte sie schließlich ganz deutlich. »Natürlich möchte ich dich heiraten. Nichts lieber als das.«

Eben wollte Moritz sie küssen, da hörten sie Applaus hinter sich. Bestimmt Tobias oder einer der Kellner. Doch als Hanna sich umdrehte, sah sie zu ihrer großen Überraschung Isolde vor sich stehen. In den Augen ihrer Mutter schimmerten Tränen, während sie mit zittrigen Fingern nach dem Wildblumenstrauß griff. »Liebe Hanna, ich weiß, ich bin die Letzte, die du hier sehen willst. Ich bin auch eben noch rasch rausgegangen, um euch nicht zu stören. Aber ich möchte dir einfach nur zu deinem tollen Job gratulieren ...« So wie es ihre Art war, wischte sie sich mit einem resoluten Ruck die Tränen vom Gesicht, sprach dann weiter: »... und ich wollte dir auch sagen, dass ich dich über alles liebe und wahnsinnig stolz auf dich bin.« Fast schüchtern überreichte sie ihr den Blumenstrauß. »Ich habe viel nachgedacht und hoffe nur eines: Vielleicht kannst du deiner dummen, egoistischen Mutter ja eines Tages verzeihen.« Im Flüsterton fügte sie hinzu: »Vielleicht irgendwann.«

In der nächsten Sekunde lief sie auch schon zur Restauranttür, hatte die Klinke bereits in der Hand. Fassungslos schaute Hanna ihr einen Augenblick nach, dann begann auch sie zu laufen. Sie streckte die Hände aus, hielt ihre Mutter an der Schulter zurück. »Ach, Mama«, seufzte sie, während sie die heftig weinende Isolde, deren Körper es richtiggehend schüttelte, fest in die Arme schloss. »Ach, Mama.«

Nun weinten sie beide. Wie lange, hätte Hanna nicht sagen können. Doch alle Kränkung, alle Wut und Enttäuschung, alles, was ihr so lange Zeit das Leben schwer gemacht, sie wie Blei niedergedrückt hatte, schien dabei zu schmelzen. Auch das Gefühl, einfach nicht gut genug zu sein, so sehr sie sich auch anstrengte, tat das, was es schon längst hätte tun sollen: Es löste sich in Luft auf.

Irgendwann schaute Hanna auf, sah Moritz mit einem zärtlichen Lächeln im Gesicht vor ihnen stehen. Und noch etwas bemerkte sie, was ihr Herz sofort tanzen ließ: In seinen Augen spiegelte sich ihre eigene Liebe wider. Dermaßen innig, dass es durch jede Zelle ihres Körpers fuhr. Leise seufzte sie auf. Wie sollte man bei so viel Glück, das einem unverhofft widerfuhr, denn auch nicht verzeihen können?

Von Andrea Eichhorn bereits erschienen

Liebesglück in Tirol
272 Seiten
ISBN 978-3-475-54424-8

»Willkommen im Glück« – dies sind Name und Programm von Rosas Pension in den Tiroler Bergen. Ob beim ersten Liebeskummer oder bei den Stolpersteinen im Ehealltag – für ihre Gäste hat die hübsche Pensionswirtin stets die passende Lösung. Nur sie selbst hat einfach kein Glück in der Liebe. Schon seit Jahren schwärmt sie für ihren attraktiven Jugendfreund Christian. Doch dann steht Florian mit den stechend blauen Augen und dem verführerischen Lächeln vor ihr. Er erobert sie im Sturm und bringt ihr ruhiges Leben völlig durcheinander. Doch ausgerechnet Christian misstraut dem Liebesglück. Hat er doch Gefühle für Rosa? Wem kann sie noch vertrauen und wer meint es wirklich ehrlich mit ihr?

Im Zauber der Berge
272 Seiten
ISBN 978-3-475-54464-4

Sophie durchlebt den absoluten Alptraum – sie wird von ihrem Exfreund Sven verfolgt und bedroht. Da eröffnet sich ihr eine Chance: Ein verwitweter Bauer in den Tiroler Bergen sucht eine Kinderbetreuung. Obwohl ihr jegliche landwirtschaftliche Kenntnisse fehlen, bewirbt sie sich und fängt auf Michael Hafners Hof ein neues Leben an. Sophie verliebt sich sofort in die beiden Kinder, und auch zwischen ihr und Michael beginnt es ordentlich zu knistern. Sehr zum Leidwesen seiner Verlobten Katrin, die ihr Revier mit kalter Berechnung verteidigt. In Sophie bricht ein Gefühlschaos aus, und stets begleitet sie die Angst, dass Sven sie findet … Dennoch gibt sie nicht auf und kämpft weiter für ihr Glück und die große Liebe.

Im Rosenheimer Verlagshaus bereits erschienen

Schicksalstage auf der Enzianhütte
272 Seiten
ISBN 978-3-475-54465-1

Katrin will nach der Trennung von ihrem Verlobten noch einmal neu anfangen. Sie verlässt ihre Heimat in Österreich und beschließt, eine Bäckerei in Oberbayern zu eröffnen. Bei ihrer ersten Erkundung in den Bergen gerät sie mitten in eine Kuhherde. Aus ihrer brenzligen Lage rettet sie Tobias. Er ist der Besitzer der Enzianhütte, auf der er mit seinem Großvater lebt. Schon bald entwickelt Katrin Gefühle für ihn. Doch auch Tobias hat eine unglückliche Liebe erlebt. Sein Herz ist noch nicht bereit, sich zu öffnen. Zu allem Überfluss könnte er auch noch die Hütte verlieren, weil ein Skigebiet erschlossen werden soll, das der Gemeinde viel Geld bringen würde. Wird Katrin ihm in dieser schweren Zeit beistehen können?

Schatten über dem Enzianhügel
336 Seiten
ISBN 978-3-475-54256-5

Kerstin ist glücklich: Sie lebt im elterlichen Hotel am Fuße des idyllischen Enzianhügels, ist mit ihrem langjährigen Freund Nick verlobt und versteht sich blendend mit ihrer besten Freundin Eva und deren Tochter Franzi. Doch dann taucht Mathias, der Vater von Franzi, im Dorf auf. Obwohl er einst mit Eva zusammen war, war Kerstin jahrelang in ihn verliebt. Auch heute spürt sie, dass ihr dieser Mann etwas bedeutet. Bevor sie sich jedoch über ihre Gefühle klar werden kann, erschüttert ein mysteriöser Todesfall das Dorf. Die ersten Anzeichen deuten auf einen Unfall, doch Kerstin glaubt an ein Verbrechen. Auf der Suche nach der Wahrheit kommt sie Mathias immer näher.

Informationen zu unserem Verlagsprogramm finden Sie unter www.rosenheimer.com